아시아 叢

아시아 祭

발행일   2021년 6월 7일

지은이   오승재
펴낸이   손형국
펴낸곳   (주)북랩
편집인   선일영   편집   정두철, 윤성아, 배진용, 김현아, 박준
디자인   이현수, 한수희, 김윤주, 허지혜   제작   박기성, 황동현, 구성우, 권태련
마케팅   김회란, 박진관
출판등록   2004. 12. 1(제2012-000051호)
주소   서울특별시 금천구 가산디지털 1로 168, 우림라이온스밸리 B동 B113~114호, C동 B101호
홈페이지   www.book.co.kr
전화번호   (02)2026-5777   팩스   (02)2026-5747

ISBN   979-11-6539-818-7 04810 (종이책)   979-11-6539-819-4 05810 (전자책)
        979-11-6539-802-6 04810 (세트)

(주)북랩 성공출판의 파트너
북랩 홈페이지와 패밀리 사이트에서 다양한 출판 솔루션을 만나 보세요!
홈페이지 book.co.kr   •   블로그 blog.naver.com/essaybook   •   출판문의 book@book.co.kr

작가 연락처 문의 ▸ ask.book.co.kr
작가 연락처는 개인정보이므로 북랩에서 알려드릴 수 없습니다.

오승재 문집 **1** 단편

아시아 祭

튀기쟁이가 빚은 질그릇

북랩 book Lab

/ 일러두기 /

1. 작품은 발표된 순서대로 배열하였다. 다만, 「解雇(해고)」와 당선작, 「아시아 祭 (제)」는 맨 뒤에 실었다. 등단은 했지만, 중앙 문단의 잡지에 지면을 얻기는 너무 어려웠다. 그러나 일 년 만에 발표한 「解雇」에 대한 白鐵(백철) 선생의 신문 월평 덕분에 용기를 얻은 작품이기 때문이다.
2. 국한문 混用(혼용)기에 발표한 작품명은 표기한 대로 한문을 먼저 쓰고 한 글 발음을 괄호 안에 넣었다.
3. 오늘날 맞춤법과 띄어쓰기, 외래어 표기 등 규정에 어긋나는 것은 바로 잡았다.
4. 제2의 토기장이가 질그릇이 마땅치 않으면 과감하게 부수고 토기장이의 의 견에 좋은 대로 버리거나 다시 빚었다..

머리말

살다 보니 어언 90을 바라보는 나이가 되었습니다. 낙엽 질 때가 되면 인간은 누구나 이 세상을 떠날 날을 생각하며 나는 어떻게 살았는가? 하고 뒤돌아보게 됩니다. 하나님께서 나를 창조하시고 나에게 줄로 재어준 구역이 있었을 텐데 나는 그것을 '수학을 가르치며 글을 쓰고 살아라.'라는 것이었다고 믿습니다. 하지만, 이 세상과 제 삶을 회계(會計)하고 떠날 때 너무 하찮은 삶을 살지 않았나 하고 부끄럽습니다. 죽을 때 호랑이는 가죽을 남기고 사람은 이름을 남긴다는데 저는 이름을 남길 만한 업적이 없습니다. 그러나 업적을 남긴다는 생각 자체가 제가 하늘 높이 높아지겠다는 교만입니다. 저는 하나님이 진흙 한 덩이로 빚은 하나의 질그릇에 불과합니다. 천하게 쓰일 그릇으로 빚어졌다 할지라도 그분의 뜻을 따라 얼마나 성실하게 순종하며 살았느냐가 제가 세상과 회계하고 떠날 몫이라고 생각합니다.

저는 바위틈이나 돌담 밑에 자기 생명력을 다해 피어 있는 제비꽃을 봅니다. 하나님이 만드시고 보시기에 아름답다고 칭찬한 야생화 중 하나입니다. 이 꽃의 다른 이름은 일야초(一夜草)라고 합니다. 발로 뭉개고 지나가면 그만인 꽃이지만 일본의 옛 시인 야마베노 아키히토(山部赤人)는 봄 들에 나와 제비꽃을 보고 너무 귀엽고 예뻐서 하룻밤을 새워 가며 바라보았다고 합니다. 그래서 제비꽃의 다른 이름은 일야초(一夜草)이고 이 제목으로 아키히토가 쓴 짧은 시, 와카(和歌)는 일 본 나라(奈良)시대에 만든 망요슈(萬葉集)에 실려 있습니다.

저는 일야초 이야기에 힘입어 평생에 쓴 몇 편 안 되는 글을 모두 묶어 『토기장이가 빚은 질그릇』이라는 이름 아래 5권으로 묶어 출판 하기로 하였습니다. 각 책을 차별화하기 위해 책등에 그 책에 알맞은 부제를 써넣었습니다.

하나님을 믿는다는 사람들과 섞여 살면서 갈등하고 때로 하나님을 원망했으나 이것은 제가 높아져서 세상을 내 뜻대로 재단(裁斷)하고 싶은 오만 때문이었습니다. 지금은 더 내려갈 수 없는 나락으로 떨어 져 나를 살피다가 제 소명은 제가 펼치려고 제 뜻대로 내세울 수 있 는 게 아님을 깨달았습니다. 비와 눈이 하늘로부터 내려서 그리로 돌 아가지 아니하고 땅을 적셔서 소출을 내게 하는 게 하나님의 섭리입 니다. 저도 주님 따라 순리대로 살 것입니다. 토기장이가 빚은 질그 릇은 문집의 제목이라기보다 제 존재의식이자 신앙고백이라 말할 수 있습니다. 이 책의 출판을 흔쾌히 허락하신 출판사 사장님께 감사를 드립니다. 또한 디자인으로 도와준 오근재 화백, 그리고 북랩 편집팀 여러분의 수고에 감사합니다.

2021년

계룡산록(鷄龍山麓)에서

오승재

차례

토기장이가 빚은 질그릇
1. 단편 – 아시아 祭

/ 전체 차례 /

아시아 祭
단편(1959 ~ 1971)

二次加工(이차가공)

∴

　광장을 가로질러 마구 달렸다. 나는 누구에겐가 생명의 위협을 느끼며 쫓기고 있었다. 아니 나를 쫓고 있는 것은 나를 잡아 삼키려는 악마였다. 얼마나 오랜 시간을 달렸는지 모르겠다. 이제는 탄성이 붙어 그냥 달리고 있다. 쫓던 마귀가 보이지 않는데도 그냥 달리고 있다. 지금은 우뚝하니 선다는 것이 어려운 일이다. 그뿐 아니라 나는 첫째 우뚝하니 설 수 있는지도 의문이다. 눈에는 아무것도 보이지 않는다. 황량하게 퇴폐해 버린 거리가 있을 뿐이다. 지붕들이 내려앉고 철근 콘크리트의 벽은 비스듬히 기울어지다가 멎어버린 채 우뚝 서 있다. 어제까지도 홍수처럼 밀려다니던 차와 전차와 사람들의 물결들은 다 어디로 가 버렸는가? 길은 한없이 뻗어 있을 뿐이고 낯익은 것이라고는 하나도 없다. 무엇인가 만나야 할 것이다. 그동안 얼마나 시간이 흐른 것일까?

　그 무서운 마귀는 무엇 때문에 나를 잡으려 하는 것일까? 언제부터 나를 쫓기 시작한 것일까? 생각해 보면 내가 어렸을 때부터다. 내가 교회에 나가기 시작할 때도 그랬고 내가 결혼할 때도 나를 괴롭혔다. 그는 알게 모르게 그때부터 나를 쫓고 있었던 것 같다. 아내는 처녀 때 류머티즘성 관절염으로 심하게 아팠다. 자고 일어나면 손이 강직

되어 손을 쥘 수가 없고 펼 수도 없었으며 무릎이 붓고 열이 나 아파서 견딜 수가 없었다 한다. 그러나 멍청하게 아스피린을 십여 알씩 먹어 통증을 이기곤 했다고 한다. 그녀는 잠을 못 자서 날로 파리해졌었다. 결혼은 생각할 수도 없었다. 그런데 한 번은 신유(神癒)의 은사가 있는 부흥사가 가까운 교회에 왔었다고 한다. 그녀는 이웃 집사들의 권고로 그 부흥사가 자는 집까지 한밤중에 갔지만, 수면을 방해할까 봐 새벽까지 문 앞에서 기도하며 기다렸다. 그리고 부흥사가 나오자마자 그에게 매달려 호소했다. 부흥사는 그녀를 데리고 방으로 들어가 침대에 눕히고 안수하였다. 그런데 그녀는 부흥사의 손이 가슴에 닿자 너무 뜨거워 질겁하며 바닥에 굴러 떨어졌다. 불같은 것이 온몸을 휘젓고 다녀서 대굴대굴 굴렀다. 집에 왔는데 역겨워 새까만 액체를 한 바가지나 토하고 24시간 잠만 잤는데 그 병이 나았다고 한다. 그녀는 건강하게 되어 나에게 시집을 왔다. 그 당시에 방언이 터졌다는데 지금도 마음이 답답하면 교회에 가서 새벽까지 방언으로 기도하고 돌아온다. 그녀가 말없이 빠져나가 새벽까지 돌아오지 않으면 나는 꿈속에서 악마에게 시달렸다. 정신없이 쫓기고 드디어 붙들려 목이 죄는 꿈을 꾸다가 일어났다.

나는 달리면서 지금도 악마에게 시달리는 꿈을 꾸고 있는 것이 아닐까 하고 생각한다. 꿈이라면 목이 졸리더라도 빨리 깨고 싶다. 그러나 깨어나질 않는다. 쫓기고 있는 지금은 다리가 아프다. 그러나 태엽을 감아 놓은 시계처럼 계속 흘러가고 있다. 태엽이 풀리기까지는 다리가 아프지 않을지도 모른다. 다리가 아프다는 느낌은 이렇게 많이 달렸으니 필경 아플 것이 틀림없다는 한갓 관념에 불과할지도 모른다.

나는 길 위에 서 있는 전차를 발견하고 거의 숨이 막힐 듯했다. 그러나 그것은 험하게 꾸겨져서 쓸모없는 형해(形骸)가 되어버린 것이었다. 이 전차 때문에 나는 실로 놀라운 것을 생각해 냈다. 어제는(아니 더 먼 옛날이었는지도 모른다.) 첫딸 혜숙의 두 돌이 되는 생일이었다. 생일 케이크에 켠 촛불을 끄고 기도하는데 하나님께서 관절염으로 아팠던 아내에게 그렇게 예쁜 딸을 낳게 해주신 것이 어찌 그렇게 감사한지 하나님의 사랑에 감격하여 마구 눈물이 쏟아졌었다. 내가 의자에 앉아 책을 보고 있을 때는 짓궂게 의자 밑에 들어와서는 다리를 만지며 뭐라고 알 수도 없는 소리를 지르고 내가 엎디어 있을 때는 허리를 아무렇게나 넘나들고 내 펜을 빼앗고 좋아하던 딸, 혜숙이 너무너무 귀여워서 나는 하나님께 감사하지 않을 수 없었다. 나는 순간 아내가 어린애를 기르는 데 너무 수고하고 있다는 생각을 하였다.

"우리 오늘은 영화라도 한 편 보러 갈까?"

"그렇게 하세요, 형부."

같이 살고 있던 처제가 맞장구를 쳤다.

그래서 우리는 딸은 처제에게 맡기고 아내와 영화 구경을 하러 전차를 타고 나왔다. 이러한 기억은 참 엉뚱하고도 놀라운 것이다. 뼈만 남아 길에 서 있는 전차가 그 과거를 기억해 내도록 한 것이다. 그러나 그것이 어제라는 시간적인 관념은 거짓일지도 모른다. 나는 지금 꿈을 꾸고 있는 것임이 틀림없다. 그러지 않고서야 어떻게 이런 일이 있을 수 있겠는가? 무의식의 세계는 시간과 공간이 뒤죽박죽된 세계이다. 그러니 생각해 보라. 내가 어제부터 쫓기기 시작했다고 어떻게 단정할 수 있는가? 나는 언제부터 어떻게 달리기 시작했는지 모르고 있다. 그러나 나는 이내 환성을 질렀다. 눈에 익은 고층건물을 보았기 때문이다. 그것으로 이제 모든 것이 확실해진 것 같기도 했다. 어제 나는 아내와 영화를 보고 돌아오는 길에 이 건물의 스카이라운지에서 야경을 바라보며 차를 한 잔씩 마셨었다. 그리고 막 일어서려 할 때 내가 딛고 있던 발판이, 아니 지구가 사정없이 흔들리며 무서운 속도로 아득히 저 멀리 달려가버린 걸 느끼며 쓰러졌었다. 그때 아내는 어디로 가버리고 나만 홀로 남은 것이다. 그때부터 악마는 나만을 삼키려고 쫓아온 것임이 틀림없다. 성령이 충만한 아내를 쫓았을 리가 없다. 그러다가 이제 나까지 놓친 것이다.

쏜살같이 고층 빌딩으로 곤두박질치며 들어서서 계단을 올라갔다. 나는 이제 쫓기는 것이 아니고 제정신으로 돌아온 것이다. 어제 그 다실로부터 과거의 기억을 되살려 아내를 찾아야 한다. 그러나 2층으로 올라온 나는 스카이라운지로 올라가는 엘리베이터를 찾을 수가 없었다. 아득히 멀리 사라지는 복도가 있을 뿐이었다. 어떻게 이처럼 넓은 2층이 있을 수 있는가? 스카이라운지로 올라가는 엘리베이터를 찾기 위해 나는 또 달리기 시작했다. 거미줄처럼 얼기설기 복도만 뻗쳐 있는 2층을 달릴 수밖에 없었다. 아무리 달려도 위층으로 올라갈 계단도 없고 칸마다 막힌 방은 문도 없었다. 나는 이상한 기분이 되었다. 현미경으로 들여다본 식물의 세포 조직 속을 나는 작은 입자가 되어 길을 찾아 움직이고 있는 기분이었다. 최근 트레이서로서의 방사성 동위원소의 용도는 생물학 및 의학 분야에서 급격히 증가하였다는 말을 라디오에서 들은 일이 생각났다. 예를 들면 비료에 이 방사성 동위원소를 섞어 쓰면 비료가 흡수되는 경로를 이 동위원소가

방출하는 방사선 때문에 하나하나 추적할 수 있다는 것이다. 나는 이런 단편적인 생각 때문에 이를테면 내가 탄소 14와 같은 동위원소가 되어 이 아득한 먼 식물세포인 복도를 달리고 있는 것이 아닐까 하는 생각이 들기도 하였다. 아무튼, 이것은 현실일 수는 없다. 한 건물이 어떻게 이렇게 클 수가 있는가? 나는 아직도 계속 일련의 환상을 보고 있는지도 모르겠다. 아내를 만나고 싶다는 생각이 부서진 전차의 환상을 불러일으키고, 그것이 다시 이 고층건물을 생각나게 하고…, 이렇게 해서 결국 나를 어디론가 데려갈 것이다. 나는 프로이트의 『꿈의 해석』이라는 책을 생각했다. 그는 우리의 무의식 속에는 과거의 경험에 얽힌 여러 기억 송이(群)들이 그림의 형태로 뇌 속에 저장되어 있다는 것이다. 그래서 예를 들어 전차를 보면 전차라는 그림에 얽힌 기억 송이가 떠오르고 또 고층건물을 보면 이 그림에 얽힌 또 하나의 기억 송이를 본다는 것이다. 그들은 시간상으로, 공간상으로 아무 연관이 없다. 앞뒤가 뒤엉킨 그림들일 뿐이다. 나는 아무 연관도 없는 그런 그림들을 보고 있는지도 모른다고 생각했다.

나는 종래 막다른 골목에 부딪혔다. 그러나 내 의사에 반해서 달리고 있던 속도는 가속되고 나는 드디어 벽을 뚫고 밖으로 나왔다. 거기서 그만 눈이 휘둥그레졌다. 어쩌면 그렇게도 많은 동물이 우글거리고 있을 수가 있는가? 그곳은 다락방과 같은 곳이었다. 그런데 의자는 말할 것도 없고 창틀이나 스피커의 상자 위, 혹은 마룻바닥에까지 동물들이 우글거리고 있었다. 누린내 때문에 매스꺼워졌다. 그러나 나는 무엇인가 발견했다는 기쁨 때문에 이 매스꺼운 냄새를 성 목적 도착 환자처럼 들이마셨다. 이내 현기증이 일더니 방 전체가 살아 움직이는 것처럼 흐느적거리며 흔들렸다.

장난스럽게 주둥이가 앞으로 내 굽은 너구리가 하얀 배를 내밀고 뒤뚱거리며 몇 걸음 걸어 나오더니 손을 내밀었다. 그리고는 이제부터는 헤매는 생활을 그만두고 자기네 회원이 되어 달라고 점잖게 타이르듯이 말하였다. 나는 기분이 나빠져서 너구리 씨의 손을 휙 뿌리쳤다.

"나는 네깐 녀석을 알고 있는 기억이 없으며 너희들의 회원이 되기 위해 온 것이 아니다. 나는 적어도 인간이며 사랑하는 내 아내를 찾으러 온 것뿐이다."

너구리 씨는 하늘을 쳐다보고 빨간 혀를 보이며 웃었다.

"아직도 자기를 인간으로 생각하고 있다니 참 안되었습니다. 인간은 벌써 지상에서 다 사라졌습니다. 하긴 짐승의 탈을 쓰고 자기는 인간이라고 생각하는 미친놈들도 있지요."

저쪽 구석에 앉은 소 씨는 재미있다는 듯 발을 꼬고 앉아 침을 흘리며 아작아작 껌을 씹으며 바라보고 있었다. 너구리 씨는 달래듯이 나를 끌고 가 의자에 앉히고 옆에 앉은 말 씨와 원숭이 씨를 소개하며 지금 이분들에게도 자기네 회원이 되어달라고 설득하고 있다고 말했다. 그는 이 지상의 영원한 평화를 가져올 낙원 건설이 목적이라고 했다.

"인간도 성취하지 못한 평화를 당신들이 성취할 수 있단 말이요?"

"그렇소. 인간은 너무 교만해서 하나님을 대적했기 때문에 영원히 멸망했소. 그들은 평화를 가져오기 위해 포기해야 할 것이 너무 많았어요. 부귀, 영화, 권세, 환락, 특히 세계를 제패하려는 탐욕… 이 모든 욕심을 가지고 어떻게 평화로운 세계를 건설할 수 있겠소? 자기중심적인 인간은 이 중 하나도 포기하려 하지 않아요. 그러나 우리는 쉽습니다. 식욕과 성욕만 포기하면 됩니다."

그는 자기 회원들을 보라고 말했다. 늑대와 양과 방울뱀과 어린 개구리들이 함께 평화롭게 놀고 있었다.

"아니요. 나는 지금 꿈을 꾸고 있는 것이 분명하오."

너구리 씨는 말했다.

"당신은 지금 꿈을 꾸고 있는 것이 아니고 깨어 있는 것이요. 꿈이 이렇게 질서정연한 것을 본 일이 있소? 꿈은 황당무계(荒唐無稽)하고 시공이 뒤섞인 혼란한 것이요. 혹 당신은 지금도 꿈을 꾸고 있는데 '이차가공'으로 지금 질서정연한 세계를 보고 있다고 생각하는 것은 아니겠지요?"

"당신이 프로이트의 이차가공이라는 용어를 알고 있소?"

나는 너구리 씨의 지성 때문에 기절할 뻔하였다.

나는 프로이트의 꿈의 해석을 읽어본 일이 있다. 거기에 모오리가 체험했던 꿈 이야기가 나온다.

그는 혁명 당시의 공포정치 시대를 사는 꿈을 꾸었다. 소름 끼치는 학살 장면을 목격했는데 끝내는 그도 학살 대상으로 법정으로 끌려갔다. 그곳에서 잡혀 온 여러 불행한 영웅들은 자기 해명을 강요당하고 있었다. 그 자신도 자기 해명을 해야 했다. 그의 기억으로 충분히 설명되지 못한 온갖 종류의 심문 끝에 그는 결국 사형 선고를 받게 되었다. 무수한 군중이 따라오는 가운데 그는 사형장으로 끌려갔다. 단두대로 끌려갔는데 형리가 그를 널빤지에 묶어서 눕혔다. 그리고 칼이 목에 떨어졌다. 목이 몸뚱이에서 댕강 잘리는 순간 그는 깜짝 놀라 눈을 떴다. 그런데 바로 그때 침대 머리맡의 판자가 칼이 떨어졌던 바로 자기 목뼈에 떨어진 것을 알았다.

널빤지가 목에 떨어지는 것은 한순간인데 그 순간에 이 많은 내용의 꿈을 꾸었다는 것인가? 아니면 언제쯤 머리맡에 판자가 떨어질 줄을 미리 알고 그 시간을 맞춰 꿈을 꾸기 시작한 것일까? 프로이트의 해석은 다음과 같았다.

사람은 기억의 덩어리들을 그림의 형태로 가지고 있었다. 그래서 판자가 떨어질 때 잡다한 기억의 덩어리들을 몇 장의 그림으로 보면서 뒤에 조리에 맞게 이들을 꿰맞추는 이차가공을 한다.

이 너구리 씨는 인간 못지않은 두뇌를 가지고 있어서 그는 동물이 아니고 인간이 아닐까 하고 생각했다. 아니 하나님이 창조한 영물로서의 인간은 죽고 이제는 동물로 타락한 인간이 동물의 가죽을 쓰고 지금 살고 있다고 생각할 수밖에 없었다.

"정말 사람이 어떻게 멸망하게 되었습니까? 하나님의 심판이 오기 전에 결코 그럴 수가 없습니다."

나는 진지해져서 너구리 씨에게 물었다. 구원받은 내 아내는 그렇게 죽을 수는 없다고 생각했다.

"인간은 너무 많은 욕심 때문에 스스로 멸망했다니까요."

"그게 무슨 말입니까?"

"당신은 제2차 대전 후 미·소 양국이 우주 경쟁을 하고 있었다는 것을 몰랐습니까?"

그러면서 설명을 계속했다.

미국은 세계패권을 장악하기 위해 서유럽, 서아시아, 동북 아시아 지역에 소련을 겨냥해서 핵무기를 배치했다. 그러자 소련은 1957년에는 3메가톤급 수소폭탄을 탑재하고 사거리 7,000㎞를 갈 수 있는 대륙 간 탄도탄을 개발해서 미국에서 핵무기를 배치한 모든 지역을 타격할 수 있게 되었다. 농업 국가라고 깔보던 소련이 미국을 위협하게 되자 미국은 놀라서 응전하게 되었다. 1961년 4월에 소련에서 유리 가가린이라는 공군 장교를 태워 108분의 우주여행을 무사히 마치고 귀환하자 소련의 기세는 충천했다. 막대한 비용 때문에 우주 경쟁을 미루던 미국이 응전했다. 인간은 이런 그칠 줄 모르는 지배욕으로 서로 싸우다 핵 장난으로 인류가 멸망한 것이다.

"아니요. 하나님의 시간은 그렇게 끝날 수가 없습니다. 세상의 종말 전에 칠 년 대환란과 휴거가 시작된다고 했는데 최후의 심판 전에 인간 스스로가 사라질 수는 없지요."

왜 종말의 징조가 없었는가? 거짓 그리스도와 거짓 선지자가 왔던가? 지진과 기근이 있고 전쟁이 있었던가? 해가 어두워지고 별들이 하늘에서 떨어졌는가? 나팔 소리가 들렸는가? 그런 모든 징조가 없었는데 인간이 자기 맘대로 사라진다는 것은 말이 안 된다. 혼란에 빠진 나를 보고 너구리 씨는 말했다.

"당신은 기독교인으로 허무맹랑한 생각을 하는 것 같은데 과학자들은 그런 생각을 하지 않았습니다. 그들은 사람의 눈으로 볼 수 없는 최소의 입자, 렙톤, 쿼크 등을 찾아내고 이들이 가속될 때의 운동을 관찰하더니 결국 이 미시적 공간에서 일어나는 현상으로 우주에서 지구가 생성된 빅뱅 모델을 찾아낸 것이요. 그러다가 핵분열, 핵융합의 불장난을 잘못해서 인류가 다 멸망한 거요."

나는 인간이 다 멸망했다는 말을 믿지 않았다.

"여기 말고 당신들이 사는 다른 곳도 있겠지요? 거기 인간이 살고 있을지 모릅니다."

"물론 있습니다. 인간처럼 신을 믿는 멍청한 집단들도 있지요."

너구리 씨는 나를 창도 없는 벽으로 사정없이 밀어 넣었다. 거기에는 한 고양이가 많은 쥐를 앉혀 놓고 설교를 하고 있었다. 나는 눈이 휘둥그레졌다.

"이게 뭐 하는 짓들입니까?"

"구원을 얻으라고 설교하는 것이지요."

"구원이요? 구원은 자기 힘으로는 용서받을 수 없는 죄인이 하나님께 용서를 받고 창조 당시의 천국에서 영생을 얻게 되는 일인데 도대체 쥐들이 무엇으로부터의 구원을 받는다는 것입니까?"

"불행과 기근과 전쟁으로부터의 구원을 얻는 것이지요. 이들은 죄 때문에 신과 원수가 되지 않았기 때문에 대속자(代贖者)인 예수가 필요 없습니다. 보시오. 그들의 강대상엔 십자가가 없지 않습니까?"

너구리 씨가 말했다. 그들의 종교는 사회의 평화와 질서를 유지하기 위해서라고 말했다. 자기는 인간 사회에서는 십자가는 달아 놓았지만, 십자가의 도는 전하지 않고 복 받고 잘 사는 것만 전하는 곳을 많이 보았다고 말했다.

"짐승들이 신을 믿는다는 것은 신에 대한 모독이요. 당신들은 내세를 믿습니까?"

"죽어봐야 아는 내세를 누가 믿습니까? 내세는 있어도 그만 없어도 그만입니다. 혹 선하게 살면 죽어서 인간이 된다는 내세관을 가지고 있으면 그 쥐는 그렇게 사는 것이 좋습니다. 또 내세는 없다고 생각하고 현재를 성실하게 살면 그것도 좋은 일입니다. 인간들처럼 자기는 죄인인데 십자가 때문에 용서를 받았다고 궁색하게 해석하며 살 필요 없지 않습니까?"

나는 너구리 씨를 쳐다보았다. 이것은 분명 짐승 가죽을 입은 악마다. 믿지 아니하는 자들의 마음을 혼미케 하여 복음을 가리는 자들의 소행이다. 나는 물었다.

"천국도 지옥도, 구원도 없는 이 회당에 왜 쥐들이 이렇게 공손하게 앉아 있습니까?"

"우리는 각 집단마다 소수의 지배자가 있습니다. 여기서는 고양이가 지배자지요. 순종하지 않은 신도들에겐 가혹한 벌이 내려집니다. 그것이 화평을 유지하고 사는 정치형태지요."

"이상한 일입니다. 그런데 왜 다수자가 소수의 지배자에게 모여드는 것입니까?"

"우리는 누구나 어딘가에 소속해서 살고 싶은 속성이 있으며, 흩어져 있으면 성욕과 식욕 때문에 또 서로 싸울 수밖에 없습니다. 그러나 이렇게 지도자 밑에 모여 있으면 싸울 때도 엄한 벌이 있다는 것을 알기 때문에 싸우지 않습니다. 이것이 평화를 위한 법질서입니다."

그러면서 고양이와의 면담을 주선했다. 나는 아내가 방언 기도를 하러 떠난 뒤에 자신에게 점점 몰려들던 불안감과 악마에게 쫓기던 때의 생각이 다시 엄습해왔다. 고양이는 강대상 뒷면의 큰 사무실의 회장 자리에 위엄을 갖추고 앉았다.

"어떻게 해서 이렇게 많은 쥐를 모았습니까?"

"내가 모은 것이 아니고 그들이 나를 추대한 것뿐입니다. 그들은 절대다수지만 나는 그들의 표를 의식하고 아부하지 않습니다. 그들은 내 보호가 필요하오."

"순종하지 않으면 어떤 벌을 내립니까?"

"간단합니다. 이곳에 조용히 불러 데리고 놀리다가 잡아먹어 버립니다."

"그렇게 가혹한 벌을. 이건 독재집단이 아닙니까?"

"그들은 평화를 위해 자신들을 통제해 줄 더 큰 힘을 요구합니다."

"그들도 기도합니까?"

나는 신 없는 종교집단을 생각하며 이렇게 물었다.

"인간들은 보이지 않은 하나님께 기도하지요. 그러나 여기서는 다릅니다. 살아 있는 나에게 기도하면 됩니다."

"헌금, 아니 무슨 제물도 바칩니까?"

"나는 제물에 궁색한 자가 아닙니다. 자기 자신들이 다 제물인데 그들이 무엇을 더 바칠 필요가 있습니까?"

나는 가슴이 저리고 아파지는 것을 느꼈다. 만일 아내가 있었으면 방언으로 기도하고 '예수 그리스도의 이름으로 명하노니, 사탄아 물러가라!'라고 외쳤을 것이 분명했다. 나는 "교주는 물러가라!"라고 쥐들에게 데모를 시키고 싶은 심정이었다. 비록 순종밖에 할 수 없는 존재였지만 쥐들은 절대적 다수였다. 왜 독재자에게 항거할 수 없는가? 내가 얼굴을 찌푸리고 쭈그려 앉아 있자 너구리 씨가 어디가 아프냐고 물었다. 나는 빨리 이 악몽에서 깨고 싶다고 말했다. 그러면서 어디선가 대환란이 일어나서 적그리스도가 도처에서 대학살을 감행하고 있을 것이고 말했다. 그러나 48개월을 잘 싸워 이기는 성도는 다시 구름 위로 끌어 올릴 것이요 7년 환란이 끝나면 미리 죽은 성도들과 함께 예수님이 지상으로 재림하실 것이다. 환란 때 지상에 남아 휴거하지 못하고 순교한 성도들도 예수님의 재림 시 무덤에서 부활하여 천년 통치에 참여할 것이다. 나도 아내와 딸을 다시 만나기 위해서는 이 싸움에서 순교를 해야 하는데 왜 아마겟돈의 전쟁은 보이지 않은가? 나는 순교해야 한다. 그래야 예수님은 구름을 타고 승천했던 그 모습대로 또 내려오셔서 나를 데려갈 것이다. 이렇게 생각하고 있는데 너구리 씨는 덧붙였다.

"당신은 세뇌가 좀 더 되어야 이 세상에 적응해서 살 수 있겠습니다."

그러면서 너구리 씨는 나를 다른 방으로 인도했다. 그곳은 이 지상에서 가장 뛰어난 과학자들의 연구실이라고 했다. 나는 과학자들의 실험실이 아니고 대환란이 일어나고 있는 현장으로 안내해 달라고 했다. 그런데 너구리 씨는 이 지상에는 그런 곳이 없다고 말했다. 하나님은 이제 인간과 함께 사라져 버렸다는 것이다.

"어떻게 그리 불경스러운 말을 합니까? 우주를 창조하던 태초에 계셨고 알파요 오메가 되시는 하나님이 우주가 멸망되기 전에 사라진다는 말을 어찌 감히 할 수가 있습니까?"

"인간이 없는 우주에는 하나님은 안 계십니다. 알겠습니까?"

너구리 씨는 짜증이 나서 말했다.

"하나님은 인간의 하나님입니다. 하나님이 인간을 사랑하시어 독생

자를 희생하여 구원코자 하셨는데 인간이 이 우주에서 사라졌는데 하나님이 존재할 이유가 어디 있습니까? 우리 동물들을 위해 아직도 무슨 역할을 하려고 남아 있다는 말입니까?"

"하나님은 인간의 멸망과 상관없이 있던 그 자리에 그냥 계십니다. 영원까지 계신다구요."

"지구가 싸늘하게 식어 생물이 다 죽어 없어진 뒤에도 하나님은 살아 계신다구요? 자기 형상을 닮은 인간도 없고 죄 가운데 있는 인간을 안타까워할 필요도 없게 되었는데 광막한 우주에서 홀로 뭘 하고 계신다는 말입니까?"

나는 하나님의 영광을 보지 못한 이 짐승들과 무슨 이야기를 할 수 있겠는가 하고 오직 안타까울 뿐이었다. 십자가의 도가 멸망하는 자들에게는 미련한 것이오, 구원을 얻는 자에게는 하나님의 능력이 된다는 성경 말이 실감이 났다.

너구리 씨가 인도한 방은 자그마한 방이었다. 전깃불이 눈부신 방 중앙에는 이상한 기계장치들이 놓여 있고 한구석엔 투명한 유리 상자 안에 겨자씨 같은 알맹이들이 무질서하게 난무하는 것이 보였다. 6개의 쿼크, 6개의 렙톤(원자의 입자)을 전자 현미경으로 확대하여 관찰하고 있는 것이라고 말했다.

"원숭이 씨, 이분에게 우주는 언제쯤 만들어졌는지 이야기 좀 해 주시오."

원숭이 씨는 이런 질문을 듣자 너무 흥분해서 어쩔 줄 몰라 했다. 제 주장을 펼칠 수 있는 좋은 대상을 만난 것이다.

"지금까지 알려진 바로는 빅뱅이 140억 년 전이며 태양은 거기서 떨어져 나온 제3세대 성운으로 130억 년쯤 된다고 합니다. 지구는 45억 5,000만 년 정도이구요."

"그건 성경과는 안 맞는 것 같은데요?"

"과학적인 조사에 의하면 우주는 계속 팽창해 가고 있습니다. 그 말은 옛날에는 한곳에 모여 있었다는 말이 됩니다. 우주는 결국 질량 이 무한대가 되는 작은 한 점이었었는데 이것이 계속 팽창해 가다가 갑자기 폭발해서 현재의 우주가 만들어졌습니다."

"그때 폭발해서 조각조각 떨어져 나간 덩어리들이 과학적으로 계산 해도 한 치의 차이도 없는 이 질서 정연한 항성, 위성들 자리에 들어 가 앉도록 하나님께서 만들었다는 말입니까?"

"어떤 인간들은 지구의 역사가 만년도 안 된다는데 어림도 없는 소 립니다. 하나님이 그동안 뭘 하고 계시다가 뒤늦게 낮과 밤을 만들고, 하늘과 땅을 가르고 채소와 과목을 만든 뒤 해와 달을 만듭니까?"

나는 얼굴에 막 열이 오르는 것을 막을 수가 없었다.

"하나님이 왜 기다립니까? 하나님이 세상을 창조하시기 전에는 시 간이 없었습니다. 그래서 100억이니 200억이니 하는 숫자는 뜻이 없 는 것입니다. 세상이 창조되기 전의 시간이 무슨 소용이 있습니까? 영원부터 영원까지 계시는 분은 하나님뿐이며 시간은 영원 전부터 독립적으로 존재해온 그런 것이 아닙니다."

"지구가 식어서 달처럼 되고 인간이 멸종된 후에도 하나님은 이 우 주에 관심이 있을 거라고 생각합니까?"

원숭이 씨가 어처구니없다는 듯이 말했다.

"우주 공간에 천당과 지옥이 들어갈 만한 자리가 있는 한 하나님은 인간들을 그곳에 불러놓고 심판하고 다스리실 거로 생각하십니까?"

너구리 씨가 핀잔 섞인 어조로 말했다.

"당신들은 과학으로 설명할 수 있는 기적을 믿습니까? 하나님의 아들 예수가 물로 포도주를 만들었다는 것, 불구자를 고쳤다는 것, 빵 다섯 개와 물고기 두 마리로 5,000명을 먹였다는 것, 바다 위를 걸었다는 것, 죽은 나사로를 살렸다는 것, 이런 기적을 믿습니까?"

"말도 안 됩니다. 그건 당신네가 만든 하나님입니다."

나는 안타까워서 말했다.

"영혼을 갖지 않은 당신들은 꿈꿀 수 없는 세상이 있습니다. 인간은 영원을 사모하는 영을 가지고 태어났습니다. 이 영원은 하나님과 함께하지 않으면 채워질 수 없는 공허입니다. 인간에게는 두 개의 세계가 있습니다. 하나는 유한하고 과학으로 설명되며 이성으로 이해되는 세상이고, 또 하나는 무한하고 과학으로는 설명할 수 없으며 이성을 초월하는 신과 함께 하는 신앙의 세계입니다. 혹 여러분도 기도하십니까?"

"생명이 위태로우면 합니다."

"어떤 기도를 합니까?"

"먹을 것을 주세요. 잡아먹히지 않게 해주세요. 새끼를 낳고 평화롭게 기를 수 있게 해주세요. 뭐 이런 거지요."

"누구에게 기도합니까?"

"직접 우리를 다스리는 지도자를 다스리는 더 높은 분에게 하는 거지요."

"당신들을 다스리는 가장 높은 분은 결국 당신들의 하나님인데 그분이 당신들의 소원을 들어줄까요?"

"안 들어주면 말고, 지요 뭐."

"당신들의 소원이 과학으로 증명할 수 있고 이성으로 판단 가능한 소원이면 그 하나님은 당신들보다 못한 당신들이 만든 신이고 아무 소용없는 신입니다."

"그럼 인간이라고 주장하는 당신들은 어떤 신에게 무엇을 기도합니까?"

"나는 천지를 창조하신 하나님께 나를 다 맡기고 믿음으로 기도합니다. 나는 아까 당신이 '말도 안 된다.'라고 말했던 모든 성경의 말씀을 믿습니다. 내가 이해할 수 있는 일만 이루는 신은 내가 만든 신입니다. 나는 내 이성을 초월하는 모든 것을 그분의 뜻대로 해 주시리라는 믿음으로 기도합니다. 그리고 그분이 응답하시는 대로 감사하며 받습니다."

원숭이 씨는 내 머리가 좀 돈 것이 아니냐는 듯이 나를 쳐다보았다. 이때 전화의 벨이 울리고 원숭이 씨는 수화기를 들었다. 그러면서 너구리 씨는 은행 총재인 말 씨가 식당에서 기다리고 있다는 전갈이 왔다고 나를 이끌었다. 그들 사이에는 어떤 암호가 있는지 문고리가 없는 벽도 잘 통과해 나갔다.

식당에는 종업원이 없었다. 장방형 다갈색 얼굴을 한 말 씨는 입을 크게 벌리고 미소하며 우리를 환영하였다. 그는 지갑에서 카드를 꺼내더니 일어서서 자동 인출기 같은 곳으로 가서 카드를 넣고 조작을 하고 돌아와서 번호가 붙은 테이블에 앉았다. 이내 기계가 음식을 날라 왔다. 그는 이렇게 기계가 사람을 대신한다고 말하며 나에게 술을 권하였다. 그러면서 혹 내가 은행에 취직하고 싶지 않으냐고 물었다. 이번 당나귀 씨가 폐를 앓아 해고되었기 때문에 자리가 비어 있다는 것이었다. 나는 깜짝 놀라며 폐를 앓는다고 해고한다면 그런 신분보장이 안 되는 직장에 누가 들어가겠느냐고 역겨움을 느끼면서 말하였다. 말 씨는 자기 기능을 다 하지 못하고 능력 발휘를 할 수 없는 행원은 해고하는 것이 당연하다고 말했다. 어느 직장이나 각자의 능력이 회사에 얼마만큼 이바지할 수 있는지를 계산해서 행원을 쓰는 것인데 그 기능을 못 하게 될 때는 해고해야 한다. 해고된 자는 아직도 자기를 찾고 있는 직장이 있으면 찾아가면 된다. 아무 곳에서도 자기를 받아주지 않으면 무능력자 수용소에 들어가면 된다. 거기서 다시 직업훈련을 받지만 그래도 아무 곳에서도 그를 받아주지 않으면 그곳에 남아서 의식을 해결해야 한다. 밥은 공으로 먹을 수 있을 테니까. 그들은 일종의 사회주의 국가에서 사는 것 같았다.

이건 동물의 가죽을 쓰고 있을 뿐 개성을 잃어버리고 기계화된 인간 사회라고 나는 생각했다. 또 한 가지 길이 있다고 말 씨는 말했다. 무능력자 수용소의 규칙을 싫어하면 자유롭게 노변에서 어느 곳이나 편한 곳을 찾아 자고 구걸하며 사는 일인데 필경 아사하게 된다고 했다.

나는 발광할 지경이었다. 그리고 자신에게 몇 번이나 말했다. 나는 인간이다. 인간이라는 것을 잊지 말자. 나는 그 고층다방에 있을 때 휴거가 일어나 아내는 구름 속으로 들려 올라갔다. 두 여자가 매를 갈고 있을 때 하나는 데려감을 당하고 하나는 버려둠을 당함같이 내가 버려둠을 당한 것이다. 아내는 지상에 두고 온 나 때문에 얼마나 안타까워할 것인가? 나는 버려짐을 당했지만 42개월간 이 환난을 이기고 다시 공중으로 올라가 주님을 영접하고 그들을 만나야 한다. 이 짐승 가죽을 쓴 모든 간악한 동물들의 유혹을 물리쳐야 한다. 나는 세상과 짝짓지 않으리라.

말 씨는 내 얼굴의 험악한 표정을 보더니 꼭 자기 은행에 오지 않아도 된다고 말했다. 그러나 무능력자 수용소를 택하는 것도 한 방도인데, 자유니 사랑이니 하는 추상적인 용어의 유희에 빠져서 아사하는 일이 없도록 하라고 말했다. 나는 사랑이라는 말을 듣자 마구 가슴이 뜨거워지는 것을 느꼈다. 그리고 딸, 혜숙의 생일 때 기도하며 눈물을 흘렸던 감정으로 되돌아갔다. 그때 왜 그렇게 눈물이 나왔는가? 하나님께서 하잘것없는 자기를 사랑했다는 것이 눈물겨웠다. 죄인인 자기를 예수 그리스도의 피로 사시고 구원해 주었다는 감격이 그때 있었던 것이다. 이제야 그런 깨달음이 왔다. "내가 거룩하니 너희도 거룩하라."라고 그리스도께서 우리를 세상과 짝하지 않고 성화의 길을 걷도록 얼마나 애타게 말씀하셨나 하는 것도 새삼스럽게 기억했다. 그가 문밖에 서서 두드리며 우리 안에 들어와 사시며 우리가 지킬 수 없는 계명을 지키게 해주겠다고 얼마나 간절히 권유했는가를 생각했다. 그런데 나는 등불을 예비하지 못한 다섯 처녀처럼 졸고 있다가 휴거를 당하지 못하고 아내와 헤어지고 만 것이다.

"왜 무슨 일이 있습니까?"

말 씨는 내 표정의 변화를 보고 물었다.

"적어도 인간인 내가 어떻게 여러분 속에 끼어 있는지 모르겠습니다. 여러분은 이마에 666이라는 표를 붙이고 있는 짐승이라는 것을 깨닫지 못했습니다. 나는 바로 여기서 떠나야 합니다."

이렇게 단호히 말했다. 그러자 말 씨가 웃으며 내 다리를 보라고 말했다. 나는 내 다리를 처음으로 눈여겨보고 깜짝 놀랐다. 그것은 개의 다리였다.

"당신은 인간이 아니라 인간에게 가장 충성스러웠던 개입니다. 당신이 인간이라는 환상에서 깨어나야 합니다."

나는 개의 가죽을 쓰고 지금까지 인간이라고 생각하며 살아왔던 것이 너무 부끄러웠다. 하나님께서 가장 가증스럽게 생각하는 것은 하나님의 자녀라고 성별(聖別)해 준 인간이 짐승처럼 사는 것이 아니었던가?

나는 다시 발광한 상태가 되어 날뛰며 달리기 시작했다. 그러자 말 씨와 너구리 씨가 내가 미친 것으로 알고 나를 들어 건물 밖으로 동댕이쳤다. 나는 아득한 나락으로 떨어졌다.

얼마 후 내가 눈을 뜬 곳은 병실이었다. 아내가 눈을 뜬 나를 보고 반색을 하고 말했다.

"정신이 드세요? 사흘 동안 의식이 없었답니다."

"어떻게 된 거요?"

"호텔 스카이라운지에서 차를 마셨던 것 생각나세요?"라고 하며 설명했다. 일어서 나오는데 갑자기 거기서 쓰러졌다며 너무 과로했던 것 같다고 말했다. 병원에 왔는데 좀처럼 깨어나지 못해 걱정했다는 것이다.

"그래, 놀라서 방언 기도했어요?"

"왜 그러세요? 또 장난기가 살아나셨어요?"

"아니야. 너무 마귀에 쫓기고 짐승 가죽을 쓴 인간들을 많이 만나서. 당신의 방언 기도가 필요했어."

"도대체 무슨 꿈이어서 그래요?"

"글쎄, 아무래도 이차가공을 해야 설명이 될 것 같아."

아내는 어안이 벙벙해서 그를 쳐다보았다.

思索 周邊(사색 주변)

● ● ●

1.

"박 중위."

성긴 소나무 사이론 가을바람이 불고 있었다.

"박 중위."

어디를 거닐다 돌아오는 건지 교육부장 백 소령의 목소리가 차츰 가까이서 들려왔다. 박 중위는 책을 읽고 있다가 벌떡 일어서며 대답했다. 그와 동시에 텅 빈 장교 숙소의 문이 벌컥 열렸다. 장교 숙소래야 솔밭 위의 작은 교육장 하나를 칸 막아 놓은 것이었다.

"사색하러 갑시다."

박 중위는 멍청해졌다. 사색하러 가다니 어디 가서 무엇을 어떻게 사색하자는 말인가?

백 소령은 무조건 그더러 차에 타라는 것이었다. 백 소령이 직접 운전대에 앉아 그들은 교육대의 정문을 나섰다. 정문을 막 나서면 그곳이 바로 해운대의 백사장이었다. 좀 더 가면 미군들이 막아 놓은 해수욕장이 있고 이와 반대 방향으론 철조망이 둘러 있는 언덕이 있는

데 그 안엔 탄약창이 있어 민간인들의 통행 금지구역이 되어있다.

그들이 십여 분 동안 빙글 돌아 달려간 곳은 바로 그곳이었다. 차를 내려서 오륙도가 보이는 그 숲에 자리를 잡고 앉았다. 백 소령은 앉자마자 아무 말 없이 먼 수평선을 바라보았다. 그러다가 또 볼에 턱을 괴고 넋 나간 사람처럼 땅을 보고 있기도 했다. 박 중위는 어떤 말도 할 수가 없어서 멍청히 수평선을 바라보았다. 파란 하늘과 땅이 맞닿아 버렸다. 배는 한 척도 보이지 않았다. 한 줄기 찬바람이 얼굴을 스쳤다.

(무엇을 사색할 것인가?)

그는 사색이란 말마저 잘 모르고 있다는 것을 알았다. 막연히 무엇을 불러일으켜서 생각해 보는 것, 그런 것이 사색이 될 수 있을까? 어떤 특정한 대상을 깊이 파고 생각해 보는 것 그런 걸 사색이라 할 것인가? 숙고란 또 어느 때 쓰는 말인가? 어떤 계획을 샅샅이 검토하고 생각해 보는 것은 사색이라고 하지 않는 것 같다. 언어의 기원을 따져 본다든가 역사를 고증하는 따위는 연구가 될지언정 사색이라고 하지 않는 것 같다. 인생이란 무엇인가? 이런 문제에 대한 해답을 추리해서 모색해 보는 것, 이런 게 사색일까? 그러나 이 엄청난 문제를 어디서부터 어떻게 사색해보자는 말인가?

그는 자기가 읽었던 책 가운데 사색에 관해서 이야기해 놓은 것이 없을까 하고 기억을 더듬었다. 그러나 그는 자기의 빈약한 독서 시절을 통해서 기억해 낼 만한 것은 하나도 없는 것을 알았다.

백 소령을 바라보았다. 이제 그는 본격적인 사색에 잠긴 모양이었다. 로댕의 생각하는 사람 바로 그대로였다. 육사생들의 수양록(修養

錄) 기록시간을 생각해 냈다. 먼저 수양록을 내놓고 책상에 배를 붙이고 똑바른 자세로 앉아 눈을 감는다. 〈반성 시작!〉 모두가 하루 생활을 반성하기 시작한다. 〈반성 끝, 일기 쓰기 시작〉 싹 싹 싹 모두 일기를 쓰기 시작한다는 것이었다.

지루해져서 몸을 고쳐 앉았다. 백 소령은 꼼짝 않고 앉아 있었다. 서른일곱인데 독신이었다.

"부장님은 결혼 안 하십니까?" 하고 물으면

"거, 결혼하면 뭘 해." 하고는 "그런데 말이요, 박 중위. 난 결혼한 사람이 혼자서 이 장교 숙소에 있는 이유를 모르겠어요. 그건 어느 계통에 속하는 거요"라고 했다.

"무슨 그게 계통이 있습니까?"

"엄연히 있지요. 기혼자의 생활, 미혼자의 생활, 또 미혼자도 결혼 안 한 사람의 생활, 결혼 못 한 사람의 생활…."

"그럼 기혼자의 생활도 행복하게 결혼한 사람의 생활, 불행하게 결혼한 사람의 생활, 이렇게 있지 않겠습니까?"라고 하자

"박 중위는 그럼 불행하게 결혼했단 말이오?" 하고 무뚝뚝하게 물었다.

"그러지는 않지만."

"그거 봐요. 그러기 때문에 모르겠다는 것이오." 하고 사뭇 심각했었다.

"우리의 체험도 말이요 이게 아주 어수선한 것 같지만 사색하면 계통이 선명해지거든요. 원인 결과, 원인 결과 이렇게 말이요."

(백 소령은 현재까지의 체험을 정리하고 있다는 말인가?)

박 중위는 그의 신병을 잘 몰랐다. 그러나 불현듯 이런 생각이 들었다. 그는 이북에 사랑하는 애인이 있었다. 그들은 흥남 철수 당시 함흥에서 급히 흥남으로 왔었다. 그러나 타고 갈 배는 하나도 없었다. 애인은 그동안 짐을 더 챙기기 위해 함흥으로 돌아갔다. 그러는 새에 교통은 차단되고 민간인들을 철수시킬 LST는 도착했다. 서로 먼저 타려는 아비규환의 혼잡 속에서 그도 타야만 했다. 배는 떠났다. 그러나 그는 선창에서 소리쳐 부르는 애인의 환상에 가슴이 멘다. 아직도 바다 저편에서 애인의 손길은 어른거린다.

전마선이 하나 멀리서 이곳으로 다가오는 것이 보였다.

박 중위는 사촌 동생 숙이와 그녀의 친구 미애와 셋이서 해수욕장에 갔던 지난여름이 생각났다. 숙은 해변에서 모래집을 만들고 파묻혀 있었고 그와 미애는 보트를 타고 바다로 나왔었다. 숙은 조금도 바다 깊숙한 곳으로 들어가지 않았다. 물이 흐린 바닷가 낮은 곳을 뛰어다니면서 얼굴에 물이 튀어 오를 때마다 가쁜 숨을 몰아쉬며 어린애처럼 소리를 지르며 좋아했다. 그가 보트를 타자고 말하자 그녀는 싫다면서 달려가 버렸다. 그는 숙이 미애만큼 활발하다면 얼마나 좋을까 하고 생각했었다.

박 중위는 보트 젓는 것이 서툴러서 몇 번이고 미애의 얼굴에 물을 끼얹었었다. 그러나 미애는 더욱 거들먹거리는 것이었다. 어느새 꽤 먼 바다까지 나왔었다. 그는 내심 두려워져서 노를 안으로 당겨 놓았었다.

"좀 더 멀리요."

그녀의 말은 착 가라앉아 있었고 눈은 집요하게 그러기를 바라고 있었다. 갑자기 피가 멎는 듯하면서 절망감 같은 것이 엄습해왔었다. 그녀는 배 안으로 내려앉으며 발을 가지런히 놓았었다.

"죽고 싶지 않아요?"

"왜요?"

"그냥 죽고 싶어요."

그녀는 그의 발을 들어 자기 발 위에 올렸다.

"어젯밤에 저는요, 누군가가 칼을 들고 내 가슴을 찌르는 꿈을 꾸었어요. 가슴이 섬뜩하지 않아요? 그런데 연거푸 막 찌르는 거예요. 나는 얼마나 무서웠는지 사람 살리라고 막 악을 쓰면서 손으로 얼굴을 가렸어요. 무서웠지만 난 어쩐지 그렇게 한번 죽어봤으면 좋겠다고 생각해요."

그녀는 그의 발을 쓰다듬었다. 그는 노를 젓는 것을 그치고 그녀를 쳐다보았다. 그녀는 얼마 동안 그를 보다가 눈을 가늘게 하고 씽긋 웃더니 갑자기 밀짚모자를 던지며 일어섰다.

"헤엄칠 줄 아세요?"

모른다고 했다. 그녀는 뒤로 물러섰다. 배가 좌우로 크게 흔들렸다.

"조심해요."

그가 겁에 질리는 소리를 질렀다. 첨벙 하는 소리와 함께 배는 또 크게 흔들렸다. 그녀의 머리가 배 꽁무니에서 솟아올랐었다.

"시원하고 좋아요."

그때가 그의 일생에서 가장 즐거웠던 여름이 될 것이다. 소위 마크를 달고 나온 처음 휴가였다. 그들은 절에 들러 며칠 쉬었다 가기로 했었다. 그때 아주 해수욕장까지 들린 것이다. 그는 일생 처음으로 자유로운 공기를 마신 것 같다. 그때 미애를 소유하려 했으면 이뤘을지도 모른다. 그러나 그때 그는 숙 외의 어떤 여자에게도 관심이 없었다.

(이 순간 어떻게 해서 갑자기 숙과 미애 생각이 떠오른 것일까?)

바람이 솔밭 사이를 지나쳤다. 바다 물결이 거품을 일으키며 해면을 씻는 것이 보였다. 정말 미애는 그때 죽고 싶었을까? 알 수 없다. 그러나 지금 그에게 또 한 번 그런 기회가 온다면 정말 그도 죽고 싶다고 생각했다.

이건 너무나 감상적이다. 그는 어처구니없게도 한동안이나마 백 소령이 쭈그리고 앉았던 그런 모습으로 앉아 생각에 젖었던 자신을 깨닫고 일어섰다.

"박 중위, 사색 다 끝냈소?"

이번에는 내가 운전대에 올랐다.

"어떤 사색을 하셨습니까?"

달려오면서 궁금해서 물어보았다. 아무 대답이 없었다. 부대에서 차를 세우고 내렸을 때 그는 상기도 심각한 백 소령의 표정을 보고 놀랐다. 그는 자기 어깨를 치면서

"여기 오기까진 이야길 않는 것이 좋소, 이 가까운 거리를 왜 차로 가는지 압니까?"라고 묵상한 뒤는 침묵하는 것이 좋다고 하는 것이었다.

2.

백 소령은 그에게 사색을 강요하는 것 같았다. 두 번째 사색하러 가자고 했을 때 처음 한순간 그는 싫은 생각이 들었다. 그러나 백 소령은 그의 감정 따위 아랑곳하지 않고 그를 그 지점까지 운반해다 놓은 것이었다. 그는 또 무엇인가를 생각하지 않으면 안 되었다. 무엇을 생각할 것인가 하고 헤매는 사이 어머니는 열아홉에 그를 낳았다는 생각이 돌발적으로 기억 속에 되살아났다. 열아홉이라면 아직도 어리고 어린 처녀가 아닌가? 그는 이 신기한 생각을 왜 지금까지 하지 못했을까 하고 의아스럽게 생각하였다. 고 2, 3학년일 수밖에 없는 처녀가 어린애를 낳았다! 그것도 남편이 없는 사이 무서운 시어머니의 감시 하에. 그는 어머니가 한없이 측은해지는 것을 금할 수가 없었다. 그 무거운 짐을 어떻게 혼자서 감당할 수가 있었다는 말인가? 꿈마저 설익었을 시골 처녀가 부모의 명 때문에 같은 마을 한 양반의 가문에 시집을 왔다. 의지하고 온 남편은 역마살이 끼어 만주로 떠나 버리고 시어머니 밑에서 불안과 공포로 어린앨 낳는다. 그리고 일생을 논과 밭에 엎디어 고무신이 무엇인지를 모르고 짚신으로 살아간다. 이 얼마나 참혹하게 유린당하여 버린 삶인가?

그는 그때 어리고 어리던 처녀의 배를 아프게 하고 태어난 아들이다. 20대 중반이 되어 겨우 어머니의 진정을 알게 된 것이 죄송하기도 하고 놀랍기도 했다. 어떻게 그런 생각이 숨어 있다가 갑자기 튀어나왔다는 말인가? 언젠가 한 번 들었을 그 말이 무의식중에라도 어린 자기 마음에 각인(刻印)되어 있었던 것이 틀림없다. 그러나 어떻게 해서 그런 생각이 갑자기 떠오를 수 있을까? 그는 기억이란 우리의 머릿속에 시간 순서로 쌓여 있는 그런 것이 아니라는 생각을 언제부턴지 하고 있었다. 기억이 만일 그렇게 차곡차곡 시간 순서로 쌓여 있는 것이라면 먼 옛날을 생각해 내는 데는 퍽 많은 시간이 걸리고 말 것이다. 또 인간의 두뇌는 교묘하게 생겨서 우리가 일별할 수 있도록 평면적으로 기억은 저장된 것이 아니다. 혹 그렇게 저장되어 있다 할지라도 그땐 시간적인 전후 관계는 또 어떻게 설명할 것인가? 그는 다만 그대로 두뇌에는 자기 자신도 설명할 수 없는 끊임없이 운동하는 미립자 같은 기호들이 가득 차 있다고 생각해 왔다. 그래서 그가 무엇인가를 기억해 내고자 할 때 그는 번개와 같이 움직이는 입자 가운데 어떤 한 입자를 본다. 그럼 그 입자는 그의 앞에 한 화면을 가져다준다. 그는 그 화면에서 많은 이야기를 손쉽게 읽어 내는 것이다.

그러나 그가 기억해 내려는 아무 특정한 대상을 갖고 있지 않을 때만 무엇이 갑자기 튀어나온다는 건 웬 까닭인가? 그는 이런 걸 또 생각했다. 그건 아주 깊이 각인된 입자가 격렬히 운동하다가 그것이 과잉된 에너지로 궤도 밖으로 튀어나온 것이 아닐까? 그래서 어떤 사고가 기억을 요구하는 동안은 그 과잉 에너지는 미미해서 전혀 느껴지지 않는다. 그러다가 인간의 사고가 공허한 상태에 있으면 튀어나온다. 튀어나온 기억은 많은 연쇄 기억을 불러낸다. 그러는 동안 다른 기억은 나타나지 않는다. 그것이 끝나면 이젠 다른 기억이 튀어나온다. 절에 있는 중들은 먼저 자기와 맺어졌다고 생각하는 모든 세속의 정을 절단해 버리는 것을 수도의 첫 과정으로 삼는다고 한다. 모든 존재는 실아(實我)는 없고 일 주야를 육십 사억 구만 구천 팔십 찰나로 나눌 수 있는 그 찰나 속에서 다만 인연으로 얼핏 병존했다 사라지는 가아(假我)가 있을 뿐이다. 우리와 함께 있었던 것은 그 찰나 찰나뿐이요 지금은 아무것도 없다는 것이다. 이 공(空) 속에 있어야 하는 수도승이 수도는 혼자서 할 수 없다고 말하면서 너무 많은 잡념이 자기를 괴롭힌다고 말했던 것을 생각해 냈을 때 그는 기억에 대한 많은 이 잡념이 공이 될 때 한순간의 상념이 떠오른다는 가설을 그 나름대로 믿고 싶었다.

그렇다면 백 소령이 그를 이곳에 데려온 것은 그의 머리를 공의 상태로 해 놓는 셈이다. 그리고 그는 그동안 사색을 하는 것이 아니고 다만 백 소령의 사색 주변에서 그대로의 공의 상태가 오기를 즐기는 셈이다. 그가 수도승이라면 이 기억되는 것을 거부하고 새로 나타나는 기억을 또 거부하고…. 이렇게 해서 모든 것을 공의 상태로 만들어버려야 한다. 정말 사색해야 할 것들은 거기서 시작할 것이기 때문이다.

그는 어머니에 대해서 더욱 생각했다. 얼마나 포근히 감싸주는 정이 그리웠을 것인가? 어린애를 낳고도 어머니는 잠시를 쉬지 못했다 한다. 아침에 젖을 먹이고 밭에 나갔다가 점심때 돌아오면 어린 자기는 온방을 헤매며 울다 울다가 지쳐서 방구석에 새파랗게 되어 처박혀있었다 하지 않았다던가? 어머니는 혹독함이 시어머니의 사랑이라고 인식했을 것이다. 어머니는 배가 고파도 밥을 많이 먹지 못해서 밭두렁을 지나는 사람에게 친가의 어머니더러 밥 좀 갖다 달라고 부탁했다지 않는가? 출가외인이고 그때는 모두가 너무 가난해서 그렇게 사는 것을 이상하게 생각되지도 않았던 것 같다.

불현듯 할머니가 미워지기 시작했다. 인생의 체험을 많이 쌓은 할머니가 나이 어린 연약한 며느리를 어찌 그렇게 혹사할 수가 있다는 말인가? 어떻게든 집을 빠져나가려던 자기를 붙들고 몇 번이고 몇 번이고 듣기 싫은 말을 되풀이하던 할머니의 얼굴. 거기엔 어떤 사람도 옆에 붙이지 못할 천품 같은 게 숨어 있는지도 모른다는 느낌이 드는 것이었다. 학문한 할아버지는 농사일에 매달려 있을 수 없었다. 할머니는 할아버지가 농사를 안 지어도 자기 옆에서 자기를 사랑해 주고 자기 옆에 있어야 했다. 그러나 할아버지는 도시로 나가 딴 살림을 차렸다. 품앗이로 농사를 지탱하고 있던 할머니는 어린 며느리를 들였는데 아버지는 사랑 없는 결혼이라고 또 집을 떠났다. 그러나 반면 자기는 할머니가 그렇게 잔인하고 인색해야 했던 이유를 알 수 있을 것 같기도 했다. 할머니는 서른에 과부가 되었었다. 아들 두 형제를 거느리고 살았는데 큰아들은 만주로, 둘째는 고학의 길을 떠나 어머니와 할머니 두 여인이 꽤 많은 전답을 거두어야만 했다. 할머니도 따뜻한 정에 말랐던 것인지 모른다. 과부가 된 할머니는 잃어버린 정을 기다리고 기다려 아들들에게서 구하려 했다. 그러나 그 아들들은 떠나버렸다. 그 울분은 모조리 나이 어렸던 어머니 위에 쏟아져 버린 것이 아니었을까? 어머니는 숙명처럼 그것을 받아들이고. 가족이 이렇게 흩어져 있는 것은 어떤 선조의 무덤을 잘못 썼기 때문이라고 말한다. 그러나 이것은 쓰라린 현실을 체념으로 받아들이자는 한갓 방편일 것으로 생각했다.

　박 중위는 중학생이 되기까지 이 농촌, 할머니와 어머니 곁을 떠난 적이 없다. 그곳은 삼십 리는 족히 걸어야 기차역을 볼 수 있는 깡촌

(두메산골)이었다. 외부 사람이라곤 외숙이 큰딸을 데리고 할머니 집을 다니러 왔을 때였다. 그가 국민학교 삼 학년 때인 것 같다. 그 사촌 동생이 숙이었다. 얼굴이 얼마나 희고 야들야들한지 그런 여학생을 이런 시골에서는 본 일이 없었다. 그는 얼마나 황홀했던지 그 애가 그의 동생이라는 것이 믿어지지 않았다. 무엇으로 세수를 하면 얼굴이 그렇게 희고 고울 수가 있을까 신기할 정도였다. 그때 그는 숙을 시골 여기저기를 데리고 다녔었다. 보릿대 사이에서 뒹굴기도 하고 또 동리 정자까지 갔을 때는 다리가 아프다 해서 업고 오기도 했었다. 그 인상은 오래도록 그에게서 떠나지를 않았다. 숙이 떠난 후에도 그는 어린 생각에 크면 그런 여자와 결혼하고 싶다고 생각했다. 그러나 그 뒤로 그는 숙을 만나지 못했다. 얼마 있지 않아 해방되었고, 호열자(콜레라)는 만연했으며, 곧이어 6·25가 터지고 모두 피난길을 떠났기 때문이었다.

3.

박 중위는 6·25 후유증으로 혼란한 가운데 고등학교를 졸업 후 중등교사 양성소라는 곳을 선택했다. 그때는 중학교에 수학·과학 교사가 부족하여 그런 양성소를 각 대학 부설로 설치하고 있었다. 등록금도 저렴했거니와 졸업 후 곧 취직이 보장될 것이라는 생각에서였다. 그런데 그는 졸업하자 바로 취직하여 돈벌이하지 못했다. 일 학년 말에 갑자기 대학의 교내 군사훈련제가 폐지되고 집단 입소 훈련이 시작되었기 때문이었다. 그는 대학 졸업을 일 년 앞둔 대학생으로 상무대에서 육군 보병학교 제1기 학도 특별군사훈련을 받게 되었다. 명목은 대학 내 훈련이 부실해서 군에서 훈련하는 것이라고 했지만 그것은 간부후보생 전반기 교육과정을 수료하는 과정이었다. 훈련 후 바로 예편되었다가 이듬해에는 졸업과 동시 군에 소집되어 입대할 수밖에 없게 되었다. 후반기 간부후보생을 지원하여 장교가 되느냐 사병으로 입대하느냐는 본인의 선택이었지만 그는 장교를 지원하였다. 어떻게든지 독립해서 살고 싶었기 때문이었다. 그렇게 해서 소위로 임관하여 군에 적응하고 있을 때였다. 그의 주소를 어떻게 알았는지 숙에게서 편지가 왔었다. 면회를 오고 싶다는 것이었다. 그는 그 시기에 맞추어 휴가를 신청했다. 그래서 숙이와 미애를 만난 것이다.

한순간 또 얼굴이 붉어지는 장면이 떠올랐다. 그녀들이 목욕하는 동안 그가 보초를 섰던 일이다. 그는 숙을 만나 함께 영화를 보러 갔었다. 그녀는 숙부가 직장을 제대로 가지지 못해 대학진학을 포기했다고 좀 우울한 표정이었다. 영화관에서 돌아오면서 얼음집에 들렀었는데 거기서 그들은 우연히 숙보다 이년 선배인 미애를 만난 것이다. 그녀는 불쑥 그림을 그리러 절에 가겠다고 같이 가지 않겠느냐고 말했다. 혼자는 갈 용기가 나지 않는다고.

박 중위와 숙은 곧 동의했다. 그들은 어디든 가고 싶었던 때였다. 동래에 있는 절에 도착한 그 날 밤, 미애는 덥다고 목욕을 하고 싶다고 말했었다. 그는 그녀들을 데리고 절 옆을 흐르는 냇가로 갔었다. 좀 으슥한 위 골목으로.

그녀들은 거기서 옷을 벗어 던지고 첨벙첨벙 물속으로 뛰어들었다. 그는 바위와 나뭇가지로 가려진 그 밑 바위 위에 서서 승려들이나 유람 온 손님들이 나타나지 않나 파수를 보았다. 검푸른 산 계곡에서 울리는 물소리는 좀 무서웠다. 그러나 눈이 어둠에 익고 하얀 살결들이 교대로 바위와 나무 사이로 비칠 때 그는 산 쪽으로 고개를 돌리고 휘파람을 불었다. 그래도 서서 파수를 보는 것이 대견하고 즐거웠다.

"덥지 않아요?"

미애의 소리가 들려왔었다.

"괜찮습니다."

"오빠, 오빠도 더우면 거기서 목욕하지."

그때 같이 장교 숙소에 있던 임 중위가 나타났으면 뭐라고 했을까?

(여보 파수 보고 섰소? 하고 비웃으며 지나쳤을 것이다.)

여자와의 관계는 공개하고 보면 유치하고 부끄러운 일뿐이다.

4.

숙과 만난 뒤 그녀는 자주 편지를 해 왔다. 일선에서 숙의 편지를 받는 것은 즐거운 일이었다. 중위로 진급한 뒤로도 그는 휴가를 받으면 집보다는 외숙 집을 먼저 방문했었다. 군에 입대해서 삼 년이 되던 그 나이 스물여섯의 가을에 그가 휴가로 들르자 숙모는 그에게 결혼하기를 권했었다. 그즈음 바짝 할머니도 그의 결혼을 강요하게까지 된 이유를 그는 알고 있었다. 숙의 혼담이 여러 차례 있었으나 숙은 번번이 거절했다는 것이다. 그 원인이 그에게 있는 것으로 가족들은 알고 있었다. 그리고 그들 사이를 사실 이상으로 상상하고 걱정하는 것 같았다.

그는 결혼하겠노라고 남의 일처럼 말했다. 그러자 부대로 여자의 사진이 보내지고 나만 괜찮다면 겨울에라도 해치우겠다는 편지가 왔었다. 그의 부대는 그해 겨울에 야외 기동훈련이 바빠서 그럴 여가가 없다고 결혼을 거부했다. 그때 숙에게는 국민학교 교사이며 진실한 크리스천인 청년이 프러포즈하고 있다는 말이 들렸었다. 그가 야외 기동훈련 때문에 험준한 고갯길을 지프로 달려 내려가다가 버스와 교차하려고 멈추어 선 버스에서 숙을 본 것은 결혼을 미루고 있던 그해 겨울이었다. 바람이 심히 불어 강추위를 하던 날이었다. 어떻게 해서 그 지점에서 서로 용케 바라볼 수 있었던 것일까? 숙은 바로 차에서 내려 그를 따랐다. 그들은 반가워 껴안다시피 하여 부대로 돌아가 토굴 같은 방에서 하룻밤을 새웠다. 그녀는 혼담에 너무 시달렸음인지 감정이 격해 있었다. 스물다섯이라면 나이로 그럴 때이었을까? 그들은 길게 입 맞추었다. 그러다가 그는 숙의 가슴을 더듬기 시작했다. 그때 숙은 갑자기 그를 밀어내며 "오빠 안 돼." 하고 돌아 누웠다. 그는 좌절감, 수치감, 한순간 쾌락의 노예로 전락한 자신에 몸이 굳어져 어쩔 바를 몰랐다. 그는 천정을 보는 자세로 뜬눈으로 밤을 새웠다.

"오빠, 어젯밤 화났어?"라고 다음날 숙은 말했다.

"아니야. 미안해."

"내가 오빠 사랑하는 걸 알지?"

그러면서 숙은 떠날 때 말했다. "오빠는 사랑이 영원하다는 것을 믿어?"

돌려보내고 난 뒤 박 중위는 결혼을 결정하였다. 그렇게 하는 것이 숙이 말하는 영원한 사랑을 지키는 것이라는 생각이 들어서였다. 그의 사랑은 육체적으로 그녀를 독점하고 싶다는 욕망에 불과한 것이었을까? 그는 모든 것을 주고 싶은데 그녀는 거절한다. 만일 그날 그가 욕정에 사로잡힌 대로 했다면 어떻게 되었을까? 그는 이 사회에서 저주받는 패륜아가 되었을까? 그들의 감정은 아름다운 것은 없었으며 단순한 독점욕에 불과한 것이 되는 것이었을까?

그는 결혼하겠다고 말했다. 그래서 겨울을 넘긴 그해 봄에 할머니와 어머니가 소개해 준 여인과 결혼하였다. 결혼해서 아내와 같이 지내면서도 그는 얼마 동안 숙을 잊지 못했다. 박 중위는 자신을 절대로 용서할 수 없는 것은 그런 결혼 생활 가운데 아내가 임신했다는 것이다. '오빠를 사랑한다.'라는 숙의 말을 들은 지 반년도 지나기 전이었다. 또 숙은 아직도 결혼하고 있지 않은데 벌써 그는 아버지가 되어가고 있었다. 그는 아내가 장교 숙소에 면회 오는 것을 싫어했다. 도저히 그녀를 사랑스러운 눈으로 바라볼 수가 없었기 때문이었다.

사랑이 영원하다는 것은 무슨 뜻일까? '영원'이란 현실을 초월한 신에 속한 영역의 단어이다. 어떻게 이 세상에 '영원'이 있을 수 있는가? 평행선은 영원히 만날 수 없다고 말한다. 그러나 평행선 끝까지 가본 사람이 있는가? 지구는 위도와 경도가 있다. 동경 10도와 20도는 항해하는 사람이 그들은 평행선을 달린다고 말한다. 그러나 그 끝에 가보면 북극과 남극에서는 한 점에서 만난다. 하나님의 손안에서는 평행도 한 점에서 만난다. 사랑과 미움도 평행선처럼 영원히 하나가 될 수가 없다고 생각할지도 모른다. 그러나 이성을 초월한 신의 세계에서는 애증(愛憎)은 한몸이 될 수 없는 평행선과 같은 것이 아니라, 미움과 사랑은 영원에서 하나가 되는 것이 아닐까?

숙은 '언니를 사랑하세요. 그것이 저를 사랑하는 것이에요.'라고 편지를 써 보냈다. 그것이 말이 되는가? 한 사람이 두 사람을 어떻게 사랑할 수 있는가? 그것은 이율배반이고 위선이다. 그러나 이성을 초월한 세계에서는 그것이 가능할 수 있을지 모른다. 그 세계의 사랑은 이 지상의 사랑과는 다른 것이기 때문이다. '죽고 싶어요.'라고 말했던 미애의 말이 떠 올랐다. 내가 죽고 새로운 세상에 다시 살 수 있다는 것을 믿으면 그런 사랑은 있을 수도 있지 않을까?

사랑하는 숙을 놓아버리자. 숙밖에는 사랑할 수 없다. 숙을 소유하고 싶다는 집착에서 해방되자. 그것이 유일한 사랑은 아니지 않은가?

5.

아내가 출산할 기미가 보인다고 가능하면 집으로 오라는 어머니의 전갈이 있어 박 중위는 휴가를 얻어 집으로 내려갔다. 집에서는 출산

준비로 분주했다. 아기를 잘 받는 동네 아주머니를 불러오고 부엌에서는 가마솥에 물을 끓이고, 아내는 손발이 묶여 누워있었다. 그는 출산하는 동안 밖에 쫓겨나가 있었다. 드디어 아기의 울음소리가 나고 모든 것이 마무리되어 그는 방으로 들어갔다. 30대에 과부가 된 할머니, 남편이 집을 나가 생사가 불분명해 생과부로 있는 어머니, 그리고 이제 막 출산을 한 아내가 한 방에 있었다. 그는 지금 자기가 지금까지 무슨 짓을 했는지 앞으로 무슨 짓을 하려 하고 있는지를 생각하며 몸서리를 쳤다. 그 여인들은 무슨 잘못을 저질렀는가? 그가 증오했던 할머니, 그가 미련하다고 저주했던 어머니, 도저히 사랑할 수 없다던 아내…. 그들이 가련하지 않은가? 자기는 그런 그 가정에서 태어났는데 그는 과연 아무 책임도 없는 것일까?

"언니를 사랑하세요. 그것이 저를 사랑하는 것이에요."

라고 말했던 숙의 말이 생각났다.

(그래 내가 너를 놓아버리는 거야. 그래야 내가 모든 율법의 구속에서 벗어나서 너도 사랑하고 할머니도 어머니도 아내도 동시에 사랑할 수 있게 될 거야.)

박 중위는 동생 숙이 자기의 스승이라는 생각이 들었다.

그가 휴가에서 돌아오자 장교 숙소에 숙에게서 편지가 와 있었다. 그 속에 그녀의 결혼 청첩장도 있었다. 그는 날 듯이 기쁜 발걸음으로 백 소령을 찾았다.

밖에서는 거센 바람 소리가 들려왔다. 그것은 해변에 부딪히는 물결 소리와 섞여 마치 추운 겨울이 다가오고 있는 느낌이었다.

휑한 장교 숙소에는 찬바람이 돌았다.

"백 소령님!"

임 중위가 놀란 듯 문을 열고 내다보았다. 건넛방에서 무표정한 또 하나의 얼굴이 나타났다. 백 소령이었다.

"사색하러 갑시다."

이번에는 박 중위가 사색하러 가지고 자청하였다. 그는 운전대에 앉아 지정된 코스로 차를 몰았다.

철썩 쏴아. 철썩 쏴아. 물결은 끊임없이 해변을 씻고 물러갔다.

나뭇가지를 울리며 또 바람이 지났다.

"웬일이야. 사색하자고 자청하게."

"제자가 스승이 된다는 말 못 들어보셨어요? 이젠 누구에게도 사색하러 가자고 권하고 싶어요."

차는 급커브를 돌아서 우뚝 멎었다. 백 소령은 차에서 껑충 뛰어내렸다. 그리고는 박 중위의 어깨를 치며 어느 때나 다름없이 걸어가는 것이었다.

"사색은 가을이 제일이야."

"그렇습니다. 기분이 한결 상쾌합니다."

그는 숙의 결혼도 축하하러 가야겠다고 생각했다. 그리고 박 중위는 자기도 숙을 영원히 사랑한다고 말해주고 싶었다.

어깨에는 투박한 백 소령의 손 무게가 오래도록 남았다.

몸을 곧게 하고 여느 때나 다름없이 천천히 걸어가는 그의 뒷모습을 보고 있자 박 중위는 뜻밖에 사색의 흐름과는 무관하게 백 소령의 애인은 벌써 죽어버렸을지도 모른다는 생각이 드는 것이었다.

프레쉬맨의 回顧(회고)

⋮

　누구에게나 대학 일 학년 시절의 경험이 있게 마련이다. 나도 처음 경숙을 알게 된 이야기를 하겠다. 그때 도서관 옆 화단엔 개나리가 노랗게 한 줄로 피어 있었다. 도서관 벽 양지쪽에는 나와 같은 애송이 신입생들이 몇 모여 서 있었고 저쪽에선 화단을 돌아 선교사 부인 한 사람이 산뜻하고 밝은 옷을 입은 어린애 손목을 끌고, 사라지는 것이 보였다.

　백 이삼십 명 정도의 이 작은 기독교 대학에 입학한 지 두 주일이 지난 때였다.

　나는 열람실로 들어가 책을 폈다. 내가 얼마쯤 책을 읽고 있을 때 경숙이 내 앞 의자에 와 앉았다. 갑자기 가슴이 뛰었으나 나는 경숙을 못 본 체하고 그냥 책을 읽고 있었다. 그러면서도 그녀가 나를 한 번 쳐다보고 양손으로 치마 뒤쪽을 가지런히 해서 의자에 고쳐 앉고, 입을 약간 내밀고 무리하게 턱을 움직여 무심한 듯 밖을 한번 내다보고, 그러다가 부리나케 책을 펴는 것을 보고 있었다. 그것은 어떤 시집이었다.

　나는 그녀가 경숙인 것을 진작부터 알고 있었다. 그녀가 도서관 포치의 콘크리트 기둥에 친구들과 기대어 서 있었을 때 나는 그녀를 보고 있었던 적이 있다. 그리고 그때 나는 그녀가 퍽 예쁘다고 생각하였다. 여자란 예쁘다고 생각하면 여러모로 예뻐진다. 상처 나기 쉬운 약하고 보들보들한 하얀 살결도 예쁘고, 손가락 양편으로 오목하게 들어간 빤질거리는 작은 손톱도 예쁘고, 앞머리가 이마를 살짝 가린, 귀 뒤로 넘어간 철렁한 머리채와 산뜻한 옷맵시도, 가슴이 늘 뛰고 있으며 곧 놀래거나 곧 웃을 것 같은 불안한 자세도, 발그레한 볼도, 파들거리는 눈까풀도…, 모두 예뻐만 보인다. 그러나 나는 예뻐 보이는 이 모든 것이 눈에 거슬리고 신경을 자극했다. 그럴 때마다 나는 어디로 도망가 버리고 싶은 답답한 충동이 일었다. 그렇지만 나는 이 충동을 지그시 참고 견디었다. 그런 데에 또한 야릇한 쾌감이 따르곤 했다.

저편에서 달려오던 여학생 하나가 경숙이 이름을 불렀다.

"뭐어?" 그녀는 소리 없이 입을 크게 벌렸고 눈을 동그랗게 하고 대답했다. 그때 나는 경숙의 이름을 알았다. 나는 경숙이 옆에 있으므로 옹색하고 답답한 심정이 되었다. 예쁘다는 것은, 주관적인 감정이다. 주관적인 것처럼, 막연하고 위태로운 판단 기준은 없다. 경숙은 예쁠 수도 없고 미울 수도 없는 하나의 여자다. 여자란 무엇 때문에 있는가? 이 생각은 내 머리를 아주 많이 어지럽혔다. 이러다간 경숙은 더없이 추한 존재가 되어버리고 말 것이다. 경숙은 무엇 때문에 이곳을 어른거리는지. 아니 근본적으로는 무엇 때문에 있는지 그것조차도 모르는 인간이라고 생각하자.

그녀는 신경질적으로 시집의 책장을 팔랑팔랑 넘기더니 턱을 괴고 읽기 시작했다. 그러다간 책장을 덮고 벌떡 일어서 나가버렸다. 나는 그녀가 떠나 버린 책상 위를 바라보았다. 가늘고 긴 하얀 손가락이 보이는 것 같았다. 나는 그곳에서 야릇하게 말살되어 버린 어머니의 환상을 보았다. 어머니는 나를 두고 도망쳐 버렸었다. 나를 낳은 것에 그녀는 아마 아무 책임도 느낄 수 없었던 모양이다. 하긴 도덕률이란 인간이 만들어 놓은 것이고 관능적인 여자가 그런 것 따위에 꼭 얽매여야 할 아무런 이유가 없는 것인지도 모른다.

고등학교 시절에 친구 놈들은 나더러 약간 변태적이라고 말했었다. 그러나 그 당시 나는 정신이 멀쩡하였으므로 학자가 되어 일생 연구에 종사하겠다는 평소의 결심을 굳게 하고 장하게도 열을 내어 도서관을 뻔질나게 드나들고 있었다. 돈이 풍성해서 사치스럽게 공부하는 모든 학생을 증오하듯 나는 노트 몇 권을 끼고 당구장에 드나드는 대학생들도 증오했었다. 학문에는 지조가 필요하다. 직장이 생기면 팽개치고 고시에 합격하면 팽개치는 곳이 어떻게 아카데미가 될 수 있는가 하고 책에서 읽은 고대 파리의 아카데미를 상상하며 말하자면 치기에 스스로 흥분하고 모범적 대학생이 될 결심을 했었다. 어떻든 이런 결심은 내가 대학의 문을 들어서자 최고조에 이르렀다. 그러나 이러한 나의 모든 결심과 행위는 규모가 작고 신통치 않다고 내가 발을 들여놓은 이 대학을 시들하게 생각하고 있는 다른 학생들에겐 유치하게만 보였을 것이다. 그러나 나는 전혀 그런 것을 의식하지 못했었다. 나로서는 이만한 대학에 발을 들여놓은 것도, 고교 졸업 후 삼 년의 방황 끝에 얻은 결과였기 때문이었다. 나는 군에 입대할까, 대학을 진학할까 망설이고 있었다. 그때 대학에 입학하면 그동안 입대가 면제되는 때였다.

며칠 뒤 두 번째 경숙이 내 옆자리에 앉았을 때 나는 책 읽는 데 열중해서 그녀가 옆에 와 앉는 것을 모르고 있었다. 은은한 향내에 내가 고개를 돌렸을 때 그녀는 어린애처럼 웃으며 눈으로 인사했다. 나는 고개를 꾸벅 숙였다. 그러자 그녀는

　　"나 이것 좀 해석 안 해줄래?"라고 재빠르게 귀에 대고 소곤거렸다. 나는 깜짝 놀라 쳐다보았다.

　　"왜, 해라 하는 게 안 좋니?"

　　나는 소리 내서 크게 웃고 싶었다. 그녀는 적어도 나보다 두세 살은 아래일 것이었다.

　　"아니, 좋다, 좋아."

　　나는 어색하고 좀 큰소리로 몸을 곧추앉아 허세를 부리며 말했다. 키가 작고 어려 보이는 나는 언제나 그런 일에는 손해를 보았었다. 경숙이 물어본 부분은 우리가 영어 시간에 배웠던 곳이었다. 내가 해석을 해주었더니 그녀는 기쁜 듯이 미소하며 말했다.

　　"참 그렇게 의역하니 멋있구나, 바보같이 선생은 직역만 하니 무슨 뜻인지 알 수 있어야지."

　　나는 얼굴이 새빨개졌었다. 그녀는 정확한 해석을 알고 있었는데 나는 정말 모르고 있는 줄 알고 엉뚱한 이야기를 만들어 해석해 준 것이다.

　　"이번 토요일에 놀러 안 갈래?"

　　"글쎄 생각해 보구."

　　나는 모든 것이 너무 의외였기 때문에 어떻게 대답할지를 몰랐다. 그녀는 금방 씨무룩해졌다.

"아이 심각하게 그걸 뭐 생각하니?"

그렇게 듣고 나서 나는 내가 참으로 숙맥이라고 생각하였다. 그도 그럴 것이다. 나는 여섯 살부터 작은 방 한 칸을 내 것으로 지켜 왔으니까. 고등학교 때부터 가정 교사로 이집 저집을 전전하였으나 어느 곳에 있어도 딱 막혔던 그 방의 느낌은 변하지 않았었다.

토요일 마지막 시간에 우리는 가방을 들고 시내로 나와 곧장 음식점으로 들어갔다.

"나 남자와 데이트는 지금이 첨야."

"나두 이런 일은 첨야."

"정말?"

나는 고개를 끄덕였다. 그러나 그녀는 나를 쳐다보고 있지 않았다. 아직 일러서 텅 빈 홀 안을 여기저기 둘러보고 있었다.

"고녀 시절에 얼씬도 못 했기 때문에 대학에 들어가자마자 남자와 데이트해 보려고 결심했었어."

"그땐 정말 자유가 없었지."

"우리에겐 너무 갑자기 자유가 밀려닥친 것 같애. 그지?"

나는 양식을 한 번도 먹어 보지 못했기 때문에 어떻게 해야 할지 몰라서 얼떨떨하였다.

"이 포크 참 귀찮지?"

그녀는 짜증이 나듯이 말했다. 나는 아주 굳어져 있었다.

"숟가락 식으로 먹는 게 좋아. 난 아버지와 함께 오면 늘 그러는데."

그녀는 일부러 소탈한 체했다.

"나 처음 도서관에서 이야기할 때 그거 다 집에서 미리 연습한 거였어."

"그래? 그런 줄 알았지. 생각한 게 그대로 히트했군."

"으흥, 재미있었어."

나는 꿈을 꾸고 있는 것 같았다. 내가 하는 행위와 내가 하는 대답이 어쩐지 내 뜻대로 되는 것 같지 않았다.

그녀는 퍽 호기심이 많았다. 처음 다방에 들어가 보자 해서 어느 이 층 다방으로 들어갔다. 그녀는 여러 차례 드나들던 다방처럼 곧장 큰 길이 내려다보이는 창가에 가 앉았다. 그리고 신기한 듯 이곳저곳을 두리번거리고 또 고개를 내밀어 한길을 내려다봤다. 그녀는 재미있다는 듯 웃었다.

"우리가 이 밑을 지나다 보면 늘 우리 고등학교 담임이 여기 앉아 있었어."

그러고 나서 나더러 담배를 피울 줄 아느냐고 물었다. 또 술은 어떠냐고 묻고 당구를 칠 줄 아느냐고 물었다. 그것마저 모른다고 했더니 그녀는 좀 실망한 표정을 하며 당구장을 보고 싶다고 말했다.

"아이 우스워, 우리는 이 층을 보고 절을 꾸벅꾸벅했단 말이다. 그럼 속없는 남학생들은 우리 앞을 지나다 쩔쩔맸었지. 우리 선생님께 인사한 줄은 모르고 말야."

우리는 당구장을 한 오 분 기웃거렸었다. 기원 옆을 지날 때 경숙은 자기 아버지는 틈만 나면 저 기원에 들른다고 설명하였다. 또 카바레를 가리키며 자기 친구는 고등학교 시절에 변장하고 그곳에 가본 일이 있다고 말했다. 마지막엔 극장에 들렀다.

나는 영화는 자막의 글씨 하나도 빠뜨리지 않고 충실히 읽는 편이었다. 그녀는 내 곁에 꼭 붙어 있었고, 그의 손은 내 손 바로 옆에 있었다. 그녀는 퍽 영화가 지루한 모양으로 자꾸 시계를 보고 있었다. 그러다간 벌떡 일어나 나가자고 말하였다. 영화는 반도 채 진행되지 못했었다.

밖으로 나오자 그녀는 좀 흥분해 있었다. 시계를 보면서 가쁜 목소리로 말했다.

"재밌었어? 나 집에 가 봐야 해."

그녀는 도망하듯이 걸어가 버렸다. 경숙이 도망하듯 극장 앞을 떠나 버리자 나는 홀로 남아 꿈에서 깨어난 듯한 기분이 되었다. 그리고 이내 나머지 보지 못하고 나와 버린 영화가 아쉬워졌다. 나는 다시 극장 안으로 들어갔다. 화면은 생소해지고 내 기분은 아주 엉망이 돼 있었다. 창피하고 분한 생각이 울컥 치밀어 올랐었다. 그녀는 내가 서먹서먹한 여러 곳을 끌고 다니며 자기 말만 실컷 지껄이고 그것이 다 끝나자 떠나버렸기 때문이었다.

나는 대단치 않은 일에도 남에게 버림을 받은 것 같다는 느낌에 민감했다. 그러나 이런 감정은 언제나 만족을 얻지 못한 채 일종의 체념과 함께 시들해져 갔다. 나는 그럴 때마다 학자가 되겠다고 알지 못한 먼 앞날로 나 자신을 위안했었다. 얼마 동안 영화관에 앉아 있자 무의식중에 한숨이 나오고 나는 해방된 것 같은 느낌에 사로잡혔다.

(이 환상에서 깨어나 본연의 자태로 돌아가자.)

나는 옛날처럼 다시 도서관에 앉아서 책을 붙들었다. 그러나 정신은 집중되지 않았다. 나는 그녀를 앎으로 갑자기 너른 세상을 알게 되고 세계는 내가 생각했던 것보다 훨씬 다양하고 유쾌하고 명랑한 곳임을 안 것처럼 느껴졌다.

(여자란?)

나는 서가로 가서 윌 듀런트의 『철학이야기』의 번역판을 뽑아왔다. 고교 시절 그 속의 쇼펜하우어 편을 읽고 얼마나 박수를 보냈던가?

> …자연은 처녀에게 처녀들의 남은 평생 전부와 맞바꾸게 하려고 아주 짧은 이삼 년 동안 풍족한 미, 매력 및 풍성함을 부여하였는데 그것은 그 이삼 년 동안에 남자의 상상력을 사로잡아 남자를 미치게 하여 처녀를 일평생 어떤 모양으로든 거뜬히 돌봐 주겠다고 생각하게 하기 위해서다. …성적 인력의 법칙이란 우선 배우자의 선택은 무의식적이긴 하지만 자식을 낳는 데 서로가 적합하다는 것으로서 대개는 결정된다는 데 있다. …아름다움이 없는 젊음에는 여전히 그 힘이 있으나 젊음이 없는 미(美)에는 그것이 없다.

나는 책을 덮었다. 어머니는 내가 세 살 때 부잣집 아들과 정분이 나서 그의 애를 임신하고 정부의 품으로 도망하여 버렸다. 젊음을 좇은 것이었을까? 부를 좇은 것이었을까? 그때 나를 길러 준 가정부는 내가 여섯 살 때 새어머니가 되었다. 내 기억에 남아 있는 그녀는 밤에 세수하고 화장을 했다. 그리고 아버지가 늦게 돌아오시던 날 밤은 내 방에 와서 나를 꼭 껴안고 누워 있었다. 독한 향내가 내 코를 찔렀지만 나는 아무 말도 하지 않았었다. 그녀는 내 새어머니가 되기 전부터 내 외로움을 달래주는 어머니였었다. 그녀는 가슴을 헤집어 내 손바닥을 그녀의 젖꼭지 위에 올려놓게 하였다. 그리고는 힘껏 나를 끼어 안고 볼을 비볐었다.

(여자란?)

나는 저녁 식사 후에도 책을 붙들지 않고 교정(校庭)을 거닐었다. 나에게는 쇼펜하우어가 끌고 다니던 삽살개 아트만이 없었지만, 그는 처음으로 나를 경아(驚訝)하게 한 하늘의 총총한 별이었다. 나는 그때 아무런 결정도 하지 못하였고 아무 값있는 생각도 못 하였으나 스스로 괜히 최대로 심각하였었다. 나는 그때까지 남자가 여자와 관계를 갖는다는 것은 아주 천박하고 속된 일로 생각하고 있었다. 학문에 전념하는 것만이 참삶을 찾는 길이라고 생각했었다. 따라서 나는 교정을 거니는 동안 머리냐 가슴이냐의 판가름 씨름을 해야 했다.

새어머니가 자리를 잡으면서부터 나는 평생 꽉 막힌 내 방 하나를 차지해야 했었다. 그 속에서 나는 나 자신과 떠나 버린 어머니의 사진을 바라보며 커야 했다. 아버지는 나를 중학까지만 마치게 해줄 생각이었다. 새어머니가 어린애를 낳기 시작했기 때문이었다. 따라서 고등학교 때부터는 나의 가정교사 생활이 시작되었다. 나는 모든 사람에게 순종했다. 그들의 자의(恣意)에 기계적으로 응하고 그들의 사치에 눈을 감음으로 스스로 자유로웠다. 자존심은 날카로웠으나 상처투성이였고 한 가지만 아는 바보처럼 위대한 학자가 되겠다는 것이 단 하나의 위안이었다. 내가 소유하고 있던 것은 아무것도 없었으며 나는 모든 것을 증오하였었다. 이 무리한 치기(稚氣)가 그때 나를 그토록 심각하게 했던 것으로 생각한다.

나는 내 딴에는 심각할 대로 심각하였으나 경숙에게는 관대할 대로 관대하였다. 이것이 오랫동안 나 자신을 증오하면서 내가 길들여

온 습성이었다. 그녀가 교실 복도에서 나에게 눈으로 웃어 보이고 또 다음 토요일의 데이트를 청했을 때 나는 좋아하였다. 나는 그 때문에 여러 시간 재미있는 생각을 하였고 이번만큼은 끌려다니지만 말고 좀 주도권을 잡아 봐야겠다는 생각까지 하였다. 좁은 나의 방에도 한순간 양광(陽光)이 비쳐든 것이었다. 금요일 오후에는 이발소로 달려갔다.

이발소 의자에 앉아 안경을 벗은 나는 거울 속에 비친 내 얼굴이 뒤범벅되어 잘 보이지 않는 것을 보고 깜짝 놀랐다. 내 눈은 시력이 약해져 초점이 흐린 현미경을 들여다보고 있는 듯한 느낌이었다. 이러다 봉사가 되는 것은 일순간의 일이 아닐까 하고 생각할 때 겁이 났다.

나는 기숙사에 있는 수학과의 룸메이트가 무한원(無限遠)을 바라볼 수 있는 망원경이 있어 그걸 들여다본다면 검은 머리털이 보이는데 그것은 자기 뒤통수가 보이기 때문이라고 하던 인상적인 이야기를 기억했다. 유클리드 기하학에서는 직선은 한 점이 서로 반대인 두 방향으로 휘지 않고 무한히 뻗어 나가는 1차원 도형인데 이것을 한 환(環)으로 만들어 봐도 직선의 양 끝은 서로 만날 수 없다고 한다. 다만 양 끝이 만나는 곳에 한 점 무한원점(無限遠点)을 추가하면 반대 방향으로 뻗은 무한 직선이 사형평면(射影平面)에서는 무한원점에서 만난다는 것이다. 나는 그것을 듣고 오히려 메스껍다고 말했었다. 그런 이성으로는 믿을 수 없는 불합리한 일들이 수학적으로 명백히 표시된다니 나는 정말 기분이 야릇해졌었다. 그리고 보면 우주는 둥글다고 말할 수 있을지 모른다. 그곳에는 삶과 죽음은 반대 방향일지라도 바로 이마 위, 한 점에 붙어 있다. 애와 증이, 참과 거짓이 한 점에 접해 있다. 나는 '무한'이 내포된 한 무한원점에 나란히 앉은 나와 어머니를 생각하였다. 그곳을 절단할 때 어머니는 무한원으로 멀어진다. 그러나 그 점에서 절단되지 아니할 때 어머니와 나는 가장 가까이 있다. 이제는 미워하는 생각마저 희미해지고 어떻게 생겼나, 어떻게 사나 꼭 한번 보기만 했으면 좋겠다고 막연히 느끼는 어머니가 내 곁에 이렇게 바싹 다가서 앉아 있다는 것은 살아 있는 내가 죽음을 이마에서 느끼는 만치 오싹해지는 일이었다.

나는 이발소 거울 앞에서 우러나는 끝없이 귀찮은 생각을 털어버리고 경숙에 대해서만 생각하기로 하였다. 나는 쓸데없는 생각이 너무 많아서 병이다. 경숙이처럼 천진난만하고 더 솔직해지고 명랑해지고 싶다. 나는 왜 그렇게 될 수가 없는가? 이번 데이트는 좀 더 유쾌하게 끝내도록 하자. 경숙의 곱고 발그레한 볼이 떠올랐다. 그리고 여섯 살 때 만지던 가정부 유방의 촉감이 되살아났다. 경숙의 볼을 한 번 쿡 찔러주고 싶다. 장난처럼 경숙을 한 번만 껴안아 볼 수는 없을까?

우리는 또 토요일 마지막 시간 째에 가방을 든 채 시내로 나왔다. 공범 의식이 약간 우리를 흥분시키고 있었다. 그녀는 나를 차에 태웠다.

"온천까지요."

운전기사를 향해 소리치고 내 곁에 바싹 다가앉아 참새처럼 지껄여대기 시작했다.

"신나지? 이게 밤이라면 얼마나 좋을까?"

그녀는 또 가사를 향해 소리쳤다.

"좀 천천히 달리세요."

기사는 백미러를 보며 웃었다. 나는 이 코스와 이 몸짓과 이 말들이 벌써 그녀 마음속에서 일주일 동안에 계획된 것이리라 생각하였다.

나는 그녀를 장난스럽게 껴안을 것과 볼을 찔러 줄 것만을 생각하였다. 그녀의 옆얼굴을 바라보았다. 귓바퀴가 발그레 상기되어 있고 장난스러운 재미가 넘쳐 있는 얼굴이었다. 나는 한순간 가슴이 용서없이 뛰기 시작하였다. 그러자 인지를 펴 그녀의 볼 옆에 바싹대고 놀란 소리를 내었다.

"얘, 숙아!"

그녀는 돌아보다가 볼을 찔리자 펄쩍펄쩍 뛰며 여기저기를 마구 때렸다. 처음에 나는 스스로 놀라 맥이 빠졌으나, 그녀가 때리는 동안 용기를 회복하여 껴안듯 팔을 그녀의 목 뒤로 돌렸다.

"이러지 마, 어른들처럼."

그녀는 얼굴을 새빨갛게 하며 손을 밀어냈다.

"그렇지만 가끔 좋아하는 연습도 하면 어때?"

"그런 위험한 연습은 하지 않는 게 좋아."

나는 떠밀린 손을 어디에 두어야 할지 몰랐다. 이 어깨를 잘라 어디에 차라리 버렸으면 좋겠다고 생각하며 얼굴이 화끈해졌다. 그녀는 못 본 체하고 얌전히 앞만 보고 앉아 있었다.

"우리 집은 무슨 종친회 간판이 붙어 있어서 늘 할아버지들이 득실거린단다."

"거 참 신기하구나."

"말하자면 양반 집안이란 말이다."

그녀는 앞을 보고 남에게 이야기하듯 말하였다. 나는 기분이 왈칵 뒤집혔다. 돈이 많으니까 할아버지들이 간판을 그 장소에 걸어 놓는 것이겠지.

"그래 나에게 뼈를 팔아 볼 셈이니?"

"좋아, 나 말 안 할 테야."

그녀는 입술을 뾰죽 내밀고 입을 다물어 버렸다.

나는 기분이 야릇하게 일그러지는 것을 느꼈다. 당장 뛰어내리고 싶은 기분이었으나 나는 나 자신을 더없이 비굴하게 느끼면서도 늘 그것을 벗어나지 못하고 그 분위기에 적응하곤 하였었다.

"미안해. 얘기해 봐."

나는 뱉어버리듯 말하였다.

"나는 너에게 우리 집 형편을 좀 알리고 싶었을 뿐이야."

그녀는 꽤 풀이 죽은 목소리였다.

"계속해 봐."

"그러나 우리 아버진 아주 신식이다."

"참 개화가 빠르구나."

나는 익살을 부리고 있었다.

"그게 무슨 뜻이지?"

"너는 초 신식이니까 말이다."

"아이, 기가 막혀. 정 그러기야?"

온천에 도착하였다.

그녀는 학교까지 들고 갔을 가방에서 수건과 비누를 꺼내어 주며 누나처럼 말하였다.

"내가 더 늦을 테니까 끝나면 여기서 기다리고 있어, 응?"

온천물에서 올라와 거의 한 시간쯤 기다려서야 경숙은 나타났다. 우리는 식사로 출출한 위를 채우고 보리밭을 꿰뚫고 지나는 삼등 도로를 산책하였다. 마을 저편에서는 아지랑이가 아롱거리고 있었다.

나는 노곤한 봄에 취해 있었다. 거기 어디에 쓰러져 잠들거나 그렇지 않으면 마구 보리밭 사이를 개처럼 뛰어다니고 싶었다.

동네로 들어가는 어귀에 폭이 좁은 긴 다리가 놓여 있었다. 내를 끼고 쌓아 올린 양편 둑 위에는 벚꽃 눈들이 터질 듯이 부풀어 있었다. 우리는 다리를 건너갔다.

"아이 무서워."

다리 중턱쯤 와서 그녀는 몸을 바싹 붙였다. 감은 머리의 생긋한 냄새가 내 의식을 몽롱하게 하였다. 나는 그녀의 허리로 손을 돌려 가만히 붙들었다. 그녀의 가는 허리는 예상외로 탄력 있고 단단하였다. 나는 그녀를 끼어 안으면 환상을 껴안듯 그녀의 몸이 내 몸속에 흡수되어 버릴 것처럼 착각하고 있었다. 다리를 건너는 동안 우리의 숨결은 불규칙해지고 몸은 더워졌다. 나는 다리를 건너고 나서도 눈을 감고 그녀를 껴안은 채 걷고 있었다.

"이거 놔."

갑자기 그녀가 뿌리치며 벚꽃 나무가 즐비한 둑 위를 달려가기 시작했다.

나는 아무 말도 못 하였다. (아! 나는 무엇을 하였는가!)

그녀는 어느 벚꽃 나무 아래 눈을 가리고 쭈그리고 앉았다. 내가 가니 울고 있었다. 왜 우느냐고도 물어보지 못하였다. 나는 아무 말도 할 수 없어서 젖빛 하늘을 쳐다보며 멍하게 서 있었다.

나도 울먹울먹 눈물이 나오는 것을 느꼈다. 그 순간 나는 어째선지 고독하게, 서럽게 자란 것처럼 느꼈다. 경숙은 어머니여도, 누나여도, 동생이어도 좋다. 내 곁에 이렇게 있어 주면 얼마나 좋을까 하고 생각하였다.

나는 그녀 옆에 앉아 울음이 그치기를 기다리고 있었다. 그러나 그녀는 좀처럼 고개를 들지 않았었다. 이제 울음은 그쳤으나 열적어 그러는지 모른다고 생각하고 나는 짐짓 울지 말라면서 그녀의 얼굴을 밑에서 올려다보았다. 그녀는 얼룩진 눈으로 내 손을 꼬집으며 웃었다.

"어쩐지 먼 옛날부터 우린 형제였던 것 같은 생각이 드는군."

"그런 말 싫어, 센티(센티멘탈)하게."

그녀는 벌떡 일어섰다. 그리고 일어나지 않은 나를 독촉하였다.

"가자, 이제."

"싫다, 난 안가."

나는 그렇게 고집을 부리고 앉아 있었다.

"그럼 나 혼자 간다."

"알아서 해."

그녀는 정말로 갔다. 다리를 건너서 또 소리쳤다.

"빨리 와."

나는 대답 대신 그녀가 앉았던 자리에 앉아 그녀처럼 고개를 처박고 앉아 버렸다.

"그럼 정말 나 혼자 간다."

얼마 만에 고개를 드니 버스 정류소 쪽으로 사라지는 그녀의 뒷모습이 보였다.

나는 해가 지기까지 그곳을 떠나지 않았다. 귀로에는 버스로 혼자서 돌아오며 몸을 화끈거리며 '의지의 맹목'에 대해서 생각했다. 동생 같은 그녀에게 나는 충분히 재미있는 노리갯감이 되고 있었다.

나는 옛날처럼 공부에 전념할 수가 없었다. 아니, 아주 책을 집어치웠다. 도서관보다는 인적이 없고 조용한 곳을 찾아 공연히 나를 비참하고 고독하다고 생각하였다. 아무것도 읽지 않고 그저 생각만 하였다. 나는 무턱대고 괴로운 시간과 장소를 즐겼다.

나는 여자와 알게 되면 연애를 하고, 연애하게 되면 결혼을 하고, 결혼하게 되면 어린애를 낳아야 한다고 생각하였다. 그러나 이중 그 무엇 하나 내가 경멸하지 않았던 것도 없었다.

여자와 무슨 얘기를 하는가? 책을 읽을 수 있는 귀한 시간을 앗아가버리는 가증한 존재들과 ……결혼은 속물들이 하는 것이다. 배 위에 어린애를 태우고 얼러대는 남자의 꼬락서니와 일 원짜리를 아껴서 벼락(분유) 통을 사 들고 돌아서는 몰골은 속물의 전형이 아니고 무엇이냐? 또 때가 꾸역꾸역 낀 조무래기들이 득실거리는 길거리를 장구통 같은 배를 과시하고 걸어가는 여인을 보라. 그녀는 끝없는 고뇌를 무책임하게 분만하려 하고 있다.

(나는 경숙을 증오해야 한다. 눈을 감고 귀를 막고 내가 어려서부터 길들여온 동굴로 돌아가자.)

그러나 나의 가슴은 경숙을 원하였다. 경숙이 내 곁에 없어, 고독해 하고 있음을 인정해야 했다. 그녀를 사랑하고 그녀의 사랑을 느끼기만 한다면 나는 가장 행복할 것 같았다. 행복이 실재하는 것이며, 많은 급료와 간섭받지 않은 한 칸 방만 있으면 나는 학문 따위 내동댕이쳐도 좋을 것 같은 생각이 들었다.

(더 솔직해지자. 그리고 너를 사랑한다고 경숙에게 말을 하자. 이것은 속된 것이 아니며, 관념과 사상을 초월한 나 자신의 고백이다. 그녀의 단 한 번의 포옹과 사랑의 소곤거림은 이 고뇌의 세계를 일순에 환희의 세계로 변화시킬 수 있음을 믿는다.)

나는 경숙을 붙들고 이번 토요일 하루 나와 같이 있어 달라고 말하였다. 그러자 의외로 경숙은 간단히 거절하였다.

"너 심각해질 것 없다."

내가 좀 거칠게 말하자, "그저 싫어서 그래."라고 답했다.

"왜 내가 싫어졌니?"

"아니, 나 지금 고민하고 있어."

"무엇 땜에?"

"너 때문이야."

"뭐 나 때문에?"

나는 솔직하면서도 교묘한 그녀의 화술에 경탄하였다.

"더 묻지 마."

그녀는 가버렸다.

나는 내가 또 버림을 받았다는 것을 느꼈다.

토요일 오후에 나는 저돌적 의욕으로 그녀에게 편지를 썼다.

〈나는 너를 사랑한다고 고백해야겠다. 그렇지 않음, 넌 나와의 교제를 장난으로 알고 곧 나를 팽개쳐 버리게 될 것이다. 나는 너의 상처 나기 쉬운 손가락들을 아름다운 그대로 지키기 위해서 내 온몸을 바칠만한 결심이 되어 있다. 왜냐면 나는 환희에 찬 세계를 사기 위해서는 그만한 대가는 지불해야 된다고 생각하기 때문이다….〉

그러나 다음 날 아침 나는 편지를 찢어버렸다. 혼자서 안달을 하는 꼴이 너무 추하다고 자신을 더럽게 생각했기 때문이었다.

(피가 식어야 한다. 그 뒤 좀 더 생각하기로 하자.)

그날 오후 나는 친구와 함께 산을 걸었다. 학교림은 아직 어렸으나 초록색 소나무들이 줄지어 빼곡히 차 있어서 기분 좋았다. 우리는 만나면 으레 하는 식으로 대학 불평부터 시작하였다. 여러 가지 말끝에 그는 이런 말을 했다.

"경숙이 그 애 말이야. 부자라던데…. 걔 아버지가 운수업을 한대."

"어떻게 알지?"

"여학생 소식은 날 통해야 해. 너도 연애하려거든 먼저 나에게 물으란 말야."

"양반 집이라던데?"

"뭐 양반이라고?"

그는 웃었다.

"첩 딸이란 말이야. 날 숨길 순 없어. 그게 약점이지."

"뭐 첩 딸이라구?"

"너 왜 그렇게 놀래지?"

나는 얼굴이 화끈해졌다.

"참, 너 요즘 경숙이허구 사귀지?"

그는 나를 뚫어지게 바라보며 말했다. 나는 더욱 얼굴이 붉어졌다.

"잘 물었어. 그래 한 달도 못 되어 벌써 그렇게 됐어?"

"난 지금 연애하는 것 아냐. 좀 생각나는 게 있어 묻는 거야."

"그래 얼굴이 그렇게 붉어지도록 추억되는 게 있단 말이지?"

"그런 게 아냐."

"너 바른대로 말해. 고등학교 시절부터 눈독을 올리고 이곳까지 따라온 놈이 있단 말이야."

나는 몸이 오싹해지며 들떠 있던 기분이 차분히 가라앉았다. 그녀는 왜 나에게 양반이란 케케묵은 사상을 강조했을까? 첩의 딸, 그리고 세 살쯤 아래. 나는 한 여인의 뒤통수를 보는 것 같았다. 그것은 참 야릇한 인연이다. 만일 그렇다면 결국 추잡한 것이, 모든 추잡한 일이 다시 얽히려 하는 셈이다. 내 동굴로 돌아가자.

복도에서 우연히 경숙과 눈이 부딪칠 때, 나는 그녀의 눈을 피해서 걸어갔다.

(그녀와는 아무 상관이 없는 것으로 생각하자.)

나는 다시 도서관 열람실에 들어가 앉았다. 그동안에 나는 마음의 변화는 컸으나, 도서관의 분위기는 조금도 변하지 않았다. 철저하게 악이며 고뇌에 찼던 세계는 한순간 양광이 비쳐들 듯한 가능성이 보이다가 다시 괴롭고 건조한 세계로 변했다. 그러나 실제로 무엇이 변했는가? 나는 마치 꿈을 꾸고 난 것 같은 기분이 되었다. 그러자 이 도서관 안의 여러 현상도 꿈처럼만 생각되었다. 묵묵히 앉아 읽고 생각하고 책장을 넘기며 흔들거리는 육체들.

플라톤은 현상계를 동굴 벽에 비친 그림자에 불과하다고 말했었다. 이 모든 것이 정말 그림자에 불과하다면 한 남학생의 그림자와 한 여학생의 그림자가 한순간에 벚꽃 눈 부푼 강변 가를 하늘거렸을 것이다. 그 한 사건이 이 세계를 철저한 고뇌에서 환희로 이끌 수 있을까? 혹은 한 인간을 생존에서 파멸로 이끌 수 있을까? 이것은 하나의 희화(戱)畵)에 불과하다. 악어가 자기의 그림자를 잡아먹을까 두려워서 절대로 냇가를 걸으려 하지 않는 남아프리카의 바스토우 인처럼 이 희화가 우리의 생명을 앗아 갈까 두려워하는 것은 유치한 생각이다.

나는 책을 붙들었다. 이데아란 개념으로 주어지는 참 세계가 정말 있다면 나를 그 입구까지만 이끌어 달라. 내가 이데아를 확인하면 나는 이 모든 현상을 그림자로 돌리겠다. 경숙은 예쁠 수도 미울 수도 없는 인간이며, 나는 '나'라는 그림자가 어째서 여기 던져져 있는지도 모르는 하나의 인간이라고 생각할 것이다. 양광에 쫓겨 내 동굴로 몸을 감추는 나를 비굴하다 해야 할 것인가? 끈덕진 하나의 악이 그녀를 엄습해 온다는 것을 알았을 때 나에게 그녀를 방어할 어떤 힘이 있을 수 있을까. 그림자가 또 하나의 그림자를 인도할 수 없다. 또 하나의 추잡한 것이 추잡한 것을 물리칠 뿐일 것이다. 내가 그녀를 위해서 오직 한 가지 할 수 있는 일은 내가 믿어 온 신에게 기도하는 일이다.

(나는 불합리한 것을 믿습니다. 우리의 이성으로 이루어질 수 없는 일이 이루어지도록 도우소서.)

경숙이 내 옆에 와 앉았다. 책을 읽고 있던 나의 눈은 한 점에서 멎었다. 그곳에 경숙의 얼굴이 나타났다. 그 얼굴은 흩어지고 여인의 뒤통수가 그곳에 나타났다. 경숙이 미워졌다. 사람은 교활한 동물이다. 어째서 경숙이 그토록 미워지는가? 나는 왜 의식적으로 경숙과 무관해지려 하는가? 나는 왜 나 스스로 만든 관념의 노예가 되려 하는가?

그녀가 봉투를 옆으로 밀어주고 떠났다. 나는 봉투가 귀찮았다. 이것이 책상 위에 놓여 있지 않는다면 나는 얼마나 홀가분할 것인가? 이것은 나의 괴팍한 속물의식 때문일까? 나는 봉투를 집어 들어 호주머니 속에 넣어 버렸다. 없어도 마찬가지이다. 경숙도 내가 편지를 써서 찢어버렸던 것처럼 찢어버릴 수도 있었을 것이다. 그녀는 그것을 여기까지 운반해다 놓은 것이다.

토요일 학교가 시작되기 전이었다. 경숙이 나를 불렀다.

"부탁이 있다."

"뭔데?"

"내 동생 영어 좀 가르쳐 주지 않을래?"

"싫다."

"그건 부자연스러워. 하루 한 시간씩만."

"네가 하렴."

"오늘 엄마가 널 만나 보시겠다고 했다."

"싫다니까."

나는 달려 나왔다. 그녀는 뛰어오면서 말했다.

"한 시까지 그 다방으로 나와야 해. 응?"

나는 머리가 멍하였다. 드디어 나의 뒤통수가 내 눈앞에 다가선 것이다. 나는 가슴이 답답해지면서 뛰어 달아나고 싶은 충동을 받았다. 나는 어머니를 미워하면서도 가끔 어머니의 사진을 물끄러미 보고 있는 습관이 있었다. 그때 나는 모든 것을 상실해 버린 것 같은 미칠 듯한 가슴 답답함을 겪었었다. 그 뒤로는 공부 시간에도 가끔 그런 충동을 받았었다. 학생들의 소음이 심장을 깎고 선생의 말이 뇌수를 긁어내는 것 같은…. 나는 밖으로 나왔었다. 어느 곳에 앉아 있어도 또 어느 곳을 걸어도 이 미칠 것 같은 기분은 가라앉지 않았었다. 나는 삼면이 막힌 어두운 내 방안에서 겨우 진정되는 것을 느꼈었다. 그 뒤로 한때 수업 중 이런 증세가 있을 때는 언제나 조용히 걸어 나와 볕이 들지 않은 나의 방에 가만히 누워 있었다. 나는 많은 사람이 즐겁게 떠들고 노는 것을 좋아하였다. 그러나 나는 결코 그곳에 썩 어울리지 않았었다.

나는 나만의 동굴을 원한다. 경숙이 나를 귀찮게 하지 않았으면 좋겠다.

그러나 나는 한 시 십 분 전에 일러 준 다방의 맞은편 다방으로 들어가 길가 의자에 앉아 있었다.

한 시 오 분 전에 차가 한 대 건너편 다방 앞에 멎고 두 여인의 그림자가 다방 안으로 사라지는 것이 보였다. 나는 가슴이 갑자기 뛰는 것을 느꼈다. 한 여인은 경숙이었고, 또 한 여인은 세 살 난 나를 내동댕이치고 도망간 내 어머니임을 직감했다. 한 시 오 분쯤 두 여인의 그림자는 다시 나타나 내가 앉았던 다방 옆을 지나쳐 걸어갔다. 나는 다시 내 기억에서 용모를 분별할 수 없게 된 어머니가 결코 경숙의 어머니인 그녀일 수 없다고 자신을 설득했다. 그리고 이제 나는 결코 어머니도 보고 싶지 않다고 생각하였다. 그녀는 그냥 여자일 뿐이었다.

나는 오랜만에 홀가분한 기분이 되어 호주머니에 꾸겨 넣었던 경숙의 편지를 꺼내어 읽어보았다.

<너 말 안 들어 준다고 화났지? 그렇지만 우리 이제 데이트는 그만하자. 그건 너무 위험한 놀이야. 좀 있으면 넌 날 껴안고 싶어질 것이다. 더 있으면 입도 맞추고 싶어질 것이고, 이러다가 어떻게 되지? 어른 같은 짓은 그만하는 게 좋아. 우린 당장 결혼할 수도 없구. 그리구 나 너 때문에 고민하면서 잘 생각해 봤는데, 결국 난 널 사랑한 것이 아니라 괜히 그런 재미를 보고 싶었던 호기심에 불과했다는 것을 알았어. 네가 싫다는 말이 아니다. 아마 난 네가 좋아질 거야. 하지만 이제 둘이서 어디 가는 그것은 그만두자. 그리고 앞으론 정말 내가 싫으면 모르지만 억지로 싫어하지 말아 줘, 응?>

나는 이상하게도 조금도 버림받은 것 같은 느낌이 들지 않았다. 그리고 경숙을 대했던 모든 태도가 유치하고 우습게만 생각되었었다.

나는 경숙을 사랑하기 위해서 그렇게 고민해야 할 아무런 이유가 없다고 생각했다. 나는 초지를 관철하여 학자가 되어야 한다. 나는 허탈한 기분으로 서서히 다방을 걸어 나왔었다. 모든 것은 아무것도 아니었다. 나는 두 그림자가 지나가 버린 보도를 또 하나의 그림자가 되어 걷고 있었다.

아시아 祭(제)

:

　하와이에 있는 EWC(동서문화센터)는 연례행사의 하나로 각국의 민속예술을 소개하는 예술제를 갖고 있었다. 그해에도 유월 중에 '아시아 祭'를 갖기로 했는데 이를 준비하기 위해 한국 학생들이 모인 것은 사월 초순이었다. 동서문화센터는 아시아-태평양지구에 있는 여러 나라 학생들과 이와 동수인 미국 학생들에게 장학금을 수여하여 하와이 대학에서 함께 생활하고 연구 활동을 하게 하므로 다양한 문화를 서로 이해하여 국가 간 긴밀한 유대를 공고히 하기 위해 1960년부터 설립된 기구이다. 한국에서는 한미교육위원단이 장학생을 선발하여 보냈는데 아마 1966년이 최대 인원을 선발해서 보냈던 해가 아닌가 한다. 왕복 여비, 학비, 생활비, 책값, 학생들끼리 교제하는 문화비까지 주는 풍성한 장학금이었다.

　"나 오늘 마누라헌테 편지를 받았는디 요것이 집에서는 글 안틈마는 어찌 사랑스런 말만 써놨는지 내가 지금까지 정조를 지켜왔다는 것이 얼마나 대견스러운지 모르겠다이."

　김(金)가가 아래층 편지함에서 이제 곧 받았는지 그 편지를 든 채 이 층 제퍼슨 홀 회의장에 들어와 의자에 걸터앉더니 큰소리를 쳤다.

　"사삭 떨지 마라."

옆에 앉았던 고(高)가 편지를 낚아채 일어서 큰 소리로 읽기 시작했다.

"이 방정맞은 자식이."

김가가 고가의 이마를 손뼉으로 딱 치며 편지를 빼앗아 갔다.

"어, 래이디즈 앤 제늘멘."

고가가 미국 애들 제스처를 하며 큰소리를 치고 나서 안(安) 영감 나왔느냐고 낮은 목소리로 말했다. 안 영감은 팔을 위로 들어 허공을 마구 내젓고 고가는 허리를 쥐어 잡고 큰 입을 찢어지게 벌리고 웃어댔다.

"오늘 안 영감이 편지를 받았는데 말이다. 허허허 하고 혼자 웃는단 말이다."

"넥기 이 사람."

안 영감이 더 크게 손을 내저었다.

"영감님, 와 그러십니꺼? 하고 졸랐더니 편지를 안 보여주나."

고가는 성우같이 목소리를 가다듬었다.

〈미국은 배울 것도 많지유우. 아따 공부만 배우지 말고 거그서도 집에서 자기 마누라 잘 때리는가 안 때리는가 그것두 배워 오세유.〉

모두 와 웃어댔다.

〈늙었다고 맘 놓지 말라 등만 참말 바람일랑 피우지 마세유우.〉

"와 이 경상도 문덩이가 사람 망신을 시키노."

김가가 경상도 사투리를 흉내 내며 일어섰다.

"들어 보이소. 내 이마한테 온 편지 소개할 테니. 지난 크리스마스에 카드가 왔는디 말이여."

이번에는 고가가 허공에 손을 저으며 김가에게 달려들고 김가는 도망쳐다니며 소리 질렀다.

"약혼한 처녀가 있거든. 그런디 아니 딴 처녀가 말이여, 지가 카드를 만들고 글씨를 써서 머리카락을 잘라 그것으로 묶어 보냈드랑게. 그게 무슨 뜻이여."

야! 하고 함성이 올랐다.

"그 머리털 잘 조사해봐라."

또 웃음이 터졌다.

"새끼들 왜 이리 안 나타나. 여덟 시라 했잖아. 그런데 이게 뭐야 아홉 시가 다 됐는데."

웃음이 시들해지니까 한 학생이 짜증 섞인 목소리로 말했다.

"관둬라. 지금 기숙사 놈들 설거지하느라고 난리일 거다."

"그런데 말야. 지난주 뉴스레터에도 났는데 이건 정말 국제적인 체면 문제도 있고 하니까 좀 조심해야겠어."

"체면 좋아하네. 괜찮아. 괜찮아 중국 놈은 더 하는걸."

"사실 돈 아끼는 것도 좋지만 기숙사만 들어가면 밥하는 냄새, 된장국 냄새, 김치 냄새, 거기다 수채도 없는데 먹다 남은 찌꺼기를 마구 변소에 버리니까 구멍이 막혀 야만인이란 말이 생길 수밖에 없지 않으냐 말야."

장학금을 넉넉하게 주는 것은 식당에서 매식하며 타국 학생들과 교제하고 지내라고 그러는 것인데 동양인들은 돈 아끼느라고 불법으로 방에서 밥을 해 먹고 있었다. 그래서 동양인들이 모여 사는 기숙사 층을 게토(ghetto; 유대인촌)라고 부르고 있었다.

회장이 아홉 시 넘어서야 대여섯 명 학생을 더 데리고 나타났다. 여태 안 나온 사람은 어쩔 수 없고 이 인원이라도 시간이 넘었으니 회의를 시작할 수밖에 없다고 회장이 말했다. 이번 아시아 제는 일본, 중국, 필리핀, 한국이 위주가 되는데 작년엔 한국이 제일 잘했다는 평을 받았기 때문에 올해에도 그 명성을 유지해야 한다고 말했다. 그런 뒤 회장은 이번 아시아 제에서 맡은 역할은 크게 네 부선데 필리핀은 사회, 중국은 프로그램, 일본은 매표, 한국은 안내를 맡게 되었다고 경위 설명을 했다.

"회장, 그런데 왜 우리는 가장 더러운 일만 맡았소?"

늦게 회장과 같이 들어온 허가가 말했다. (EWC에서 김가, 허가, 고가는 망나니 패로 통하였다.)

"결국은 우리는 사회할 만한 능력자가 없으며, 프로그램을 짤 만치 치밀한 계획성이 없으며, 표도 마음대로 못 하고 오는 손님들에게 고개나 숙이라는 말 아뇨?"

회의는 이 문제 때문에 더 진행되지 못하고 옥신각신했다. 이럴 바엔 우리는 아예 아시아 제에 참여할 필요가 없다는 것이었다. 한국 옷이 매력적이라고 이 지방 인사들에게서 찬사가 많았기 때문에 안내를 맡았고 또 사회는 늘 오락회를 리드하던 필리핀 계집애가 있어 그쪽으로 결정하고 매표는 일본이 맡았지만 다 정해진 매수가 있어 마음대로 나누어 주지 못하는 것이라고 회장이 설명했다. 필리핀 그 계집애가 사회하면 아시아 제를 망친다고 개인의 비행을 들어 욕하고 또 옷은 일본 옷이 더 매력적이니 적어도 매표와 안내를 바꾸도록 하고 이것은 회장이 책임지라고 일단락 지우고 출연할 종목을 결정하기로 했다. 출연 종목보다도 여기에 소요되는 비용을 어디서 염출해 내느냐 하는 문제를 먼저 토의하자고 다시 허(許)가가 의견을 냈다. 연습할 때 필요한 비용이라든가 의상이라든가 해서 작년에는 오백 불을 들였다니까 금년은 적어도 칠, 팔백 불은 만들어야 하지 않겠느냐는 것이었다. 우리 민속예술을 소개하는 것이니까 의당 영사관에서 삼사백 불은 내야 하지 않겠느냐? 그리고 영남부인회에서 이삼백 불, 기타 하와이 대학에서 교편을 잡고 있는 교수들에게서 백여 불, 지방 유지들에게서 나머지, 그리고도 부족하면, 학생들 호주머니를 털자고 했다. 끝으로 영사관은 누가 맡고 부인회는 누가 맡고 하는 식으로 진행되었으나 말이 많아 결론을 못 얻고 있었다. 작년에 왔던 한 학생이 일어섰다.

"금년에 오신 분들이 하시는 일이 되어서 전 사실 말할 자격도 없습니다만 혹 참고가 될까 해서 몇 마디 하겠습니다."

여기에 덧붙였다. 작년에 오백 불을 썼다는 말이 있으나 실제 그렇게 쓴 것 같지 않으며 또 그때는 삼십여 벌의 한복을 만들었기 때문에 경비가 그렇게 많이 들었지만 금년에는 그 의상이 할라함 무용연구소에 있으니 빌려 쓸 수 있을 것이고 또 이것은 공부하는 학생들이 하는 소인극이니까 우리가 가지고 있는 재주가 무엇인가를 찾아서 보여주는 것이기 때문에 너무 경비만 들이려고 애쓸 것이 없을 것 같다는 의견을 말하고 비록 학생회라는 명칭을 걸더라도 고국에서처럼 이곳저곳 기관에서 돈을 뜯어내려 하면 오히려 욕을 먹어서 모르긴 하나 도저히, 칠, 팔백 불 걷힐 것 같지 않다. 따라서 최소의 경비를 학생들 호주머니에서 갹출하기가 가장 쉽고 빠른 것일 것 같다는 말이었다.

제길, 우리 호주머니 털 바에야 오래 회의할 필요가 뭐냐고 한 학생이 말했다. 결국, 작년 학생들이 갹출한 정도의 돈도 못 걷는다면 금년 학생만 무능하다는 증거가 된다고 말했다. 회의는 또 헛바퀴를 돌았다.

"젠장맞을 것 오늘 회의하는 목적이 뭐이여 응? 돈 걷자는 것이여?"

김가가 짜증 섞인 소리로 외쳤다.

"치와 뿌리고 이번에 내보낼 종목과 그 책임자만 정하고 폐회하자."

한 학생은 일어서 시계를 보며 걸어 나갔다.

"야, 너 가버리면 난 어떻게 가니?"

"재지 말고 좀 태우고 가라우."

"아니 나 어포인트먼트가 있다니까."

"야야 간지럽다. 니가 언제부터 양놈 됐냐?"

그러나 서너 명 학생이 일어섰다. 아파트까지 머니까 그 녀석 차로 좀 보내 달라고 해야 한다는 것이었다. 그해에는 기숙사가 부족해서 시내 아파트에서 사는 학생들도 있었다.

"아 새끼 차 있다고 더럽게 재재?"

"난 더러버서 아 새끼 차 안 탈란다. 차 속에다 저금 상자를 넣고 다닌단 말이다. 휘발유 값 보태라고 말이다."

장내는 이젠 차분히 가라앉질 않았다. 모두 갈 생각뿐이었다. 회의는 흥미가 없는 듯이 날치기로 진행되었다. 종목은 농악, 강강술래, 합창, 사중창, 도라지 춤, 북춤으로 하기로 하고 책임자는 金가와 고가와 허가와 나로 결정지어버렸다. 김가는 농대 출신이기 때문에 농악과 강강술래, 고가는 할라함 무용연구소의 총애를 받는다는 이유에서 도라지 춤과 북춤 지원을 책임지고, 허가와 나는 이곳 호놀룰루 두 교회의 성가대원이기 때문에 합창으로 두 교회의 성가대를 동원하라는 것이었다. 이유는 이렇게 되었지만 사실 모두 이 귀찮은 일을 누구에게든 떠맡기고 가고 싶었던 것이다. 중요한 회의인데 콩가루 가정처럼 다 한 마디씩 지껄이고 가버리면 그만이었다. 그러나 그날 밤 선출된 네 위원은 흩어지지 않고 더 구체적인 것을 협의하자는 허가의 의견을 좇아 그의 아파트로 모였다. 맥주를 한 박스 사다 놓자 우리는 기분이 흐뭇해서 잡담부터 늘어놓았다.

"김가야, 니는 양놈이 냉장고에서 김치 냄새난다고 지랄 안 하나?"

"고걸 그냥 둬? 난 며칠 전에 말야, 웃옷을 벗어젖히고 고추장에 밥을 비벼 신나게 먹고 있는디, 이 새끼 코를 쥐고 들어오더란 말이야. 그래 이거야말로 한국 밥이라고 살살 달래서 그것도 고추장을 듬뿍 더 쳐 입에 몰아넣어 주었더니 펄쩍펄쩍 뛰고 소방수를 부르라고 하며 양치질을 하고 야단을 떨었지."

"데이비드란 자식 말이지?"

"EWC에서는 서로 딴 나라 습관과 문화를 이해하라고 이렇게 한 방에 같이 살게 하고 있는디, 니가 한국을 이해하려면 이 꼬치까리 정신부터 이해해야 한다 했더니 꼬치까리를 몇 번 외워보더니 살인적 정신이라고 놀래더라."

우리는 맹물에 된장을 풀어 끓여서 그걸 훌훌 마셨다.

"이 맛 최고제, 여기다 막걸리만 있으만 더할 끼 뭐 있겠노?"

막걸리 대신 맥주 깡을 하나씩 터뜨려 들고 한순간 모두 고향을 생각하는지 얼굴이 기쁨에 환했다.

"한국 학생이 최고지? 잘생겼겠다. 똑똑하겠다. 공부 잘하겠다. 사실 못 하는 게 뭐 있나 연앤 못하나?"

"잘 하제."

고가가 큰 입을 벌렁거리며 웃어댔다.

"지금 이 새끼는 아리랑(술집)을 못 가서 이 쑥이 아닐 것이여."

"와 또. 나가 우이했단 말이고?"

술이 어지간히 들어가도 학생들을 바래다주러 간 회장은 나타나지 않았다. 우리는 화투를 꺼내어 차분히 '섯다'를 시작했다. 판이 한창 무르익었다. 성냥개비가 한 무더기 쌓였다.

"요것 좋다. 이것 다 내 것인 게 속 돌려 잉."

김가가 삥자(송학) 하나를 내보이며 성냥개비 다섯 개를 집어 질렀다(베팅). 고가가 망설이다가 화투짝을 던졌다.

"구삥 잡고 좋게 물러나 준다."

허가가 화투짝을 확인해보고 말없이 다섯 개비를 더 베팅했다.

"졌으면 고이 들어갈 일이지."

김가가 자신만만하게 소리치며 자기 앞에 있는 성냥개비를 전부 들어 합해놓았다.

"몇 갠데?"

"열두 개."

하고 눈치를 살피다가 허가가 중앙의 성냥개비 더미를 손으로 집으려 하자 金가는 날쌔게 합하려 하던 성냥개비를 뽑아왔다.

"좋았어, 다 준다, 주어"

그는 화투짝을 내던졌다. 여섯 끗으로 버티었던 것이다.

"아새끼 환장하제. 그래 기껏 여섯 끗이란 말인가?"

고가가 어처구니없다는 표정을 했다.

허가는 성냥개비를 쓸어 모은 뒤 화투장을 던졌다.

"장땡이다."

그러나 허가의 끗수는 공산과 매조 껍질인 망통이었다.

그는 숨을 크게 들이마시고 몸을 흔든 뒤 시조를 읊었다.

> 대붕을 손으로 잡아 번갯불에 구워 먹고 곤륜산 옆에 끼고 황해를 건너
> 뛰니 태산이 발길에 차여 왜각대각하더라.

회장이 그때야 나타났었다. 그러나 구체적인 협의고 뭐고 이젠 안 중에 없었다. 맥주와 '섯다'로 하룻밤을 새우고 다음 날은 강의를 빠지고 쓰러져 잤었다.

아시아 제는 유월 첫 주일로 결정이 되었다. 따라서 오월 말이 되자 각 나라 학생들이 밤이면 나와 연습하는 횟수가 눈에 띄게 늘어났다. 제퍼슨 홀 앞, 라나이(베란다)에서는 일본 애들의 봉오도리(북춤), 중국 애들의 용춤, 잠자리 날개처럼 비치고 어깨 위가 치켜 올라간 옷을 입은 필리핀 아가씨들의 춤이 식사 후에 보면 한창이었다. 나는 홀의 휴게소에 앉아서 창 너머로 일본 학생들이 사중창 연습을 하는 것을 보고 있었다. 의자를 하나 가져다 오른발을 괴어 올리고 한 학생이 타는 기타를 따라 노래하고 있었다. 가로등과 이층 홀의

처마에 걸린 전등들이 코코넛 나무 밑에 모인 그들의 모습을 매혹적인 영화의 장면처럼 부각하고 있었다. 회장이 슬리퍼를 끌고 오더니 옆에 앉자 파이프를 꺼내어 물었다.

"당신이 지휘해보지 그래?"

그는 나더러 말했다.

"글쎄 난 안 된다니까."

정말 나는 답답하고 따분하였다. 난 지휘 같은 것은 못 하는 위인이었다. 허가는 한국인 교회의 지휘자였다. 그러나 그는 지휘하지 않겠다고 잡아뗐다. 반대쪽 교회의 지휘자 조가가 지휘를 맡겠다고 했으니 그가 끝까지 맡아서 해야 하지 않느냐는 것이었다. 그러나 조(曺)는 자기 교회 찬양대가 출연해야 한다고 말했기 때문에 지휘를 맡겠다고 했지만 이제 EWC 학생만으로 합창하게 되었으니 개인 유학생으로 온 자기는 지휘할 자격도 없는 것이라고 말했다. 하지만 따지고 보면 양 교회 성가대를 합해서 출연해보고 싶다는 것은 꿈이었고 실제 그들은 개인 일에 얽매어 함께 모여 연습할 시간이 없었다. 따라서 허가도 조가도 오합지졸인 학생들을 모아놓고 체면을 잃는 지휘자 노릇은 않겠다는 심산이었다.

"그래 인제 와서 그만둔단 말요?"

"그만두든지 아니면 합창이 아니고 제창을 해야지요."

"여보시오, 그래 대한민국 학생들이 기껏 초등학생처럼 제창하고 내려온단 말요?"

지하실 스낵바에서 고가와 김가가 아이스크림을 각각 하나씩 들고 올라오는 것이 보였다. 회장이 손짓해서 앞자리에 앉으라고 말했다.

두 사람은 탁구시합을 한듯했다. 고가가 이긴 듯 의기양양하고 김가는 좀 코가 빠져있었다.

"그래 강강술래는 어떡하려고 그래?"

"사람을 모아 줘야지"

"누가?"

"그럼 나보고 데리고 오라고? 누구는 안 바쁜 사람인가? 기숙사 학생은 공부한다고 이리저리 피해 다니제, 밖에서 사는 놈은 차가 없다고 앉아 있제, 나보고 어떻게 하란 말이여."

회장은 담배를 싹싹 비벼 끄고 벌떡 일어났다.

"나 회장 그만두겠어."

"와 이러십니꺼. 지금 그만두면 우리나라 체면은 우이 되는기요?"

"그럼 나더러 어떻게 하란 말요. 나 혼자 어떻게 하란 말여?"

그는 걸어 나가 버렸다. 행사는 가까워지는데 아무도 심각하게 걱정하는 것 같지 않았다. 어떻게 되겠지 하는 심산인 것 같았다.

"일통 잘 된다이."

한참 두 사람이 얼굴이 벌겋게 되어 이렇거니 저렇거니 하더니 나는 할 일 다 했다면서 고가가 안락의자에 팔베개하고 몸을 눕혔다.

"나도 책임 없어."

이번에는 김가가 몸을 눕혔다.

얼마 동안 침묵이 흘렀다.

"야 고가야, 아까 고 이야기나 해봐라. 그래 그날 밤 태극기를 꽂았냐 못 꽂았냐?"

김가가 몸을 고쳐 앉으며 호기심에 찬 눈으로 말했다. 高가는 큰 입을 벌리며 금시 웃어댔다.

"이마는 나를 야만인으로 아나?"

"그럼 그것이 목적이제 뭐이 또 있간디?"

고가는 웃다가 정색을 했다.

"나 이러다 병나지 싶다."

그는 자다가 갑자기 고향이 그리워지고 친구가 보고 싶어지면 눈을 뜨는데 견딜 수 없어진다는 것이다. 살갗 속으로 두드러기가 생긴 것처럼 온몸이 근질대고 숨이 막힐 것처럼 답답해져 찬물을 벌컥벌컥 들이켜고 웃옷을 벗어젖히지만, 그것도 안 되면 밖을 마구 뛰어다니거나 한없이 걸어야 한다고 했다. 서울에서 하숙하며 학교 다닐 때도 가끔 그런 일이 있었는데 그때는 곧장 집으로 달려가면 됐으나 이곳에서는 그 짓도 못 한다는 생각이 들 때 앞이 캄캄해진다는 것이었다.

"그건 향수병이다. 그런데 이건 호강에 초친 병이다. 사내새끼가 무슨 집 생각이 그렇게 나냐?"

"한국을 떠날 때부터 그렇지 않나 싶어 걱정되더니."

"야야 쓸데없는 병 만들지 말라 잉."

김가는 태연한 체했으나 걱정이 되는 듯 곁 용기를 냈다. 마치 그런 병이 자기에게도 옮아올 것 같아 미리 부정하려 드는 것처럼.

"너 총각이라 그 경험 없지?"

고가는 너털웃음을 웃었다.

"야가 나를 얼라로 아나?"

"그럼 그런 병 곧 나을 수 있다, 잉. 꽂아버려 태극기를."

"우리가 삼십육 년간 얼마나 고생 했간디. 여그서 멋있게 원수를 갚아버려 미스터 허의 말 안 들어봤어? 서울서부터 똥이 마려운 것을 참았다가 일본 땅에 왔을 때 싸부렀단 말이여. 아 만세 불러 버리랑게. 병 낫고 저 좋고."

고가는 어젯밤 그 발작으로 술집 아리랑까지 걸어가고 거기서 늦게까지 술을 마신 뒤 일본 계집의 호의로 같은 차를 타고 기숙사까지 온 모양이었다.

"그 좋은 것을."

김가는 오른손으로 왼손바닥을 딱 치고 침을 삼켜가며 설명하고 고가는 "차랴"를 연발하고 있었다.

다음날 한국 학생들의 편지함에는 임시총회의 광고가 들어있었다. 안건은 회장 사표 수리 및 아시아 제 대비책 강구였는데 장소는 저녁 후 뉴먼 센터라고 캠퍼스 안에 있는 천주교의 청장년 집회 장소였다. 끝나고 맥주파티 및 댄스파티를 할 테니 부인이나 파트너를 데려와도 좋다는 말이 첨부돼있었다. 시간 엄수라 했는데도 모이는 시간이 너무 달라 먼저 온 사람은 기다리다 못해 전축을 틀고 맥주를 따고 마시기 시작했다. 따라서 모두 모였다고 생각될 무렵은 잔치 무드였고 또 각 나라 여자파트너들이 와서 회의가 될 것 같지 않았다. 그러나 회장은 외국 사람은 우리나라 말을 이해 못 하니까 잠깐 한쪽에 있어 달라 하고 회의를 시작하자고 말하였다. 회장이 전축을 껐다. 한참 미국 애하고 탱고를 추고 있던 허가는 왜 끄느냐고 고함을 쳤다. 회장은 손뼉을 땅땅 쳤다.

"잠깐 조용히 하십시오. 이제부터 한국 학생 임시총회를 할 테니 외국 학생은 잠깐만 한곳에서 쉬시면…"

장내가 소란해졌다.

"회장, 모처럼 좋은 우리의 기분을 망치지 맙시다. 그리고 회장이 이제야 사표를 낸다지만 사표 낸 것으로 문제가 해결됩니까? 여러분, 나는 회장의 사표를 받지 않기로 동의합니다."

"제청이요"

누군가 저쪽 구석 테이블에서 맥주를 마시고 있다가 외쳤다. 옳소! 하고 모두 박수를 했다. 외국 여자들이 어리둥절해 눈을 굴리고 있었다. 지금 개회를 하지도 않았고 이 문제를 이렇게 소홀히 넘겨버릴 수 없는 일이라고 회장이 말했다. 아시아 제만 하더라도 지금 프로그램 인쇄를 하겠다고 출연 종목의 명칭과 그 해설을 써달라는데 아무도 해보려는 기색이 없지 않으냐? 이것은 회장이 무능하다고밖에 볼 수 없으니 유능한 회장을 뽑아 늦기 전에(이미 늦었으나) 일해야지 이러다가 한국은 똥이 되고 말 것이라고 이야기했다. 한 학생이 일어섰다.

결국, 우리더러 회장 말 잘 듣고 연습하러 잘 나오란 말인데 연습 못 한 것만큼 더 여러 번 하면 되지 않느냐? 따라서 이번 회의는 없는 것으로 치고 파티로 그치자고 말했다. 그러자 모두 박수를 치고 환성을 질렀다. 결국, 회의는 흐지부지되고 무슨 일이 있든 빠지지 말고 매주 화요일과 목요일 저녁 식사 후는 전원 제퍼슨 홀의 라나이에 모여 연습을 해야 한다고 매듭을 지었다.

할라함 한국무용연구소에서 징, 꽹과리, 소북 또 "농자천하지대본"

이라 쓴 큰 기치를 빌려오고 연구소에서 농악 지휘를 하는 한국인 이세의 여대생을 초청해 와서 연습을 시작했다. 한국의 꽹과리와 징 소리는 일본의 다이코(대북) 따위 대지도 못할 만큼 컸다. 한순간 다른 나라들은 연습을 못 하고 멍청히 우리의 연습하는 몰골만 보고 있었다. 음악은 허가가 지휘하는 것은 거절했으나 연습은 끝까지 보살펴 주겠다고 〈고향의 봄〉을 합창으로 〈농부가〉는 한 사람이 메기고 나머지가 받아 부르는 식으로 하기로 했다. 무용연구소에서는 전문적인 학생이 나와 북춤과 도라지 춤을 구성지게 춰줄 것이고 농악 강강술래가 멋있겠다. 합창도 잘 되어가고, 이만하면 한국이 으뜸이 될 수 있다고들 으쓱거렸다. 그러나 이 연습은 두 주일도 가기 전에 차츰 시들해지고 문제가 생겼다. 강강술래는 한국 여학생이 부족하여 외국 여학생을 파트너로 받아들여 연습했는데 한번은 연습하고 다음 날은 빠지고 해서 외국 파트너들은 와서 오랜 시간 무료하게 기다리며 보고 섰다가 들어가곤 했다. 농악 지도교사는 세 번 계속 나오고는 거절해 버렸다. 시간을 잘 지켜주지 않으니까 자기의 TV 공연에도 지장이 있고 또 연습할 때는 흥을 내는 것은 좋으나 한 바퀴 돌라면 두 바퀴 돌고, 소리 내지 말라면 소리 내고, 자기 멋대로 흥을 내니 해볼 수 없다는 것이었다. 그것도 단체 농악에선 전체적인 조화의 미가 있는 것이니까 개인이 너무 흥을 내면 안 된다고 말했다. 그러나 학생들은 진짜 한국농악을 보지 못해서 그런다고 우기고 농악이란 약간 어긋나고 또 간간이 괴성을 지르는 게 있어야 참 한국적인 맛을 내는 것이라고 오히려 가르치려 들었다.

합창은 더더구나 말할 나위가 없었다. 너무 참석하는 사람에 변화가 심해 파트별 연습이 불가능했다. 이렇게 서로 잘났다고 떠드는 사이에 아시아 제 리허설(예행연습) 기간은 닥쳐오고 막이 열리자 한국 학생들의 차례가 다가왔다.

필리핀 계집애가 안내장에 나와 있는 합창을 설명하는 내용을 읽었다.

"고향은 떨어져 있을수록 그리운 곳입니다. 한국은 오래도록 외국의 지배를 받아 왔습니다. 그 당시 옛날과는 다르게 변모해가고 거칠어진 고향을 보고 한국 사람들은 이 〈고향의 봄〉 노래를 즐겨 불렀습니다. '나의 살던 고향은 꽃 피는 산골 복숭아꽃 살구꽃…….'"

남자만으로 된 합창 대원이 한복 바지에 조끼를 입고 걸어 나갔다. 모두 박수를 했다. 그런데 이 지휘자 없는 합창은 화음이 처음부터 맞지 않아서 관중석에서는 킬킬 웃는 소리가 새에 나왔다. 대원들은 끝이 나자 쥐구멍을 찾듯 도망쳐 나와 극장에서 멀리 떨어진 외진 곳으로 모였다. 바로 앞에 있었던 일본사람의 사중창과 비교해 너무 차이가 나기 때문에 이만저만 창피한 일이 아니었다.

"와 소리 좀 크게 내지 병신새끼들 같이 그기 뭐노?"

"화음이 안 되는데 소리까지 크게 내면 뭐가 되게."

"화음이고 뭐고 첫째 씩씩해야 하는 기라."

"이거 완전히 똥 됐어, 똥 돼."

허가가 다시 한번 연습해 보자고 첫 음을 맞추고 시작했다. 그러나 합창이 기분만으로 쉽게 맞아지는 것은 아니었다.

"이것 집어치고 '빨간 마후라'라는 그거 하면 어떨까? 주먹을 쥐고 막 흔들면서 큰 소리로 불러버리면 시언하것는디. 나 이놈의 합창 답답해서 못 허것어."

"맞았어. 그기야 바로. 한국의 고춧가루 정신이라 카는 건 씩씩한 데 있는 기지 곱고 예쁜 기집애 같은 데 있는 기 아니란 말이다."

이 기발한 생각에 선뜩 응하지는 않았으나 아무도 합창에는 자신이 없었다.

"아따, 딴생각하지 말고 이것으로 통일해. 여기서는 멋있고 재미있게 하는 것이 장땡잉게."

결국, 무대에 걸어 들어갈 때와 나올 때는 '빨간 마후라'를 씩씩하게 부르고 무대에서는 농부가 하나만 부르기로 하여 삼십 여분 드나드는 연습을 하였다.

"훨씬 안 났다고. 진작 이렇게 할 일이제. 그리고 말이여. 내일은 준비실에 종이로 싸서 양주를 한 병 넣어 놓아. 한국 사람은 말이야, 술을 좀 마셔야 멋이든지 잘한 게."

"그렇지만 국제적인 예술제에 딴 나라 사람도 있는데 어떻게 술을."

"잔소리 말고 내 말만 들어. 내일 한국이 히트할 텐게. 우리는 했다면 하는 나란 게."

그날 밤 EWC의 망나니 그룹들은 내일 낮과 밤 몇 번의 공연을 앞두고 술집 '아리랑'으로 몰려들었다. 이제 연습이 다 되었다고 치부한 것이다. 희미한 붉은 불빛에도 서 아주머니는 우리를 잘 알아보았다.

"헤이, 마이 보이스. 캄온, 캄온."

그녀는 마구 손을 흔들었다.

"헬로우 미스터 허. 헬로우 미스터 고……"

그녀는 한 사람 한 사람의 이름을 잘도 외워서 부르며 어깨를 두들겼다. 지난해 남편과 이혼해서 혼자 살며 이 영업을 한다는 그녀는 한국 학생들에게 너무 친절했기 때문에 서(徐) 아주머니로 통하고 학생들은 한국에서의 다방처럼 그곳을 드나들었다. 그녀는 말하는 것이 재미있을 뿐 아니라 한국인 사회에서 일어난 일, 또 학생 간의 연락을 잘 도맡아 해주었다. 이 술집은 이름이 아리랑이지 종업원은 미인, 한인, 일인들이 섞여 있고 한국적인 냄새는 특별히 풍기지 않는 곳이었다. 다만 한국적인 것이 있다면 한국의 술집처럼 맥주 안주를 내주되 불고기, 사시미, 된장 조갯국, 닭튀김 같은 것을 푸짐히 내주는 게 특색이었다. 또 술집 아가씨들은 한국에서처럼 남자 옆에 착 안겨서 마셨다. 미국 놈들도 이런 분위기를 좋아하는 녀석들은 곧잘 단골로 드나들었다. 맥주를 5불 혹은 10불어치 마시고 팁은 50불, 100불씩 내놓고 가는 놈팡이들이 있다고 했다.

미시즈 서는 우리를 잘 웃기었다. 아니 우리가 사소한 일에도 그녀가 말하면 잘 웃었다. 그녀는 종업원들에게 한턱 쓰고 싶으면 모두 불러놓고 어느 민족이 세계에서 으뜸가느냐고 묻는다는 것이었다. 그들이 모두 알아차리고 한국이라고 이구동성으로 말하면 우쭐해져서 한턱 쓴다는 것이었다. 오늘은 그녀가 자기 집 여종업원 하나가 몇 달 전 남편과 함께 카와이 섬에 휴가로 놀러 갔다 왔는데 이제 알아보니 그때 어린애를 배 가지고 왔다는 것이다. 그래 그녀더러 무슨 짓이냐고 걱정스럽게 말했더니 섬에 가니까 할 일이 없더라고 대답했다 해서 모두 또 웃었다. 또 요 며칠 전에 들어온 미국 녀석 바텐더가 살 빠지라고 한국의 인삼 정을 사서 먹는다고 해서 웃었다.

"인삼은 살 빼는 약이 아니구 정력제예요."

허가가 말했으나 정력제란 말이 영어로 충분히 설명되지 않았다. 남자가 장가를 간 뒤 마누라 집엘 가면 마누라의 어머니가 인삼을 넣어서 닭을 고아주는데, 이것은 힘을 얻어 애를 잘 낳으라는 뜻이고 이때의 힘을 정력이라고 한다고 김가가 말하자 웃어댔다. 내일 아시아 제에 나오라고 했더니 그러잖아도 나가려고 한복을 진작부터 다려놓고 기다리고 있다고 말했다. 그러다가 갑자기 오늘 한국 사람에 관한 기사 안 읽었느냐고 말했다. 모두 얼굴을 마주 보았다.

"그 시한폭탄이 터진 사고 말입니까?"

허가가 기사 내용을 말했다. 노름에 돈을 잃어 원한을 품은 사람이 호텔 앞에 세워놓은 한인 차에 폭탄을 장치해서 한인이 죽었다는 것이다. TV 뉴스 시간에 노름꾼이던 한국인이 죽었다고 해서 미시즈 서는 전 자기 남편 아닌가 하고 사정없이 가슴이 뛰었다고 말하고, 그 이야기를 친구에게 전화했더니 자기도 직장에서 근무하다 이 뉴스를 듣고 자기 남편이 아니었나 하고 놀랐다고 해서 한바탕 웃었다고 했다. 이번에는 아무도 웃지 않았다.

내 앞 세 번째 건너편에 허술한 옷을 걸친 미국 녀석이 혼자서 술을 마시고 있었다. 그는 1불짜리를 내서 종업원에게 뭘 사 오도록 요구하고 있는 것 같았다. 좀 있자 그녀가 콕(코카콜라) 한잔을 들고 와서 그 옆에 앉았었다. 나는 그녀가 아까도 그런 일을 하는 것을 보고 있었다. 그리고 십여 분 있다가 그녀가 일어나려 하자 그 녀석은 그녀를 주저앉히고 얼굴 옆에 바싹 자기 얼굴을 갖다 대고 소곤거리고 있었다. 그런데 별안간 여인이 벌떡 일어서며 한국말로 지껄여댔다.

"x할 새끼, 칠뜨기 같은 새끼가 지랄하네."

모두 영문을 모르고 큰 눈을 떴다.

"무슨 일이야!"

한국 학생들이 저마다 한마디씩 하며 그 녀석을 쳐다보자 그는 어슬렁어슬렁 일어나 걸어 나갔다. 콕을 사 오라고 두 번 시키더니 나중엔 한번 사서 올 때마다 돈이 얼마나 남느냐고 물어보고 한번 사 와서는 십 분씩 앉아 있다가 가니 이젠 사러 갈 필요 없이 남는 돈만큼 지급해 줄 테니 한 시간 진득이 앉아 있겠느냐고 흥정을 걸었다는 것이다.

주크박스에서 일본노래가 흘러나오기 시작했다.

"야, 웬 왜놈 노래야. 한 5불 집어넣어. 한국 노래만 나오게"

김가가 기염을 토했다.

맥주가 몇 라운드 돌아가는 사이 번번이 화장실을 다니던 高가가 동전을 넣은 것임이 틀림없다. 어느새 그 일본 계집애 미기꼬를 붙들고 저쪽 구석 테이블에 앉아 나를 보고 눈웃음을 치고 있었다.

うぶな　名前が　可愛いいと

いつた　あなたは　憎い人

いつそ　散りたい　夜の花

夢は夜ひらく

(순진한 이름이 귀엽다고

일러준 당신은 얄미운 분

차라리 밟히고픈 밤에 핀 꽃

꿈은 밤길을 여네)

허가는 이 노래만 나오면 쪽을 못 쓴다. 미끼꼬가 가르쳐주었단
다. 시답잖은 유행가가 왜 그렇게 견딜 수 없게 해주는지 모르겠다
고 말했다. 유행가면 어떠냐? 일본 계집이면 어떠냐? 술집 계집이면
어떠냐? 자기는 무엇이냐고 고가는 말했다. 대한민국의 유학생? 고
생한 홀어머니 밑에 자란 외아들? 약혼한 여성을 두고 온 성실한 남
성? 이 모든 것을 팽개쳐버리고 밑바닥까지 흘러내려 가버리고 싶다
고 말했다.

"치와 뿌리고 흘러가는 기야. 나는 이래가 닿는 곳이 정말 인간의
고향이지 싶다. 내일은 필요 없는 기라. 이 값진 순간을 무얼로 보상
할 끼고."

고가는 지금 신이 나 있다. 양손을 들고 무언가를 열심히 설명하고
미끼꼬는 간간이 몸을 흔들며 웃어댄다. "나가 귀국해서 대통령이 되
면 말이다. 너를 불러서 한국의 최고로 맛있는 시라기국을 한 사발
줄 끼다. 너 알제? 시라기국." 하거나 "어때 이만 하믄 남자 잘 생겼제.
이런 남편감이 어디 있노 말이다." 아니면, "나가 이래 봬도 말이다, 호
놀룰루에서 헨델의 메시아 공연에 솔로를 했데이. 그 할렐루야카는
것 있지 않나뵈, 이때 모아나 호텔의 청중이 다 기립했단 말이다. 그
래 그 곡이 끝날 때 한번 쉬어가 힘을 모았다 힘찬 "할렐루야"로 끝
나는 긴데 그 쉴 때 나가 흥이 나서 마 할렐루야 카다가 "할" 하고 그
엄숙한 순간에 솔로를 안 했나?"

이런 식의 대화일 것이다. 그는 결코 남의 앞에서는 외롭지 않다. 그러나 혼자가 되면 끝없이 외로운 것 같다. 열두 시 삼십 분 전에 전등이 반 꺼졌다. 문을 닫을 모양이다.

"나가 또 이래 되면 참을 수 없제."

고가가 이번 술값을 줄곧 허가가 부담해 온 것을 알고 다음 이차는 자기에게 맡기라고 했다.

"야, 돈이나 있어?"

김가가 비꼬듯 말했다.

"일마가 날 어떻게 보는 기지?"

그는 우쭐대면서 미끼꼬는 자기가 책임질 테니 한 사람씩 끌고 나와 춤추러 가자고 했다. 춤이라면 허가의 특허물이었다. 이제 놀이가 끝나가는 것이 아니라 이제부터라는 듯 사기가 충천했다.

미시즈 서가 한국 애들을 끌고 나와 함께 스타더스트로 갔다.

"너 이렇게 나와도 괜찮니?"

자리에 앉자 미시즈 서가 미끼꼬에게 말했다.

"아주머니도 참 구식이셔. 그러잖아도 십이월부터는 자유가 없을 테니 지금 실컷 놀게 해달라고 말했는걸요. 뭐."

그녀는 애교가 있었다.

아리랑에 있는 미국 애 바텐더와 결혼하기로 했는데 크리스마스 전날로 정하고 그 전엔 실컷 좀 놀 수 있게 하기로 했다는 것이다.

"이제 두 시 되면 데리러 올 거예요"

밴드가 노래를 시작해서 모두 스테이지로 나갔다. 金가는 춤을 못 추어서 아주머니가 가르쳐주기로 하고 우리는 모두 일어섰다. 나는 춤을 잘 못 춘다고 미스 김에게 말했다. 자기도 정식으로 배워보지 못했노라고 말했다. 나는 그녀의 허리에 손을 돌렸다. 서양의 습관이라고 하나 버릇이 되지 못한 탓인지 가슴이 좀 뭉클해졌다. 내 옆을 나이 많은 할아버지가 어린 여인을 안고 음악에 맞춰 천천히 왔다 갔다 하는 것이 보였다.

"언제 한국으로 돌아가세요?"

술을 마신 탓이었을 게다. 나는 내 심장의 뛰는 소리와 그녀의 말소리와 음악 소리를 한꺼번에 듣고 있었다.

"참 좋으시겠네요. 한국에 곧 가시니까. 저도 작년에 잠깐 다녀왔어요. 그러나 고향에는 가지도 않고 그냥 반도호텔에서 한 이주일 지내다 왔지요. 한국은 너무너무 가난한 사람이 많아요. 저는 그때 동생에게 차고 간 시계도 풀어주고 옷도 벗어줘 버리고 왔어요. 요즘 버릴 것이 있어도 동생 생각나서 못 버려요."

고가가 얼굴이 벌겋게 상기된 채 나를 보며 웃고 지나간다.

"여기서 그렇게 외롭지는 않아요. 어느 바에 가거나 반드시 한국 여자들이 몇 사람씩은 있거든요. 그리고 다 처지가 마찬가지니까 위안이 돼요. 결혼해서 건너와서 이혼. 지금도 결혼하자는 미국 놈이 있어요. 그렇지만 이제 질렸어요."

金가는 스텝이 또 틀렸는지 다시 시작하려고 멈추어 섰다.

"전 건강해 봬도 병신이 다 됐어요. 이혼하기 바로 전에는 어떻게 맞았는지 전화로 영사 댁을 불러놓고 기절했어요. 이제는 생각만 해도 징그러워요. 한 이만 불 벌면 한국 들어가서 살래요."

허가는 멋있는 스텝을 잘 엮어가며 사람 사이를 잘 꿰어 다니고 있다. 데스크로 돌아와서 술이 몇 라운드 더 돌아갔다. 이제는 모두 약간씩 취해있었다. 미끼꼬가 허가와 추고 돌아와서는 허는 직업적인 댄서라고 입술이 마르게 칭찬했다. 미시즈 서가 엄지손가락을 치켜세우며 말했다.

"정말 이렇게 추어보기는 처음이야. 정신이 아찔했어."

그녀는 탁자 위의 술을 단숨에 들이마셨다.

"미끼꼬, 나하고 한 번 추지."

고가 벌떡 일어섰다.

"잠깐만, 저 이분하고 한 번만 추구요."

그녀는 옆에 앉은 내 손을 잡아 일으켰다.

우리는 스테이지로 갔다. 그녀가 허리에 두른 내 바른팔을 겨드랑이 위까지 추켜올렸다. 보드라운 그녀 유방의 감촉이 왔다.

흑인 여인이 길게 줄이 붙은 마이크를 잡고 몸을 꼬며 블루스를 불렀다. 그녀는 상체를 밀착시켜왔다.

"더 꼭 안아주세요. 더 꼭."

나는 숨이 막힐 것 같았다. 그러나 그녀는 더욱 눈을 말똥거리며 오히려 나를 리드하듯 스핀 했다. 나는 처음으로 춤의 즐거움을 느꼈다. 그녀의 덮쳐오는 체중과 몸의 동요가 나에게도 똑같은 동작을 요구하면서 자연스럽게 돌고 움직이곤 하도록 하고 있었다.

"나는 자유로워지고 싶어요. 정말이에요. 그러나 조금 있으면 그분이 나타날 거예요. 나를 데리러 말이에요. 나는 행복해요. 그분은 나를 행복하게 해주거든요."

나는 온몸이 나른해진다는 미스터 고의 말을 이해할 수 있을 것 같았다. 일본을 미워하던 내가 전혀 미끼꼬를 미워하지 않고 있음을 느꼈다. 아니 오히려 기분이 한없이 좋아서 그녀와 엎치락뒤치락 뒹굴고 있는 기분이었다.

일본도를 들고 담을 뛰어넘어 궁전에 들어가 명성황후를 끌어내어 치고, 아직도 살았을 왕비를 가마니로 싸 석유를 뿌려 태워버린 왜놈의 후손. 또 동척회사(東洋拓殖株式會社)를 두어 우리나라의 식민지화를 서두르고 물건을 팔되 안 사갈 때는 상투를 잡아떼라고 도랑에 우리의 조상을 처넣은 왜놈의 후손과 그 치욕 속에 살아남은 한 조선의 후손이 이렇게 다정할 수 있다는 것은……

정말 내일은 없고 현재의 이 순간이 몇천 년의 과거보다 중요한 것일까.

"제 어머니는 제가 미국 사람과 결혼하는 것을 싫어해요. 하지만 저는 소심한 일본사람을 싫어해요. 미국 사람이면 어때요. 그리고 한국 사람이면 어때요. 제 아버지는 부동산 장사를 하거든요. 그런데 미국 사람에게서는 땅은 사지만 미국 사람에게는 땅을 안 팔아요. 도둑놈 근성이지 뭐예요. 민족이 어디 있어요. 인간이 있지. 저는 무엇보다도 먼저 행복해지고 싶어요. 참 행복이 뭔지 모른다고요? 전 느낄 수 있어요. 그분은 저를 행복하게 해줘요."

I'm about to give you all of my money

And all I'm askin' in return honey

Is to give me my propers

When you get home Yeah baby

When you get home Yeah

Ooo your kisses

Sweeter than honey …

(내 모든 돈을 너에게 줄 거야

그리고 내가 대가로 원하는 것은 여보

내 것을 돌려 줘

집에 가면 그래 베이비

집에 도착하면 그래

우 우 우 꿀보다 단 당신의 키스…)

아레사 프랭클린의 노래가 흘러나오고 있었다.

"온종일 술 심부름을 하고 나서 집에 돌아가 샤워를 하고 나면 유일한 희망은 그분이에요. 전 오늘 하루에 만족해야 해요. 오늘 하루의 행복에 포만해서 내일을 잊고 자야 해요."

나는 갑자기 술이 올라오는 것 같아 그 자리에 서서 얼마 동안 몸을 경련했다. 허가가 우리 옆을 지나며 무어라고 중얼거렸다. 나는 그때 얼굴이 붉었을 것이다. 누구나 겪는 외로움이다. 그는 웃으면서 필시 알았을 것이다.

그녀는 실례한다고 수줍은 듯 고개를 숙이고 걸어 나갔다. 그녀의 약혼자가 온 모양이었다. 얼마 동안 머리가 어지러웠다.

"이 세상과 이 세상에 있는 것들을 사랑하지 말라…. 이 세상에 있는 모든 것이 육신의 정욕과 안목의 정욕과……."

아내와 함께 암기했던 성경 구절이 생각났다. 그러나 지금 내게 삼킬 자를 찾는 우는 사자와 같은 유혹을 이길 힘이 있는가? 격동하는 악어가 입을 벌릴 때 그를 유순하게 길들일 힘이 내게 있는가?

두 시가 넘자 이젠 갈 곳이 없었다. 두 시 넘어서 여는 나이트클럽이나 바는 없었다.

"야, 내가 운전할 텐게 섬 한 바퀴 돌자."

김가가 말했다.

"좋아. 밤샘이 하는 기라."

"미쳤어."

미시즈 서가 김가의 등을 딱 쳤다. 그러나 우리는 미시즈 서를 어내어 다섯이서 섬을 돌았다. 돌다가 차 세울 곳만 있으면 세워놓고 목이 터져라 한국 노래를 했다. 미시즈 서는 '내 고향 남쪽 바다'를 좋아해서 우린 이 노래를 스무 번은 더 불렀다. 그러나 나중엔 목이 쉬고 부를 노래가 없어졌다. 새벽 세 시가 넘어선 하이웨이는 한적해서 다니는 차가 없었다.

"야, 이 차 썩어서 칠팔십 못 놓지?"

핸들을 잡고 있던 김가가 차주인 허가에게 말했다.

"네 것과는 질적으로 다르다이. 구십 백 놓아도 까딱없단 말야."

허가가 담배를 물고 비스듬히 기대며 말했다. 金가가 갑자기 액셀을 밟자 이 낡은 자동차는 비행기 소리를 내며 공중에 붕 뜨는 것 같았다.

"이것 봐. 벌써 이상 안 허다고?"

스피드 미터가 칠십 오, 팔십 사이를 왔다갔다 했다.

"조심해. 무서워."

미시즈 서가 말했다.

"해봐. 운전기술이 모자란지, 차가 나쁜지."

허가는 그냥 기대있었다.

"참말이지?"

차가 더 야릇한 소리를 내며 달리기 시작하자 차창에 작은 벌레들이 부딪혀 깨지는 것이 보였다.

이젠 모두 속으론 겁을 먹고 있었다. 저쪽에서 작은 헤드라이트가 하나 나타났다.

"조심해. 경찰찬지도 모르니까"

"어때, 배짱 있으면 한 번 더 몰아보시지."

허가가 약을 올렸다.

"그래 알았어, 죽으면 두 번 죽나."

"챠라, 니 죽는 기는 문제 아니지만 나가 죽으면 장차 대통령이 안 죽나."

"한국 사람 겁 없어."

미시즈 서는 여느 때처럼 김의 어깨를 치려 하다가 손을 멈추었다.

저쪽에서 나타났던 불빛이 급속도로 다가오더니 살인적인 속도로 엇갈려갔다.

"신난다. 담배 이리 내라."

김가가 한 손으로 핸들을 잡고 옆 사람의 담배를 낚아채 입으로 가져갔다. 순간 자동차가 크게 흔들렸다.

모두 한쪽으로 휙 쓸렸다. 미시즈 서가 비명을 질렀다. 그제야 김은 속도를 떨어뜨렸다.

"이러다간 자동차가 못 배겨낼 것 같아 그만둔다."

"병신 육갑하네."

미스터 허는 그냥 담배만 내뿜고 있었다.

네 시가 다 되어 모두 미시즈 서의 아파트로 돌아왔다. 거기서 팬케이크를 해 먹고 모두 소파에 기댄 채 잠들었다.

아시아 제는 오후 세 시와 저녁 일곱 시 반 두 차례였다. 우리는 늦게야 일어나서 아침 겸 점심을 먹고 고가는 할라함 무용연구소에 들러 농악기구 소북 등을 가져오겠다고 나가고 김가는 양주를 한 병 사가겠다고 나가고 허가와 나는 EWC로 직접 나갔다. 회장이 제퍼슨홀을 바쁘게 지나가면서 진작 와서 맞춰보지 않고 무슨 짓이냐고, 외국 학생들은 열심히 아니냐고 힐난하듯 말했다.

"걱정 없쇠다."

허 가는 양팔을 올려 크게 하품을 하고 일간신문을 들고 소파에 기대앉았다. 두 시가 되니까 회장이 큰소리로 외쳤다.

"공연하는 분들은 지금 준비실로 들어오시기 바랍니다."

강강술래를 하려고 지원 나온 외국 여성들이 웅성거리며 홀을 빠져나가 극장으로 가기 시작했다.

"미스터 허는 뭘 해."

의자에서 일어나지 않은 허를 보자 회장이 신경질이 난다는 듯 말했다.

"왜 이래. 우리 프로는 중간쯤 있으니까 시작해서 들어가도 늦지 않단 말야."

"그렇지만 준비실에서 한국 학생들 안 들어온다고 자꾸 야단 아냐? 그리고 무용연구소에서는 왜 소식이 없어? 좀 전화해주지 그래. 어디 바빠서 혼자 해 먹겠어?"

"여보시오, 내가 그런 거 하는 사람이오?"

좀 있으면 다 올 텐데 그 자식 어린애처럼 설친다고 허가는 다시 의자에 앉아 신문을 폈다. 얼마 안 있어 고가가 연구소에서 짐을 한 아름 가져왔기 때문에 우리는 나가 그걸 준비실로 옮겼다. 출연자들이 한복으로 갈아입고 화장을 하곤 하는데 김가는 노란 봉지로 싼 술병을 들고 한 잔씩 하라고 권하고 다녔다.

어떻든 한국의 세시 공연은 성공적이었다. 합창을 전날 결정한 대로 빼버렸다. 프로그램과 대사는 바꿀 수 없었으므로 필리핀 계집애가, "고향은 떨어져 있을수록 그리운 곳입니다. 한국은 오래도록 외국의 지배를 받아왔습니다. 그 당시 옛날과는 다르게 변모해가고 거칠어진 고향을 보고 한국 사람들은 이 〈고향의 봄〉 노래를 불렀습니다. 나의 살던 고향은 꽃 피는 산골……" 했을 때 씩씩하게 두 손을 흔들며 빨간 마후라는…… 하고 프로그램의 해설과는 얼토당토않은 노래를 부르고 나갔다. 모두 아무 뜻도 모르고 이 파격적인 합창의 시작에 놀라며 웃었다. 관중들은 모두 잘 되었다고 끝나고 나서 칭찬이었다.

한국 학생들의 사기가 충천했다. 한복 칭찬이 자자했고 외국 여성들은 강강술래를 했을 때 입었던 옷을 입고 떼 지어 사진을 찍고 다시 파트너와 함께 찍는 등 야단들이었다. 金가는 자기의 착상이 들어

맞은 거라면서 저녁에는 강강술래도 순 한국식으로 모두 소리를 내면서 흥겹게 해야 한다고 강조하고 이번 선두의 리드는 자기가 하겠다고 나섰다. 정말 밤에 있었던 프로그램은 한국의 강강술래가 히트였다. 북춤이나 도라지 춤은 전문적인 연구생이 했기 때문에 그 예술성 때문에 높이 평가되었지만, 이 강강술래는 자유분방한 사기와 오락성 때문에 모두 좋아했다. 끝날 때는 한 바퀴만 무대를 잘 돌아서 내려오게 됐는데 김가는 자기가 말을 만들어 메기면서 무려 다섯 바퀴를 돌았기 때문에 뛰는 사람은 지쳐서 남녀가 무대를 흩어질 대로 흩어져 어지럽게 되고 외국 여인들은 서툴게 신은 버선이 다 벗겨지고 어떤 남학생은 바지 끈이 풀어져 내의가 홀랑 나와 버렸었다. 장내는 웃음바다가 되고 강강술래는 그날 밤의 명물이 되었다. 연극이 끝나자 모두 뿔뿔이 나가버리고 무용연구소에 돌려줄 농악기구 소북 등만 잔뜩 남았다고 고가가 투덜대며 손을 빌리라고 했다. 결국, 망나니 그룹이 다시 이 뒤치다꺼리를 해야만 했다.

"회장 그 새끼 어디 갔어. 이럴 때 자기가 책임져야 할 게 아냐?"

허가가 주위를 둘러보며 소북 꾸러미를 들고 말하는데 저쪽에서 회장이 나타났다.

"회장, 당신 도대체 뭘 하고 다니는 거요?"

"아니 뭘 하고 다니다니. 우리를 위해서 온 손님들 전송 좀 하고 또 공연을 칭찬하는 사람과 응대하다 보니 이렇게 안 됐소."

"그래 당신만 무슨 정치요?"

고가가 걸어 나오다 이 꼴을 보고 무슨 짓이냐고 소북 꾸러미의 양 귀를 각각 하나씩 들게 했다. 그들은 꾸러미를 들고 옮기면서도 다툼이었다.

"보시오, 한국 학생들에게 입장권 백 매를 더 회장을 통해 주었다는데 당신은 수고하는 우리에겐 일언반구도 없이 다 누굴 주었소. 혼자서 다 인심 쓰고 다닌 것 아니오? 또 이번 찬조금을 받았으면 계획을 세우고 이렇게 쓰겠다고 무슨 간부회라도 해서 정해야 할 것 아뇨? 당신 혼자 점심 사준다, 술 사준다고 하고 기분 내키는 대로 선심 쓰고 다니니 되먹었느냐 말요."

그들은 다투느라고 차와는 정반대 쪽으로 걸어가고 있었다.

"보소. 어디로 가는 기요. 이리 가아 오이소"

고가가 소리 질렀다.

그들은 이쪽으로 방향을 돌렸다.

"그래 미스터 허는 왜 회장 하라고 할 때 안 했소? 그렇게 정치도 할 수 있고 돈도 마음대로 쓸 수 있는 회장 말이오."

"그게 말이라고 하는 거요?"

그러다 걸어오는 미국 계집애 하나를 만났다. 그녀는 회장을 보고 한국 쇼가 참 멋있었다고 칭찬했다.

"강강술래는 가장 훌륭한 쇼 중의 하나였어요."

"이거 미안합니다."

허가가 말하는 사이를 가로막았다. 고가도 가까이 왔다.

"이제 곧 뭐라 했지요? 가장 훌륭한 쇼 중의 하나란 무슨 뜻이지요?"

그녀는 어리둥절해 허를 쳐다보았다.

"우린 가장 좋은 쇼 중의 하나가 아니라 가장 좋았냐 그렇지 않았냐를 알고 싶단 말이에요."

고가가 영어로 덧붙였다. 회장이 공허한 너털웃음을 웃자 그녀도 따라 웃었다. 아무것도 모르는 金가가 저쪽에서 장구를 치며 나왔다. 그는 더덩실 춤까지 추며 밀양아리랑을 큰 소리로 부르며 나오고 있었다.

청천 하늘엔 별도나 많고
우리네 사회엔 말썽도 많네.

이것이 극찬을 받은 한국 학생들의 아시아 제였다.

日製(일제) 맛

:

"야 정복했니?"

"뭘 말이야?"

"가쓰꼬 고년 말이다."

"그건 너무했잖아?"

"뭐가 너무해. 갖고 놀 생각 아니면 너는 친일파거나 매국노야."

사실 김보수의 말은 너무 극단적인 말이라고 생각되었다. 그러나 그 말이 늘 머리에서 떠나지 않았다. 사실 나는 가쓰고와 육 개월 남짓 사귀고 있었다. 전혀 우연한 인연이 나를 그녀와 가깝게 만든 것이다.

유월 말에 들어 EWC(동서문화센터)는 아시아 태평양 지역에서 많은 외국 학생들이 몰려들었기 때문에 호놀룰루의 공군 밴드를 동원해서 신입생 환영회를 하였다. 춤을 추면서 자기소개도 하고 서로 친해지도록 주선한 것인데 동양에서 온 학생들은 댄스를 못하는 사람이 많아서 잘 어울리지 않았다. 그래 사회자는 여자들을 불러 원형으로 세우고 '뒤로 돌아'를 시켜 한 사람씩 주변에서 구경하고 있는 남자 파트너를 끌어오게 하였다. 이때 나를 붙든 것이 가쓰꼬였다. 그녀는 나보다 일 년 전에 이곳에 와 있던 명랑해 보이는 아가씨였다. 내가 영화를 보러 가자고 청했는데 그 뒤로 갑자기 친해졌다.

　이때 나는 그녀에 대해 열등의식 같은 것을 느끼고 있었다. 영화를 보던 때였다. 그것은 음악영화여서 나는 대사를 거의 알아들을 수 없었지만, 그런대로 재미있었다. 그런데 영화가 끝나고 불이 활짝 켜지자 나는 나가자고 했다. 그녀는 짐짓 못 알아들은 체하며 지금은 중간에 쉬는 인터미션이기 때문에 담배가 피우고 싶으면 혼자 나갔다 오라고 했다. 자기는 자리를 지키고 있겠다고 하면서. 한국에서는 영화 중간에 인터미션 같은 것을 가져 본 적이 없었다. 얼굴이 화끈거리는 것은 어쩔 수가 없었다. 또 하나의 열등감은 나는 승용차가 없다는 것이었다. 학생으로 승용차를 가지는 것은 사치스러운 일이며 부끄러울 것이 없는 일이었다. 국민소득이 겨우 88불이 넘은 나라의 학생이 무슨 승용차겠는가? 그러나 그녀는 독일제의 폭스바겐을 가지고 있었고 나는 그녀가 운전하는 차를 타고 다녀야 했다. 영화 보러 나올 때도 그녀가 운전했고 귀가 때도 그녀가 나를 남자 기숙사까지 데려다주었다.

　이렇게 차를 타고 다니다가 한 번은 나에게 운전할 줄 모르면 운전을 가르쳐 주겠다고 말했다. 그녀는 내 눈치를 보면서

　"원하시면 가르쳐 주고 싶어서요."라고 말했다. 남학생들이 여학생들에게 치근덕거려 되도록 떼어 내려고 하는 판에 가쓰고는 왜 나에게 이렇게 호의를 베푸는 것일까? 아주, 나를 풋내기 어린애로 알아 귀여워서 그러는 것이 아닐까 하고 나는 기분이 나빠졌다.

　"싫습니다."

　"내 차로 거저 가르쳐 주겠다는 데도요?"

그녀는 씽긋 웃으며 말했다.

"생각이 바뀌면 전화 주세요."

나는 그녀에게 끌려다니는 것 같다는 생각을 하면서도 그러기로 했다. 우리는 서로 시간이 나는 오후를 골라 한적한 골목으로 차를 몰고 가 운전 연습을 하였다. 이렇게 되자 자연 친구들과 만나는 시간이 줄어들고 가쓰꼬와 지내는 시간이 많아졌다. 그러자 김보수는 나에게 친일파, 매국노라는 말을 노골적으로 하게 되었다.

"명심해 일본 것들은 육체를 농락할 것밖에 가치가 없는 것들이야. 우리가 놈들 때문에 얼마나 착취를 당하고 살았니? 넌 자존심도 없어? 작년에 굴욕적인 한·일협정 조인 때문에 데모했던 것도 생각 안 나? 정 좋으면 빨리 해치우고 끝내."

"우린 네가 생각하는 그런 사이가 아니야."

"초등학교 땐 고무가 없어 맨발로 학교에 다니고, 교실 앞 물통에서 발을 씻고 교실에 들어갔잖아? 종도 떼 가버려서 나무로 만든 딱딱이를 치고. 공부는 뭐 했나? 송탄 유 따기, 건초 베기, 근로 동원. 겨울엔 눈사람 만들어 놓고 루스벨트, 처칠이라고 이름 붙이고 죽창으로 찌르는 훈련……. 지긋지긋 하잖았어?"

"과거를 잘 알지. 하지만 조상 정치가들의 죄를 아무것도 모르는 후손이 져야 한다는 이유가 뭐야?"

"우리만 미워하는 게 아니란 말이야. 대만, 필리핀, 월남, 태국 등 미워하지 않는 나라가 없어. 너도 조심해 고년과 함께 다니면 너도 여러 나라 학생들께 미움을 받게 될걸."

정말 이웃에 있는 일본사람을 원수처럼 생각하고 살아야 할까? 지금까지 보아온 가쓰꼬는 그렇게 원수 같은 존재가 아니었다. 그녀는 그녀들의 조상이 우리나라에서 무슨 일을 했는지 전혀 모르고 있었다. 한국에 대한 것은 국사책 맨 뒤에 두 장쯤 씌어 있는데 무슨 말이 씌어 있었는지 기억에도 없다고 말했다. 그녀는 운전 연습이 끝나면 차를 한적한 곳에 세워놓고 한국 이야기를 해달라고 졸랐었다. 그녀에게서 나는 은은한 화장품 냄새로 나는 정신이 몽롱할 때가 있었지만 김보수가 말한 것처럼 지금이 기회가 아닐까 하고 그녀를 정복하고 싶은 욕망은 솟지 않았다. 나는 교회에서 훈련받은 순한 양이었다. 나는 호기심 많은 여동생을 만난 것처럼 쓰디쓴 한국의 과거 이야기를 해주었다.

우리나라는 개화가 늦어 은자(隱者)의 나라로 알려져 순진하게 살고 있던 민족이었다. 한일 합방 후 일본에서는 일거리가 없어 놀고 있던 일본 사무라이(무사)들을 한국에 이주시켰는데 그들은 공연히 소총을 시험해 본다고 어린애를 업고 가는 한국 부인을 쏘아 죽인 일도 있었다. 여인은 즉사하고 등에 업힌 어린 것은 총을 맞아 손가락이 다 없어졌는데 같이 가던 남편이 통곡하니까 일본 군인이 한두 푼을 주고 가려고 했는데 남편이 거절하자 그들을 발길로 걷어차 쫓아버리기도 했다.

그녀는 '미안해요.' '몰랐어요.', '저라도 사죄하고 싶어요.'를 연발하면서

"당신은 나를 용서할 거지요?" 하고 팔을 붙들고 머리를 어깨에 기대었다. 가쓰꼬는 나를 완전히 믿고 있었다. 그렇게 후미진 곳에서 마구 나에게 파고들어도 되는가? 내가 언제 늑대로 변할지 아는 것일

까? 음녀(淫女)는 깊은 구렁이요, 이방 여인은 깊은 함정이라고 성경의 잠언은 말했는데 정말 나는 함정에 빠져들어 가고 있는 것일까? 가쓰꼬는 분명 음녀가 아니라고 속으로 외치고 있었다. 그러나 내가 빠져 나갈 수 없는 것은 분명했다.

"가쓰꼬, 당신은 나를 싫어해야 해요. 한국 사람이 얼마나 일본사람을 싫어하는지 압니까?"

그러면서 나는 그녀가 싫어할 만한 이야기를 또 계속했다.

명치 41년(1908년)부터 일본은 한국에 동양척식회사를 설립하여 우리나라 땅을 헐값으로 사들이고 특히 매년 일본의 떠돌이 사무라이(浪人. ろうにん) 삼만 명씩을 일본에서는 말썽만 부리므로 한국에 이민을 시켰는데 그때 조선 총독까지 일본의 떠돌이 사무라이가 이민으로 들어오는 것을 단속하려고 했다. 이때 일본의 역사가 아오야기 스나다로는 이민을 단속하는 한국 총독에게 진정서를 냈는데 진정서는 우리나라 사람들에게 얼마니 굴욕적인 글이었는지 알 수 없다. '왜 일본의 가난한 백성이 조선에 들어와 돈을 버는 것을 반대하는가? 일본에서 한 마지기를 팔아 조선에서 열 마지기를 사면 일본사람에게 좋고, 또 땅을 다 판 조선 사람들은 안착할 곳이 없어 북간도로 떠나 나라가 시끄러워진다고 하지만 실상은 그들이 거기까지 가지 못하고 고향 근처에 머물러 많은 황무지를 개간하여 화전민으로 새로운 농토를 장만했다. 이보다 더 좋은 일이 어디 있는가? 그런데 왜 쓸데없는 걱정을 하여 이민정책을 실천 못 하게 하는가?'

가쓰꼬는 일본의 떠돌이 사무라이들이 한국에 가서까지 그런 짓을 한 것을 모르고 있는 것 같았다.

"그래도 당신은 나를 싫어하지 않지요?"

그녀는 교태를 부리며 아양을 떨었다. 나는 그녀가 싫지 않았고 그녀를 떠날 수가 없었다. 내가 결국 운전 면허시험에 합격하고 면허증을 갖게 되자 나는 그녀를 옆에 태우고 그녀 차를 몰고 다녔다. 한국에서도 해보지 못했던 운전이었다. 날아갈 것 같은 우쭐한 기분이었다. 그러나 한국 학생들은 다 나를 싫어하였다. 그뿐 아니라 일본 학생들도 가쓰꼬를 싫어하였다. 그것이 우리를 고립시키고 또한 더욱 가깝게 하였다.

우리는 하룻밤 맥주홀에 앉아 있었다.

"어떡할까? 이제부터 우리 만나지 말까?"

"왜 남의 이목을 그렇게 의식하세요? 우리가 뭐 나쁜 짓 하나요?"

"난 떨어져 있으면 보고 싶고, 같이 있는 것이 기뻐요. 그런데 누군가가 너는 지금 나쁜 짓을 하고 있다고 계속 말하고 있는 것 같아 기분이 나쁩니다. 일본을 용서하면 안 된다고 말하고 있는 것 같아요."

이때 일본 학생들 한패가 들어오더니 우릴 보고 일부러 옆 테이블에 와 앉았다. 장내는 땅콩껍데기가 수북하고 소란했기 때문에 물론 우리말이 들릴 정도는 아니었다. 그녀가 알은체했으나 그들은 일부러 모른 체하고 자기들끼리 지껄였다. 퍽 어색하였다. 그녀는 이 국면을 어떻게 넘길까 생각하며 땅콩껍데기를 만지작거리고 있는 것 같았다. 그러더니 결심했다는 듯이 나를 보고 말했다.

"나 가까이 갈 테니 좀 안아주세요."

그녀는 내 옆 의자로 앉으며 내 가슴에 안겼다. 나는 그녀를 오른

팔로 껴안으며 왼손으로 술잔을 들었다.

"일본사람들은 한국 사람들에 대해 이상한 색안경을 쓰고 있어요. 약간 경멸하고 사기꾼이나 노름꾼이 많은 나라 사람들이라고 생각하거든요."

그녀는 계속해서 지껄여댔다.

"왜 서로 사귀어보지도 않고 싫어하는지 모르겠어요. 만나기만 하면 한 편은 잡아먹거나 잡아먹히지 않으면 안 된다는 선입견 때문에 우린 더 멀어지고 있다고 생각해요."

옆 테이블에 앉았던 일본 학생 하나가 벌떡 일어서자 모두 덩달아 일어서더니 홀 밖으로 나갔다. 그러나 그녀는 그대로 있었다. 그러면서 물었다.

"크리스천은 고상한 사랑만 한다지요?"

"왜 내가 이리가 되기를 원해요?"

그녀는 높이, 빨리 뛰는 나의 심장의 고동을 느꼈을 것이다.

"그러지도 못하면서."

그녀는 눈을 흘기면서 내 가슴에서 빠져나가 앉으며 말했다.

"참사랑은 정복하고 싶은 욕망이 아니고 정복당하고 싶은 욕망이래요."

나는 가쓰꼬가 좋았다. 그녀를 결코 정복하여 상처를 주고 후회하지는 않으리라. 이때 그녀가 정색하고 말했다.

"참, 제 차 안 사시겠어요?"

그러면서 설명했다. 그녀는 내년에 귀국하는데 그때 팔면 제값을 받을 수 없을 것 같아 미리 내놓으려는 것이라고 말했다.

"그래 지금 내놓을까 하는데 정든 물건이 되어서 너무 아까워요. 당신이 산다면 싸게 드릴게요."

"싸게라면 공으로?"

"삼백육십 불 정도. 원래 육백 불에 샀거든요. 일 년도 못 굴렸어요."

"그렇게는 돈이 없는데."

"그러니까 지금 팔월 아녜요? 구월부터 내년 이월까지 매월 육십 불씩만."

"뭐야, 벌써 다 계산해 둔 거야?"

"어머 그럼 싫어요. 우리 추억도 있고 해서 꼭 당신께 드리고 싶은데 한 달에 얼마 정도 저축할 수 있을까 생각해서 값을 정한 거예요. 굴리고 나서도 그 값에 도로 팔 수 있을 거예요. 삼백육십 불 저축해서 한국에 가지고 가세요."

GNP가 90불도 안 되는데 그렇게 저축할 수 있다면 큰돈이 될 것이다. 어떤 학생은 거의 돈을 쓰지 않고 이년에 1,000불을 저축해서 귀국한 사람도 있었다. 나에겐 어림없는 소리라고 생각하면서도 나는 사기로 하였다. 무이자 육 개월 할부였다.

내가 차 등록을 하고 차를 사게 되자 김보수는 아주 나에게 명령을 했다.

"넌 말이야, 일주일에 세 번씩 우릴 교회에 데려다줘야 해."

"왜?"

"우린 일주일에 세 번씩 밤에 한국인 삼세에게 교회에서 우리말을 가르쳐 주고 있거든. 이 갸륵한 일에 차가 없다면 말이 돼?"

"글쎄, 내가 왜 태워 줘야 하는데."

"그 차가 고 계집애 것이니까 부려먹자는 것이지."

"내가 샀다지 않아."

"이 맹추가 사긴. 그냥 가져야지. 글쎄 얼마나 약탈을 당했는데. 까 짓 거 떼먹어도 죄 될 게 없어."

"하지만 과거를 그렇게 이어 맞추는 것은 이성적이기도 합리적이기 도 아니야."

"이성 좋아하네. 잘해봐."

그러더니 김보수는 길게 한숨을 쉬었다.

"왜 무슨 일 있어?"

"아니야 삼세 학생들 말이야. 이렇게 모국을 잊고 살아도 되는 거 야. 우리는 귀한 시간 빼서 가르치러 가는 것인데 우리말을 배울 필 요가 없다는 거야. 곧 잊어버릴 테고. 또 배워서 어디에 쓰느냐는 거 지." 또 계속했다. "꼬마 애들이 할머니들의 등쌀에 배우러 나오는 거 지. 그냥 동요를 가르치는 거야. 찌르릉 찌르릉, 송아지 송아지, 학교 종이 땡땡땡, 뭐 이런 거."

김보수는 그런 동요를 가르치고 있으면 한국인 3세의 어린이들이 모국에 대해 어떤 이미지를 가졌는지 알 수 있다고 했다.

"그래서 그들은 한국 집에는 전기가 들어오느냐, TV가 있느냐 하고 묻는 게 아닐까? 할아버지들은 대부분 천구백 년 초에 이곳 농장의 노 동자로 팔려 와서 조국에 대한 정확한 정보를 자녀들에게 전해 주지 못 한 거야. 떳떳한 미국 시민으로 대접도 받지 못하면서 말이야."

십이월부터 나는 일본 KZ 방송국에서 매주 토요일 한 시부터 삼십 분간 한국의 풍속, 가요, 전설 등을 소개하는 프로를 맡게 되었다. 물론 이것은 가쓰꼬가 소개한 것이고 나는 일어가 서툴기 때문에 삼십 분 원고를 써서 가쓰꼬가 일어로 써주면 나는 읽는 일을 하고 있었다. 그러자 김보수의 험구는 더 심해졌다.

"너는 좀 주체의식을 가지고 살아 봐라. 이젠 왜놈 밑에서 하이, 하이 해가면서 주구 노릇까지 하니?"

"왜 그래. 우리나라 가요를 잘 편집해서 들려주고, 전설 들을 잘 엮어 소개함으로 소박하고 티 없는 한국의 전통적 삶을 소개하는 것은 좋은 일이 아니냐. 적어도 나는 훌륭한 민간 외교를 하고 있다고 생각해. 그리고 이런 활동이 EWC의 정신에도 맞는 것 아니야?"

"정말 그렇게 고상한 목적을 위해 나가는 거야? 가쓰꼬 만날 생각이 아니고?"

"둘 다일지도 모르지. 하지만 나는 일본을 원수처럼 생각하는 편견은 버려야 한다고 생각해. 과거의 악감정에 사로잡혀 얼마나 도움이 될지도 모른 채 가장 가까운 나라와 미래의 협력관계를 망쳐버릴 수는 없잖아? 모르긴 해도 몇 년 지나면 서로 돕지 않고는 살 수 없을걸."

"아무튼, 순진하긴. 지금도 고년에게 꼬박꼬박 월부금 내고 있니? 고게 마지막 할부금 다 받으면 너를 차버릴 거야. 아무튼, 너는 이용당하고 있다는 것을 알아야 해."

그때 나는 몇 번이나 망설였던 말을 김보수에게 했다. 아무리 악담을 해도 나를 잘 이해해 줄 사람은 김보수뿐이었다.

"그건 그렇고. 너 나 좀 도와주라."

"뭔데?"

김보수가 정색하고 되물었다.

"너도 내 사정 알잖아. 내가 무슨 돈이 있어 월부금 내고 이 차 몰고 다니겠어. 이번까지는 잘 해왔는데 1, 2월 두 달분은 해낼 수가 없다. 네가 120불만 빌려주지 않겠니?"

"그럴 줄 알았다. 내가 몇 번 말했니. 떼먹어. 왜 고것이 달라고 졸라?"

"그런 일은 없어. 하지만 국제적 체면이 있는데 약속을 어길 수 있니? 내년에 저축하는 대로 꼭 갚을게."

"고게 일본 놈들의 상술이야. 화장품, 가전제품, 양산, 인형 등 얼마나 깜찍하게 만들어서 유혹하니? 아무리 불매운동을 해도 뒤에 가서는 그 달콤한 유혹을 못 이기고 사고 만단 말이야. 일제 맛을 보면 빠져나오기가 힘들어. 마치 네가 가쓰꼬의 치마폭을 벗어나지 못하는 것처럼 말이다."

"그래, 그렇다 하자. 그래도 돈은 빌려줄 거지?"

십이월 그믐이 되었다. 모두들 밖으로 나가는데 나는 저녁도 먹지 않고 침대에 누워있었다. 이때 전화벨이 울렸다. 가쓰꼬의 전화였다. 미국에서의 마지막 연말인데 함께 보내고 싶다는 이야기였다. 사실 나는 그녀의 전화를 기대하고 일찍부터 침대에 누워 기다리고 있었던 것이다. 샤워하고 옷을 주섬주섬 입고 있는데 룸메이트 모어하우스가 들어왔다.

"너 이 파이어 크래커(폭죽) 좀 줄까?"

하고 폭죽 한 상자를 던졌다.

"어디다 쓰는데?"

"여기서는 말이야 오늘 밤 이걸 터뜨리는 거야. 중국에서 온 습관인데 그렇게 해야 잡귀가 물러나고 새해에는 복을 많이 받는대."

"잘 됐군. 내 마음속에도 잡귀들이 우글거리거든."

"무슨 잡귀? 너 오늘 밤 가쓰꼬와 나갈 생각 아니었어?"

이때 밖에서 김보수가 노크하는 소리가 들렸다. 그 녀석의 노크는 급하고 거칠어서 곧 알 수가 있었다. 김보수는 문을 열고 들어와 코를 벌름거리며 무슨 향수 냄새냐고 나를 한번 쳐다보고 방을 한 바퀴 돌아보더니 모어하우스에게 손을 들어 인사했다. 그리고 나를 향해 큰소리를 쳤다.

"야 너 오늘 밤 일감 생겼다."

"뭔데?"

"우릴 태우고 저녁에 김치 할머니 집에 가자."

김치 할머니는 릴리하 한안교회를 지켜온 부잣집 마님인데 늘 주일마다 학생들이 오면 김치를 한 병씩 안겨서 돌려보냈기 때문에 그런 이름이 붙어 있었다.

"나 오늘 약속 있는데."

"무슨 약속? 다 취소해, 오늘 그 할머니 집에서 한국 학생들 다 초대했다."

"그래도 먼저 약속한 곳이 있는걸."

"누구야. 전화로 취소해 줄게."

"이 자식은 안하무인이야."

"그럼 망년회로 한국 학생끼리 모여 김치 먹고, 윷놀이하고 노는 이 것보다 더 중요한 게 뭐 있니?"

"하지만 이번만큼은 다른 사람에게 부탁해봐."

"너 많이 변한 것 같다. 한국 학생이 모이는 데는 늘 빠지니 말이야. 알겠어. 또 가쓰꼬하구 나가는 거지?"

나는 아무 말도 하지 않았다. 여러 사람이 모이는 곳에 가지 못하면 늘 죄의식과 소외감이 따랐다.

"늘 꿩 새끼처럼 그렇게 도망쳐 다니지 말고 단번에 결말을 내고 그 소굴에서 빠져나와라. 네가 일본 계집을 정복하고 돌아오면 그래도 명분이 있잖아? 우리가 박수 쳐줄게."

그는 걸어 나갔다. 나는 좀 울적한 기분으로 집을 나왔다. 가쓰꼬를 만나자 '박 하우스'에서 저녁은 한국 음식으로 하였다. 그녀는 일본 학생들이 망년회로 모이는데 자기는 연말을 나와 함께 보내고 싶어 나왔다고 명랑하게 종알거렸다.

"어디든 실컷 쏘다녀요."

나도 동감이었다. 처음엔 볼링을 하러 갔다. 한두 시간 했는데 그래도 아홉 시가 미처 안 되었다. 스트립 쇼하는 데를 가자고 했다. 그녀도 처음이라고 했다. 우리는 밴드의 음악에 맞추어 춤을 추며 온갖 상징적인 몸짓으로 옷을 벗어가며 눕고, 앉고 몸을 비비 꼬는 것을 아무 말 없이 보고 있었다. 입술이 타면 캔 맥주를 마셨다. 살결이 황동색인 폴리네시아의 젊은 사내가 등, 배, 팔, 다리를 손뼉으로 재빠르게 두들겨 가는 '모기잡이 춤'과 칼춤을 추었다. 꽉 찬 담배 연기

속에서 머리가 멍청해지는 것 같았다.

밖으로 나오자 나는 심호흡을 했고 우리는 아무 말 없이 서로 쳐다보지도 않고 앞만 보고 걸었다. 여기저기서 콩 튀듯 폭죽 터뜨리는 소리가 요란했다. 차고에서 길까지 차를 몰고 나오자 우리는 처음으로 서로 쳐다보고 웃었다. 나는 그녀에게 폭죽 상자를 주었다.

"어머 있었군요. 몇 개 던져요?"

나는 준비해온 라이터를 켜서 심지에 붙이고 그녀는 그것이 타들어 가기 전에 창문 밖으로 던졌다. 이렇게 몇 번을 한 뒤 나는 열 개가 주렁주렁 매달린 폭죽을 그녀에게 건넸다. 그것을 던진 뒤 그녀는 귀를 막고 내 가슴으로 파고들었다. 콩 튀듯 폭죽 터지는 소리가 요란하게 나자 지나가던 한 쌍이 우리를 보고 웃었다.

"하올리 마까히끼오."

하고 하와이 말로 새해 인사를 했다. 우리는 다시 명랑해져서 일리카이 호텔의 스카이라운지로 갔다. 유리로 된 승강기로 23층을 오를 때 와이키키 해변 가의 야자수 넘어 감청색 바다에서 춤추는 색 전등의 반사가 환상적이었다. 가쓰꼬는 다시는 이런 황홀한 밤은 갖지 못할 것이라고 말하며 라운지에서도 계속 추자고 말했다.

"피곤하지 않아요?"

"오늘은 피곤해지고 싶어요. 가만있으면 오히려 불안해요."

나는 가쓰꼬도 나처럼 자기의 감정을 통제할 수 없는 모양이라고 생각했다. 그녀는 쉬지 않고 이야기했다.

"일본 애들이 당신을 어떻게 보는지 아세요? 색마라고 생각해요. 아주 기술이 좋을 거래요. 그래서 제가 이렇게 헤어나지 못한대요.

그들은 우리가 결백하고 순결하다고 말해도 믿어주질 않아요. 우리는 미워할 이유가 없고 서로 친구로 의지하고 지낼 수 있다고 말해도 아무도 믿지 않아요. 처음에 저는 그들에게 우리의 순수함을 설득시킬 수 있을 줄 알았어요. 그러나 지금은 기권했어요, 우리가 아무리 발버둥 쳐도 당신은 색마요, 나는 암내 난 당나귀예요."

그녀는 스텝을 밟을 때 술 취한 사람처럼 내 목을 안고 온 체중을 나에게 실어 왔다.

"저는 당신을 사랑하게 되었어요. 저와 결혼해 주세요. 저를 아내로 맞으면 무슨 일이 생기나요?"

그녀는 춤을 추다 말고 제 자리에 서서 몸을 떨었다.

그래, 같이 살자. 나도 너를 원하고 있다. 그러나 이것이 순간적인 감정인 것을 곧 알고 당황했다. 나에게 일본 여인을 데리고 돌아갈 용기가 정말 있는가? 그동안 나는 그녀와 결혼하겠다는 생각은 전혀 해 본 일이 없었다. 매일 붙어 다니면서 또 그녀를 원하면서 왜 결혼을 생각해보지 않았을까? 정말 내가 원했던 것은 김보수가 말했던 것처럼, 한순간의 쾌락이 아니었을까? 한순간의 쾌락을 위해 이 귀엽고 나약한 여인을 어떻게 정복해? 사랑은 정복을 당하는 것이라고 그녀는 말했는데 정말 나는 그녀가 나를 정복하고 그래서 그녀가 행복해지는 것을 보고 내가 행복해지고 싶다.

"왜 대답이 없으세요?"

나는 한 발 뒤로 그녀를 끌었다가 다시 밀며 춤을 계속했다.

"찬바람을 쏘이러 밖으로 나갈까요?"

"어머 제가 열이 오른 줄 아세요?"

"아니요. 제가 상기되어 어떤 판단을 할 수 없습니다."

그녀는 기분이 좋은지 가슴에 머리를 기대고 콧노래를 불렀다.

"무슨 곡인지 아세요?"

"모르겠는데요."

"'당신의 눈에 연기(smoke in your eye)'라는 노래예요."

"무슨 뜻이지요?"

"앞이 잘 안 보인다는 말이지요."

하며 가쓰꼬는 킥킥 웃었다. 나는 그녀를 꼭 껴안았다. 정말 앞이 안 보였다.

밖으로 나오자 우리는 불꽃놀이를 구경하러 옛 화산으로 이루어진 다이아몬드 헤드로 갔다. 이곳은 기관총과 대포를 쏘는 곳 같았다. 곳곳의 후미진 곳에는 젊은 남녀가 차를 처박아 놓고 껴안고 있는 것이 보였다. 크게 터지는 폭죽은 사람을 흥분하게 했다. 우리도 차를 길가 깊숙한 곳에 밀어 넣고 불꽃 구경을 했다. 하늘 높이 불꽃이 올라가서는 별들이 폭포를 이루며 쏟아지는 듯이 흘러내리는 불꽃놀이는 화산의 분화구에서 용암이 흘러내리는 그런 광경 같았다. 그런 장면이 누적될수록 감정은 어떤 고지를 향해 격앙되어 갔다.

"잠수함 경기(submarine race)란 무슨 뜻인지 아세요?"

"모르겠는데."

"아이 많이 봤잖아요. 오면서."

"어디서."

"후미진 차 속에서 서로 뒹굴고 있는 거."

우리는 한참 말없이 서로 바라보고 있었다. 그러나 눈을 감고 누가 먼저라 할 것 없이 덥석 껴안았다. 그녀의 코가 입속으로 들어왔다. 당황했으나 이내 나는 그녀의 보드라운 입술을 찾을 수 있었다. 그리고 정말 잠수함 경기처럼 엎치락뒤치락 오래 참았던 감정을 폭발시켰다. 한참 후 몽유병자처럼 허우적거리던 우리는 제정신이 돌아오자 가쓰꼬는 옷매무새를 고치고 의자에 앉아서 눈을 내리깔고 있었다. 어떻게 옮겼는지 우리는 차 뒷자리에 와 있었다. 그리고 나는 그녀의 무릎에 머리를 기대고 얼마 동안 누워있었다. 갑자기 폭죽소리가 없어지고 주위가 조용해진 것을 깨달았다.

"웬일이지. 갑자기."

그녀는 야광시계를 봤다.

"아마 열두 시를 기다리나 봐요. 한꺼번에 폭죽을 쏘아 올리려고."

정말이었다. 열두 시가 되자 천지가 진동하듯 폭죽이 터지는 소리가 나며 검은 하늘을 수놓았다. 일 년 동안 참아온 감정이 다음 한해까지 기다릴 수 없다고 폭발해 버리는 요란한 소리 같았다. 그러면서 불꽃들은 서서히 사라져 갔다. 나는 여운을 즐기듯 그녀의 목을 끌어 다시 한번 입을 맞추었다. 이제 더 숨기고 참을 일이 없었다. 화산은 터졌기 때문이었다.

"오늘 밤엔 제가 운전할게요. 오랜만에 운전해 보고 싶어요."

그러면서 그녀는 앞자리 운전석으로 옮겼다. 나는 그녀 옆자리로 옮겨 앉으며 한순간 전에 아무 일도 없었던 것처럼 태연하려 했다. 그러나 머릿속은 여러 가지 생각이 난무했다. 결국, 이렇게 될걸. 나는 무엇을 자제해 왔는가? 왜 나는 김보수의 말을 듣지 않았는가? 나는 그녀를 정복한 것이 아니라 정복당해버린 것이 아닐까? 아니 사실 나는 그렇게 되길 원하고 있었던 것이 아니었을까?

"재미있는 이야기 좀 하세요. 왜 절 한국에 데려갈 것이 걱정되세요?"

"아니."

나는 급히 부정했다.

"그럼 데려가시겠어요?"

나는 허점을 찔린 것처럼 당황했다.

"전 당신이 하자는 대로 할게요. 무슨 부담감 같은 걸 느낄 필요는 없어요. 전 어떤 행동에 꼬리표를 붙여 놓는 걸 싫어하거든요. 후회는 없어요. 나는 순간의 감정에 충실하고 싶었을 뿐이에요."

그녀는 시내를 향해 액셀을 밟기 시작했다. 아니, 나는 흥분도 가시기 전인데 어떻게 이렇게 침착할 수 있는가? 우리의 관계를 다 정리하고 난 사람 같았다.

"나, 정말 그동안 하고 싶은 이야기가 있었는데."

"뭔데요."

그녀는 돌아보지도 않고 말했다.

"사실 난 처음부터 가쓰꼬와 결혼하고 싶은 생각이 없었어요. 그런데 복스럽고 예쁘고 명랑해서 욕심을 냈던 거지."

"그런데요."

그녀는 별로 화를 낸 것 같지 않았다.

"그래 정복할 기회를 노려왔는데 오늘 갑자기 그런 기회가 온 거야. 너무 예상외라 당황했지만."

그녀가 갑자기 웃기 시작했다. "왜 그래. 왜 웃지?"

"나는 당신의 호기가 마음에 들어요. 당신은 길들여진 양 같아요. 결코, 이리가 될 수 없다구요. 그래서 내가 안심하고 기대는 거 아니에요?"

"내가 이리가 될 수 없다구? 아니야 난 진즉부터 목적만 달성하면 당신을 차버리려고 생각하고 있었어요."

"그런데 그렇게 안 되었어요?"

"이제 됐잖아요. 내일부터는 당신과 끝장이요."

"그래 보세요. 내가 믿나."

"그뿐 아니라 내일부터 난 한국 학생들에게 이렇게 가쓰꼬를 정복했소 하고 광고를 할 셈이요."

그녀의 표정이 갑자기 바뀌더니 차가 급진하기 시작했다.

"왜 이래. 미쳤어?"

"그래요. 미쳤어요. 나는 당신이 정말 그런 사람인 줄 몰랐어요. 나를 그래도 사랑하는 줄 알았지요. 사랑이란 상대방의 감정을 헤아리는 것 아니에요? 결혼할 수 없다는 것, 이해해요. 하지만 제 감정을 걸레로 만들어 놓고 이렇게 내팽개칠 수 있어요?"

나는 마음에도 없는 심한 말을 했다고 생각했다. 그러나 구차하게 말을 바꾸고 싶지 않았다.

팽팽한 긴장감이 감돌고 그녀는 너무 화가 나 있었기 때문에 아무 말도 할 수 없었다. 그녀는 계속 속도를 줄이지 않고 여자 기숙사 앞까지 오자 급정거를 하고 운전석에서 내렸다. 상당히 긴 시간의 침묵이었다.

"미안해요. 내일 아침 다시 전화할게요."

나는 애원하다시피 말했으나 그녀는 아무 말 없이 종종걸음으로
가 버렸다. 남자 기숙사는 그믐이 되어선지 여기저기 방에 아직도 불
이 켜져 있었다. 나는 손수건으로 입술을 닦고 내 방으로 들어갔다.
김보수가 파티에서 돌아왔는지 내 침대 위에 앉아 내 룸메이트 모어
하우스와 이야기를 하고 있다가 나를 돌아보며 한국말로 큰소리를
쳤다.

　“정복했어?”

　“뭘?”

　나는 정복이라는 말이 역겨웠다.

　“일본 고년. 정복했느냐 말이야.”

　“정복하지 않고 당했다. 어쩔래?”

　나는 침대에 몸을 던져 누우며 내뱉었다.

　“뭐? 병신. 당했어? 잘한다. 잘해.”

　그러다가 갑자기 말했다.

　“야 오히려 잘 됐다. 네깐 놈에게 어떻게 적극적 행동을 바라겠냐.
결국, 당할 수밖에 없는데 어떻든 일단 목적은 달성한 게 아니야.”

　그는 진지하게 나에게 말했다.

　“진즉부터 말하려고 했는데 이제 거기서 손 씻고 나와라. 너는 한
국 학생이야. 그 쪽발이의 품에서 빠져나와야 해. 그렇게 유혹을 못
이기더니 잘 되었다.”

　“난 유혹 같은 것은 아예 받아본 적이 없어. 일본 사람과 섞여 지낸
다고 과거의 치욕을 잊은 적도 없고.”

　“유혹은 굶주린 사자처럼 무서운 거야. 유혹이라는 사자는 철조망

밖에서 쳐다봐야지 우리 안으로 들어가면 사자의 먹이가 돼. 그래서 너는 먹힌 거야. 이제 네가 할 수 있는 일은 고것과 손을 끊고 남은 할부금을 떼먹는 일이야. 왜 돈을 주냐?"

나는 그녀와의 황홀한 순간 뒤에 바로 냉랭하게 돌변한 두 사람의 관계를 어떻게 회복해야 할지 막막해서 눈을 감고 있었다.

나는 깊은 잠에 빠졌다. 그리고 다음 날 아침 일어났으나 약속한 대로 그녀에게 전화하지 않았다. 순하고 상냥하던 가쓰꼬가 그렇게 쌀쌀하게 변해버린 모습이 눈에 선했고 다시는 나와 대화하지 않을 것 같은 생각이 들어서였다. 그러나 좋았던 관계를 마지막에 망쳐버린 것 같아 께름칙하였다. 어떻게든지 이 관계는 회복하고 끝내야 할 것 같았다. 며칠 동안 그녀도 연락을 해오지 않았다. 일본 방송국 때문에 전화했으나 계속 자리에 없다는 대답뿐이었다. 그래서 한국 가요와 동요들만 몇 차례 내보내다가 사표를 냈다. 김보수는 내가 가쓰꼬를 만나지 않을 것을 알자 기분이 좋은 모양이었다.

"하나님께서 너를 사랑하시는 모양이다. 더 진행되면 위험해서 여기서 막아 주신 거야. 이제 옛 생활은 다 정리하고 회개하고 기도할 일만 남았다."

"무엇을 회개하지?"

"자기 죄도 모른 사람은 구원받은 가망이 없는 사람이라고 목사님이 말했잖아? 너는 육체의 정욕에 사로잡혀 음행을 한 자야."

"언제는 정복하라고 교사해 놓고 그게 무슨 소리야?"

가쓰꼬는 고의로 나를 만나는 것을 피하고 있는 것 같았다. 그녀는 내가 그녀를 이용하고 차버렸다는 말에 크게 상처를 받은 것이 틀림없었다. 나는 그녀를 만나야 한다. 그 말도 해명하고 마지막 두 달분 할부금도 주어야 한다. 이렇게 헤어지면 서로 너무 큰 상처를 안고 헤어지게 된다.

나는 일월 한 달 내내 그녀의 메일 박스 근처를 서성거렸다. 김보수는 내가 그녀를 만나면 다시 불이 붙고 중독환자처럼 옛 생활로 돌아선다고 말했다. 할부금 핑계로도 그녀를 만나지 말라고 했다.

일월 말 주말에 나는 그녀를 제퍼슨 홀에서 만났다. 나는 반가워 그녀에게 달려갔다.

"가쓰꼬."

그녀도 놀란 듯이 나를 돌아보았다. 초췌한 모습이었지만 옛날의 신선하고 명랑한 모습이 그대로 있었다.

"만나고 싶었습니다."

그녀는 수줍은 듯 눈을 내리깔았다.

"다 끝났잖아요? 저 다음 달에 일본으로 돌아가요."

"옛날처럼 좀 웃어주면 안 돼?"

그러면서 호주머니에서 꾸겨진 봉투를 내밀었다.

"뭐예요?"

"마지막 차 대금. 너무 오래 넣고 다녀서 이렇게 꾸겨졌어."

그녀는 나를 쳐다보았다. 눈물이 고인 것 같았다. 그녀는 가볍게 웃어 보였다.

"당신은 좋은 사람이에요. 다 잊으세요. 저도 잊을게요."

그러면서 입술에 두 손가락을 댔다가 네 입술 위에 대 주었다. 그리고 급하게 돌아서 가버렸다.

　나는 내 입술을 만졌다. 손가락의 감촉이 아니고 그녀의 보드라운
혀의 감촉이 느껴졌다.

大成里教會(대성리교회)

·
·
·

K시에서 삼십 리쯤 떨어진 대성리에 교회가 하나 생겼다. 교회라기보다는 어떤 잘 믿는 그리고 별 교육이 없어도 다니는 성경학교 처녀 집에서 부모의 승낙을 얻어 그 사랑채에서 몇몇 사람이 모여 예배를 드리기 시작한 그러한 교회였다.

이것은 교회가 시작되는 의례적인 방법의 하나기도 했다. 즉 미국 선교사가 경영하는 K시의 작은 여자 미션스쿨에서 여학생 몇 사람이 나와 집마다 다니며 전도지를 배부하고 예수를 믿으라고 권고를 한 뒤 우선 어린애들을 먼저 모아 노래도 가르치고 작은 엽서 크기의 성화도 나누어 주고 해서 코흘리개들이 재미있게 잘 모일 즈음해서 이제는 과히 싫어하지 않은 부녀자들을 모아 예배를 드리기 시작한 것이다.

매 주일 노랑머리, 파란 눈을 가진 미국 여자 선교사가 서투른 한국말로 설교를 했기 때문에 호기심에서도 몇 사람씩은 꼭 나왔다.

미션학교에서는 그 학교 학생들과 교직원이 매월 헌금을 해서 찬송가도 사다주며 성경도 사다 나누어 주었다. 여학생들이 와서 아름다운 목소리로 특송(特頌)도 해주었고 어쩌면 그렇게 청산유수같이 말도 잘하는지 자기네들의 어려운 사정을 잘도 알아 이 여학생들은 무소부재하시고 전지전능하시다는 하나님께 고하고 모든 일이 잘 이루어지도록 기도해 주었다.

이렇게 일 년쯤 지나자 교인 수도 꽤 많아지며 처녀의 아버지를 비롯한 남자들도 두셋 끼어들게 되고 이웃 마을에서도 사람들이 한두 사람씩 오게 되었다.

이제는 미국 선교사가 매 주일 나오지 않고 그 학교의 선생들이 교대로 나와 설교를 하였다. 대성리 마을에서도 언제나 은혜를 입고 있을 수만은 없다고 부인들이 교대로 설교 나오는 선생들의 점심 접대를 하며 헌금을 열심히 하여 교회를 하나 지을 수 있도록 하자고 말하였다.

처녀의 아버지 김정수 씨가 주동이 되어 재정관리를 하며 추수 때는 쌀로, 맥추 때는 보리를 거두어들여 집 장만할 준비를 하였다. 재정관리라 해도 일주일에 헌금으로 거두어지는 돈은 이삼천 원에 불과했다. 이렇게 해서 이 년째 되던 해에는 대부분 돈은 미선학교의 원조를 받아 마을에 공회당 비슷한 집을 하나 지었다. 그리고 그 처녀는 전도사가 되어 이웃 마을을 부지런히 쫓아다니며 교인을 모아오고 흥미를 잃고 떨어져 나가는 사람을 격려해서 교회에 나오게 하고 해서 교회다운 모습을 갖추기 시작했다.

오 년째 되던 해에는 좀 더 큰 건물을 옆에 세우고 십자가도 해 달며 외관이 교회처럼 되어갔다. 그해에 처녀의 아버지 김정수 씨가 장로로 되었다. 장로가 될 때는 누구든 그 교회에 큰 물건을 하나 헌납해야 한다는데 김정수 씨는 가난하였다. 그러나 매주 교대해서 설교를 나오는 미선학교의 한 선생이 시내 모 교회의 장로로 장립 당시는

몹시 가난해서 헌납할 아무런 자금이 없었기 때문에 그 일을 위해서 백날을 기도했더니 우연히 어떤 분이 도와주게 되고 또 장로가 된 뒤에는 하나님의 축복을 받아 일이 잘되어서 지금은 시내에서 손꼽는 큰 양복점을 경영하고 있다고 일러 주었다. 김정수 씨는 힘을 얻어 새벽마다 일어나 교회의 살림을 맡는 장로가 되고자 하니 하나님께서 힘주시라고 기도를 백날 계속했으나 아무런 독지가도 나타나지 않아 많지 않은 논 두 마지기를 팔아 교회 종탑을 하나 세우고 설교하는 강대상을 만들어 바치었다.

하나님은 이 김 장로에게 물질적인 축복은 하지 않았으나 신앙이 열광적으로 돈독해지도록 축복하셨다. 그에게는 교회의 살림이 바로 자기 집 살림이었다.

하나님께서는 신앙이 돈독한 사람을 시험하시기를 좋아하시는 모양이었다. 이 김 장로에게도 시험이 닥쳐왔다. 전도사로 일하던 큰딸도 좋은 신랑감이 생겨 시집을 가게 되고 교회도 이제 제 모습을 갖추어 교회를 담당할 목사만 있으면 제구실하게 되었는데 미션학교에서는 교회를 개척한 지 오 년이면 교회를 원조하는 일을 끊게 되어 있었다. 교회가 이만치 성장하고 믿음이 좋은 장로도 생겨나고 집사도 몇 사람 뽑혔으니 독립할 단계에 이르렀다는 것이었다. 그러나 대성리교회로서는 얼마 되지 아니한 주정 헌금 가지고는 도저히 목사를 모실 재간이 없었다. 목사는커녕 강도사나 전도사도 모셔올 처지가 되지 못하였다.

김 장로는 미션학교의 미국인 여자 교장을 찾아가서 여러모로 애원하고 이삼 년만 더 재정적으로 보조해 주지 않겠느냐고 말했으나 일언에 거절을 당하였다. 그 학교는 새해부터는 새로운 또 하나의 교회를 개척할 준비를 하고 있다는 것이었다. 그럼 전도사를 모시기까지 당분간만 옛날처럼 설교를 도와 달라고 부탁하였다. 교장은 한국인 교감을 불러 이 문제를 부탁하였다.

김 장로는 교감을 따라 교무실로 들어왔다. 모두 낯익은 선생들이었다. 그들은 반갑게 달려와서 인사를 하고 교인들의 안부를 친절히 묻고는 모두 제 일자리로 돌아갔다.

"완전한 교회란 한이 없으니 결국 빨리 독립하는 것이 상책입니다."

교감은 옆자리를 권하며 안락의자에 기대며 말했다.

"지금까지야 여러 선생님의 덕택으로 잘 해왔지요. 그러나 아직은 젖먹이인데 이렇게 떼어 버리시면……."

김 장로는 버릇으로 허리를 굽히고 송구스러운 태도로 손을 비비며 말했다.

"다산하는 집안을 보세요. 연년생으로 어린애를 낳을 때 저 어린 것이, 어떻게 엄마 품을 떠날 수 있을까 해도 야박하게 한번 젖을 떼면 다 제 나름으로 자라지 않습데까?"

"잘 사는 집에서는 연년생으로 낳아서도 잘 기르지만 못 사는 집에서는 병약하게 기르다 죽이는 수가 많지요."

"그러나 실정은 어디 잘 사는 사람이 다산합니까? 못 사는 사람일수록 많이 낳지요."

"그래 큰일입니다."

교감은 직원실을 한번 휘돌아보더니

"윤 선생."

하고 큰 소리로 불렀다. 윤 선생이 교감 책상 앞으로 왔다.

"윤 선생. 다음 주 대성리교회 설교 한번 안 해주시렵니까?"

"제가요?"

그는 깜짝 놀라는 표정을 했다.

"우리가 개척한 교횐데 곧 전도사를 모신다니까 그때까지는 우리가 좀 도와줘야겠는데요."

"아이구, 제가 뭐 알아야죠. 그땐 의무적으로 돌아가며 맡았기 때문에 주제넘게 나갔습니다만 능력이 없어요."

"윤 선생님 부탁합니다."

김 장로가 간곡한 청을 했다.

"아니 김 장로님 정말입니다. 전 자격이 없어요. 제가 박 선생에게 부탁해 보지요."

그는 자리에 앉아 책을 보고 있는 박 선생 곁으로 가서 뭐라고 작은 소리를 했다. 그러자 박 선생도 펄쩍 뛰며 손을 내 저었다. 윤 선생이 웃으며 뭐라고 또 권하자 박 선생은 버럭 화를 냈다.

"그럼 윤 선생이 적당히 설교하시오."

김 장로는 무안해서 자리를 일어섰다.

"이거 미안합니다. 누가 안 나가면 저라도 나갈 테니 그리 아십시오."

교감이 김 장로의 손을 잡으며 말했다.

김 장로는 돌아오는 길에 처량한 생각이 들었다. 지금까지 이렇게 의무적으로 적당히 설교해온 것을 까마득히 모르고 은혜에 충만했던 자기들이 처량하게 여겨졌다. 그는 자기 교회를 맡아 일해 줄 전도사가 절실히 필요한 것을 느꼈다.

처음으로 대성리교회가 맞아들인 전도사는 나이가 어리고 갓 결혼한 윤 전도사였다. 부인은 노래도 잘해서 유년 주일학교도 잘 경영해서 교회는 아주 잘 되어 갈 것 같았다. 그러나 겨우 일 년 일하고는 그만두었다. 신학교에 가서 더 공부하고 목사가 되겠다는 것이었다.

김 장로와 집사들이 전도사 집에 가서 만류하였다.

"이제, 마치 정도 들었는데 이렇게 길 잃은 양들을 두고 떠날랍니까?"

"죄송합니다. 저도 마음이 내키지 않습니다. 그러나 교역자로 나서려면 젊어서 더 공부해야 하지 않겠습니까?"

"전도사님, 솔직히 봉급이 적어서 그러지라우?"

입바른 여 집사가 한마디 했다.

"절대 그렇지 않습니다. 돈 바라고 교회에서 일하는 사람이 있겠습니까? 저도 공부를 시작하게 되면 집 생활은 막연합니다. 그러나 공부를 해야지요."

모두 아무 말을 잇지 못하고 멍하게 앉아 있었다. 하나님을 믿고 구원을 얻으려는데 또 교역자가 없는 것이다.

"그럼, 목사가 되어서 꼭 우리 교회에 오시오."

"아따 속없는 소리 하네. 그래 공부해서 더 좋은 교회로 가실라고 그러는디 목사가 되어서 우리 교회에 오시것어?"

입바른 윤 집사가 또 말했다.

"집사님, 무슨 말씀을. 하나님의 섭리면 또 오게 되겠지요. 절 위해서 기도해 주십시오. 저도 어디 가나 여러분을 위해 기도하겠습니다."

"하나님의 섭리는 큰 그릇은 큰 곳에 쓰시니께 큰 교회로 가실 것이오."

"지금까지 뭘 배우셨습니까? 하나님께서는 약한 지체를 더 귀히 여기십니다."

"그래 우리보다 더 간절하고 약한 지체가 어디 있소? 윤 전도사님, 다시 한번 생각해보십시오."

그러나 윤 전도사는 떠나고 말았다.

그들이 두 번째로 가까스로 모신 전도사는 신학대학을 갓 졸업한 전도사였다. 사 년제 대학 철학과를 나오고 신학대학원에서 삼 년을 더 공부한 과분한 전도사였다. 그는 젊고, 단신이며 패기에 넘쳐 있는 전도사였다.

그는 K시에 머물러 미인 선교사와 함께 대학생 성경연구회를 인도하며 주일날과 삼일(수요일) 밤만 와서 예배를 인도하였다. 누구나 고 전도사가 실력 있고 훌륭한 분임을 의심하지 않았다. 그러나 교회는 잘 되어 가지 않았다. 첫째, 그는 대학생 성경연구회에 더 열심이었고, 둘째, 그의 설교는 어려웠고, 셋째로, 무엇보다도 타격적인 것은 K시와 대성리 사이에 또 하나의 교회가 생긴 것이다. 지금까지 십 리 남짓 걸어 다니던 교인들은 다 그쪽 교회로 옮겨갔다.

김 장로와 고 전도사는 뜻이 잘 맞지 않았다. 김 장로는 주정 헌금을 정하여 아무리 적더라도 꼭꼭 내야 한다고 재정난에 부딪혀 호소했는데도 고 전도사는 주정 헌금제를 반대했다.

"각각 그 마음에 정한 대로 할 것이요 인색함으로나 억지로 하지 말지니 하나님은 즐겨 내시는 자를 사랑하느니라."라는 성경 구절 들고 헌금 궤는 교회 입구에 놓고 즐겨 내는 액수만 받게 하며 의무적인 헌금은 반대하였다. 따라서 교인 수가 줄어든 데다 헌금은 더욱 줄어졌다. 그러나 그는 개의치 않았다. 이 줄어든 헌금이 정말 하나님이 기뻐 받으시는 헌금이라고 하였다. 그뿐 아니라 그는 주일 낮만 설교하고 주일 밤과 삼일 밤은 성경공부를 위주로 하였다. 누구나 하나님 말씀을 이해하고 깊이 체험할 수 있어야 하며 하나님의 계시는 목사나 강도사나 전도사를 통해서만 나타나는 것이 아니며 하나님의 말씀을 깊이 묵상하는 평신도 각자에게도 나타나며 아무도 이 계시를 경멸할 수 없다고 주장했다. 따라서 성경 공부하는 밤 집회에는 인원이 그나마 반도 되지 못하였다. 그러나 전도사는 참 구원은 말씀을 통해서 얻을 수 있으며 부흥회나 기도원에 열심히 참석함으로 얻어지는 것이 아니라고 했다. 그가 좋아하는 성구는 로마서 10:17절, "그러므로 믿음은 들음에서 나며 들음은 그리스도의 말씀으로 말미암았느니라."라는 것으로 믿음의 근본은 말씀 묵상에 있다는 것이었다. 그러나 시골 사람은 누가 가르쳐 주어야지 어떻게 말씀 묵상을 할 것인지 알 수가 없었다. 교회를 성경학교 다니듯이 할 수는 없는 일이었다. 그러나 그는 하나님께서 신도 한 사람 한 사람에게 각각 다른 은사를 주어 예수의 몸인 교회를 섬기게 했는데 각자에게 맡긴 직분과 재능을 찾아보지도 않고 땅에 묻어둔 채 미신처럼 성령강림과 축복만 바라는 것은 옳지 않다는 것이었다. 그리고 스스로 말씀을 깨닫고 실천하는 일은 하지 않고 전도사가 뭐 복 주는 말은 하지 않나 하고 기대하고 있는 것은 잘못이라는 것이었다. 밤 집회는 성도의 교재를 긴밀히 하여 소원해지는 하나님과의 관계를 긴밀히 하는데 뜻이 있다고 했다. 그러나 농사일도 바쁜데 그냥 쉽게 가르쳐 주지 무슨 성경 말씀을 어떻게 생각하라는 것인지 너무 어려웠다.

김 장로와 집사들은 차츰 고 전도사를 싫어하게 되었다. 고 전도사의 신앙은 지식 위주의 신앙이며 영적 체험이 없는 죽은 신앙 같았다. 그보다 더 그를 싫어하게 된 동기는 고 전도사는 안하무인 격으로 장로나 전도사도 꾸중하였다. 다음 차례 기도를 미리 순서를 정하고 기도를 맡은 사람은 오랫동안 준비하여 종이에 써서 기도하고 길게 중언부언하지 말라고 했다. 그는 자기들뿐 아니라 시내 원로목사들에 대해서도 대담한 비난을 공공연히 하였다. 기력이 약해지면 젊고 유능한 후배 목사에게 자리를 넘기고 은퇴하는 것이 하나님을 섬기는 길이며 교회를 종신 직장으로 여기는 것은 잘못이라 했다.

이 발언은 물의를 일으켜서 제직회에서 고 전도사를 추방하자는 말이 나왔다.

첫째, 고 전도사는 대성리교회가 위주가 아니며 대학생 성경연구회의 일을 주로 하고 있으며, 둘째, 손위 목사를 공공연히 비난하고, 마지막으로, 무엇보다 유익하지 못한 것은 고 전도사를 모신 이후 교세가 약해졌지 더 나아진 것이 없다는 것이었다.

그러나 그의 지지자도 없지 않았다.

그에게 죄가 있다면 너무 솔직하게 자기 의사를 나타낸다는 것인데 솔직하다는 것이 죄가 될 수 없으며 또 그만한 실력자를 이처럼 적은 사례금으로 모실 수 있겠느냐? 또 하나는 한 달분 사례금을 통틀어 대성리에서 가장 가난한 박 서방을 도와준 일은 고 전도사가 아니면 할 수 없는 일이라고 하였다.

고 전도사는 지난번 크리스마스 특별헌금을 교회의 행사와 치장에 쓰지 말고 가난한 사람을 도와주자고 했다. 그러나 김 장로는 지금까지 해 온 행사를 어떻게 그만두겠느냐고 맞서 결국 행사를 하게 되자고 전도사는 자기의 일 개월 분 사례금을 박 서방에게 주도록 말했던 것이다.

제직회에서는 결론을 얻지 못하였다. 그러나 교회는 반대파와 찬성파 때문에 시끄러웠다. 그러나 그것도 얼마 가지 않아 그는 강도사 시험에 합격하고 얼마 되지 않아 미국으로 떠나버렸다.

이번에는 교육은 부족하더라도 신령한 전도사를 모시자고 결의하였다. 그러나 여러 군데 교섭을 하였으나 사례금에 이르자 모두 적당한 구실로 교회를 맡는 일을 사절하여 좀처럼 대성리교회를 맡을 사람은 나타나지 않았다.

그런 데다 이번에는 전번에 생긴 교회의 반대 방향에 또 하나의 천주교회가 생겼다. 그들은 교회 존망의 갈림길에 섰다. 그러나 서로 돌아가며 설교하고 좋은 새 전도사를 보내 달라고 간절히 기도하였다.

"하나님 저희 길 잃은 양들을 버리시렵니까? 두드리는 자에게는 문이 열린다고 하셨으니 우리의 간구를 들러 주시며 우리를 먹여주실 목자를 보내주시옵소서."

그러나 근본적인 문제는 사례금이 적다는 것이었다. 교회에 야간고등학교를 다니며 주일학교 반사도 하는 학생이 하나 있었다. 그는 어느 날 학생회 헌신예배 때 다음과 같은 파격적인 헌금기도를 하였다.

"하나님 아버지, 저는 오늘 가지고 있는 돈 전부를 바쳤습니다. 그러나 우리가 가난하기 때문에 모두 모아도 얼마 되지 않습니다. 농촌이 갑자기 잘살게 되거나 우리 마을에 이적이 일어나지 않은 이상 우리는 가난할 것입니다. 도시의 어떤 교회는 한 주일 헌금이 2만 원도 되고 3만 원도 된다고 합니다. 또 서울의 어떤 교회는 한 사람의 추수감사 헌금이 오백만 원도 넘는 때가 있다고 합니다. 그런데 그런 부자교회와 대항해서 우리의 가난한 교회가 어떻게 좋은 목자를 모실 수 있겠습니까? 우리로서는 도저히 생각할 수 없지만, 하나님께서 우리 교회만은 생활에 걱정 없는 교역자를 보내어 주십시오. 비록 우리는 가난하나 믿는 마음에는 누구에게도 지지 않습니다."

그는 예배가 끝난 후 격식에도 없는 기도를 하였다고 김 장로에게 꾸중을 들었다. 그러나 그는 태연했다.

"기도란 자기 마음에 있는 것을 솔직히 하나님께 고하는 것 아닙니까?"

"이놈 봐. 그렇지만 모든 일에 겸허한 마음으로 해야지 그러면 쓰간디? 그리고 그런 기도는 골방에서나 할 일이지 대중기도를 그렇게 하면 쓰간디?"

"장로님, 저는 교회에 대해서 불평이 많습니다."

그는 고 전도사에게 가장 많은 영향을 받은 학생이었다.

"믿는 사람은 다 예수그리스도의 형제라고 하지 않습니까? 그런데 우리는 전도사 한 분을 못 모시고 이렇게 애타며 어떤 교회는 자기네끼리 활동하고 치장하는 데 많은 돈을 쓰니 형제끼리 이럴 수가 있습니까?"

김 장로는 입맛을 쩝쩝 다셨다.

"교역자를 잘못 모시면 젊은 놈들에게 이렇게 후환이 있다니까." 그리고 계속했다.

"우리는 말이여, 만들어진 토기란 말이여. 피조물이 창조주더러 왜 나를 이렇게 만들었느냐고 물을 수 있간디? 다 잘사는 사람은 잘사는 대로 믿고, 못사는 사람은 못사는 사람대로 믿어야 혀."

그렇게 육 개월의 공백 기간이 지난 뒤 하나님께서는 그들의 간구를 들으셨음인지 또 전도사 한 분을 보내 주셨다.

다섯 살, 세 살, 한 살짜리 어린이들을 졸랑졸랑 거느린 천 전도사였다. 그는 말수레에 얼마 되지 않는 살림과 어린애들을 싣고 이 마을에 왔다. 그는 오래전에 성경학교를 나온 전도산데 몸이 건장하고 목소리가 우렁차며 강대상을 손뼉으로 치며 간절한 목소리로 기도할 때는 속이 후련하였다.

한 달 사례금이란 쌀 한 가마에 돈 이천 원인데 식구 적은 전도사라야지 몸집도 저렇게 크고 보면 어떻게 교회가 당해내겠느냐고 한편에서는 반대했으나 설교도 잘하고 기도도 마음에 들고 성격도 시원하니 그냥 모시자고 했다.

그는 오자마자 헌금을 다시 주정 헌금제로 바꾸고 매일 여 집사 한 분을 데리고 교인 집을 일일이 심방하고 안 믿는 집에 가서 전도하곤 해서 대성리는 일종 신앙부흥 붐이 일었다.

그는 목소리가 우렁차서 태어날 때부터 하나님의 일을 하기 위한 사람 같았고 또 신앙도 돈독해서 어린애들의 이름도 십이사도의 이름을 본떠 첫째는 베드로, 둘째는 안드레, 셋째 딸은 마게도냐의 비단

장수의 이름을 따 루디아라 했다.

교회는 다시 흥성거리는 야간집회가 주간보다 오히려 많았다. 그들은 설교가 끝나면 통성으로 기도하였다. 모두 자기들의 고되고 답답하고 외롭고 한스러운 팔자를 눈물로 털어놓고 하나님께 호소하는 기도를 하였다. 천 전도사의 기도는 이런 때 어떻게 빨랐는지 본문은 무슨 말인지 알 길이 없고 주여어! 하고 길게 뺄 때와 주! 주! 하고 온 힘을 함께 뭉쳐 발음할 때만 똑똑히 들려왔다. 이 울음의 통성기도란 일종의 예술이었다. 각자 기도하는 소리가 잔잔한 물결처럼 흐르다가 전도사의 주여어! 하는 우렁찬 목소리에 곁들여 주여어! 하는 날카로운 여 집사의 목소리가 겹치면 갑자기 모든 기도 소리는 커지면서 큰 노도가 교회를 덮쳐 눌러버리는 것이었다. 그럴 때는 머리끝이 오싹하게 곤두서면서 어떤 신비한 힘에 자기가 휩싸여 들어가는 것을 느끼는 것이었다. 그러면 다시 잔잔한 교향곡의 제삼 악장이 시작되었다.

이렇게 한 오 분 통성기도가 끝나고 나면 교인들은 피로와 답답함과 한스러움을 잊고 가뜬한 발걸음으로 집을 향했다. 천 전도사가 아나니아와 삽비라의 예를 들어 설교하면 다음 주 일은 부인네들이 자기 힘에 과분할 정도의 감사헌금을 하였다. 따라서 그 마을에 말수레를 끌어 생계를 유지하는 김 서방 집에서는 여편네가 예수에 미쳤다고 싸움이 일어났다. 그러나 교회의 헌금은 훨씬 많아졌다. 성도의 교제도 빈번하여 여 집사 전체와 천 전도사가 떼 지어 신자 집을 방문하여 마을을 돌았기 때문에 마을 노인들은 손가락질하였다. 그러나 교회의 참 기쁨을 알게 된 부인들은 손가락질하는 안 믿는 사람들이 더욱 불쌍하기만 했다.

연말이 되어 신년도 예산을 다시 짜게 되었다. 예산편성이라야 신
년도에는 전도사의 사례를 어떻게 할 것인가? 교회 확장기금을 얼마
쯤 저축할 것인가? 그것이 전부였다. 나머지는 생각할만한 아무런 재
정적 여유가 없었다.

전도사 사례문제가 나오자 여 집사인 윤 집사가 대뜸 말했다.

"내년에는 전도사님 사례금을 삼천 원으로 올립시다."

이 금액은 몇몇 집사들끼리 미리 협의가 된 액수인 모양이었다.

남자 박 집사는 반대했다.

"푼수를 알아 살림을 해야 되는디. 삼천 원으로 정한다면 우리 교
회는 헌금한 것 전부를 드려야 되오. 그럼 교회는 뭣이오? 밑 터진 시
루에 물 붓기로 모아서 드리고 모아서 드리면 무엇이 남는단 말이요?
그러니 이번에는 오백 원만 더 올립시다."

윤 집사가 벌떡 일어났다.

"박 집사님은 늘 돈, 돈 하는디 어째서 모은 돈을 다 드린다요? 내
년에는 우리가 교인을 더 모아서 헌금도 더 받을 생각을 해야지. 어
디 금년허고 똑같이 받을 생각을 하면 쓰간디요? 그리고 전도사님 집
은, 곧 또 산고가 든단 말이라우. 그 돈 갖고는 살도 못해요."

김 장로가 말했다.

"전도사님을 위해서는 많이 드려야겠고 우리 살림으로 봐서는 적
은 것이 좋겠고. 그러니께 이야기들을 해보시오. 많이 정해놓고 돈이
안 들어오면 우리 호주머니라도 털어야 할 것이오."

모두 주춤해서 선뜻 말하지 않았다.

"가난한 집에 먼 애기는 그렇게 나 쌓는디여. 아주 열두 사도 다 낳을 모양 아니어?"

남 집사 한 사람이 작은 소리로 말했다.

"참말로 큰일이구만."

박 집사가 다시 일어났다.

"교회는 돈 걷는 걱정만 하는 데가 아니니께 우선 새해에는 이천오백 원으로 정해놓고 헌금이 더 들어오면 특별히 더 드리기로 하는 것이 어쩌것소?"

윤 집사가 또 맞섰다.

"그렇게 하면 누가 헌금을 더 내겠소? 처음부터 삼천 원으로 정해놓아야 해라우. 나는 삼천 원으로 정하기로 동의할라요."

그러나 이 동의는 받아들여지지 않고 결국 이천오백 원으로 낙착이 되었다.

천 전도사는 다시 아들을 낳아 이번에는 이름을 야고보라 정하였다. 그는 아들을 얻자 싱글벙글하였다.

"전도사님은 재주가 좋으십니다. 어떻게 아들만 줄줄 뽑으신게라우?"라고 교인이 치사하자

"다 하나님께서 주신 축복이지요." 하고 기뻐했다.

"인자 아들이 셋이나 된게, 그만 나셔도 되것그만이라우."

하고 말하자

"인간의 힘으로 어쩔 수 있습니까? 하나님께서 축복하시면 더 낳아야지요. 애들은 다 자기 먹을 복을 타고 나니까요."

하고 몇은 더 낳겠다는 의사표시를 하였다. 정말 활기 있고 정력 좋

은 전도사였다. 자기 사례가 바랐던 것처럼 오르지도 않았으나 실망하는 기색이 없이 오히려 전보다 더 열심히 심방도 하였다. 이번에는 점심도 먹지 않고 심방을 했기 때문에 따라다니는 여 집사는 배가 고파 견딜 수가 없었다. 또 점심때에 심방을 받은 가정은 식사 대접도 못하고 보내려니 어색하기 그지없었다.

"전도사님, 심방은 점심 먹고 천천히 하지요."

하고 한 집사가 말하자

"그럼 점심을 들고 오세요. 전 원래 점심을 잘 않습니다. 그동안 전교회에서 기도하고 있겠습니다."

하고 태연히 말했다.

여 집사들은 모여 상의하였다.

"전도사님이 점심을 안 드시겠다니 어쩐디어?"

"안 들긴 왜 안 들어. 뱃속에서 꼬르륵 소리가 나든디. 그 덕대 크신 분이 점심을 안 드시겠어?"

"심방은 해야겠고 그럼 어쩐대?"

"어쩌긴 점심 낼 만한 집을 정해놓고 때를 맞춰 가야지"

"아이구 참. 그럴 사람이 어디가 있어. 먹는 대로 전도사님 대접할 수도 없고."

그들은 대책 없이 걱정만 하였다. 그러다가 여전도회에서 그날 점심에 쓰일 쌀과 반찬을 미리 준비하고 그날 점심을 먹을 집을 정하고 심방하기로 하였다.

첫날 점심으로 성찬이 준비되었다. 그러나 전도사는 한술도 뜨지 않고 그 집을 나와 버렸다. 자기는 점심을 먹기 위해 심방 다니는 것이 아니라는 것이었다.

"성격도 참 괴팍하셔."

"말도 말어. 우리 교회로 오실 때도 전 교회에서 자기에게 나쁜 말 한번 한 것이 귀에 들어가서 당장 이삿짐을 싸고 나와 돌아다니다 오셨당만."

"뭐라고 했간디?"

"거기 집사 한 사람이, 목사 될 생각도 안 해보는 형편없는 전도사라고 했다느만."

"아니 왜 목사가 안 될꼬?"

"목사는 누구든지 되는 것이간디? 지금은 신학대학을 나온 사람이 많아서 여간해서는 안 된대."

"그나저나 그 집도 큰일이여. 집안 식구가 점심을 다 굶는다드란게."

집사들은 모이면 이런 전도사 이야기였다.

"애기 어머니까지 점심을 굶으니 젖이 제대로 나오겠어?"

"참말로 애기 어머니라도 먹어야 할 것인디."

여 집사들은 집안일을 좀 도와달라고 전도사 부인을 일부러 불러내어 점심을 대접해 보내곤 했다.

이렇게 한해가 지나고 두 해째 늦가을 무렵이었다. 전도사 부인은 다시 만삭이 되었다.

"아이고, 나는 내 일처럼 심란해 죽겄어."

수다스러운 윤 집사가 거의 죽어가는 소리를 하였다.

"참말로 열둘 다 날 모양이어."

"열둘 낳고도 남겄등만."

모여 앉은 여 집사 한 사람이 말했다.

"멋을 본게 그려?"

"보나마나제잉. 정력은 좋으신데 전도사라고 농사를 혀, 장사를 혀, 심방하고는 늘 집에만 박혀 계시니 자연 그리 되제잉."

"그래도 여자가 안 날라고 마음먹으면 될 것인디."

"오매 말 말어. 남자들이 속 있간디?"

"그래도 이번에는 닭고기에 미역국은 먹겄구먼."

지난봄에 김 장로가 병아리 한배 깐 것을 전도사 집에 몽땅 보내서 전도사 집엔 여남은 마리 닭들이 있었다.

"닭도 못 먹어서 삐쩍 말랐어. 그 집 식구치고 전도사밖에 살찐 사람 있간디?"

"지난번에는 천 베드로 생일이었는디, 그 삐쩍 마른 닭 한 마리도 안 잡어 주었디어."

여집사 한 사람은 혀를 끌끌 찼다.

"생일 쇠는 대신 돈 십 원만 달라고 했는디 그것도 안 줬다고 부인이 눈물바람 해서 참 안되었드만. 십 년 동안 누구 생일도 쇠지 말자고 했대"

그들은 한숨을 쉬었다.

"그러나 저러나 내년에는 또 문제가 생기겄어."

그러자 윤 집사가 재빨리 나섰다.

"박 집사는 말이여, 지금 맘이 떠 있어. 자기 마을에 교회가 하나 생긴 디어."

"아니 교회가 또 생겨?"

"하렐루야 교회라든가?"

"그것은 이단 종교 아니겠어?"

"모르지. 별놈의 예수교가 많은 게 누가 알아?"

윤 집사는 박 집사를 미워하였다. 그는 언제나 교회를 헐뜯고 전도사를 싫어했기 때문이었다.

말수레를 끄는 김 서방이 술이 얼근히 취해 가을날 해 질 녘 길을 돌아오고 있었다. 빈 수레에 걸터앉아 유행가를 늘어지게 불렀다. 이웃 마을 장날에 마을에서 내가는 쌀 배추 등을 실어다 주고 노점에서 막걸리를 마시고 오는 길이었다. 이날은 천 전도사의 심부름도 겸해서 닭은 내다 팔고 미역 한 가닥을 사고 중병아리 열 마리를 사서 수레에 싣고 있었다.

"이 강산 낙화유수 흐르는 봄에 새파란"

하다가 담배를 한 대 깊이 빨아 연기를 내뿜고

"잔디 얽어"

하고 쳐다보니 저쪽 앞을 심방을 마치고 돌아오는지 천 전도사와 윤 집사가 걸어가고 있는 것이 보였다.

"제길 신여성이여, 제 남편은 장바닥에 앉아 고추 장사를 하고 있드만은."

그리고는 담배를 마지막 한 모금까지 쪽 빨아 내던지고 침을 찍 뱉었다. 수레는 점점 가까워졌다.

"전도사님, 우리 구루마 좀 타 보실라요? 여기는 택시도 없고 이것이 최고급 택시요."

김 서방은 전도사를 보자 말했다.

"괜찮습니다. 저는 걷겠습니다."

"아 여기 나란히 앉아서 닭 판 돈 회계도 하고 그럽시다."

"아이구, 그건 베드로 엄마와 얘기하십시오. 난 모릅니다."

전도사는 당황해서 손을 내저었다.

"원 돈을 마다고 하시다니."

김 서방은 호주머니에서 돈을 꺼내다 말고 전도사를 쳐다보았다.

"세상에 돈처럼 좋은 것이 어디 있답니까? 이번에 닭을랑 잘 길러서 돼지를 한 마리 키워보시오. 세상에 전도사도 사람인디 안 먹고 살간디요."

이번에는 윤 집사가 응대를 가로챘다.

"수동 아버지, 한 잔하셨그만이라우. 그러지 말고 예수를 믿으시오."

"예수는 마누라가 잘 믿는디 지가 혼자 천당에 갈랍디어?"

그는 또 담배를 꺼내어 피우기 시작했다.

"천당은 자기가 믿어야지 남이 믿어서 가는 곳 아니어라우."

"그 말이 그 말이지 말로만 잘 따져서 천당에 간다요? 나는 밤마다 천당에 가요"

"밤마다요?"

"그라지라우. 해만 뜨면 지옥이고 밤만 되면 천당이고. 지옥과 천당은 다 나한테 물어보시오."

"그러시지 말고 교회에 나오십시오. 수동이 어머니는 그렇게 잘 믿으시는데"

천 전도사가 점잖게 말했다.

"전도사님, 나 세상에 교회에 가고 싶어도 못 가는 이유가 많이 있소."

그는 또 한 번 침을 찍 뱉고 말했다.

"첫째, 담배를 피우니 못 가고."

"그건 끊으시면 되지 않습니까. 돈도 안 들고 건강에도 좋고."

"담배를 끊어요?"

그는 전도사를 쳐다보았다.

"세상에, 내가 일곱 살 때부터 핀 담배를 끊는단 말이요?"

그리고 나서는

"그다음, 술을 마시니 못 가고."

"아이고, 그 술같이 사람 잡는 것 없어라우."

윤 집사가 넌더리를 냈다.

"또 세상에 꼴 뵈기 싫은 것이 심방 다닌다고 여편네들 떼 지어 다니는 것, 나 이것 구역질나서 못 보겠소."

"참, 별소릴."

윤 집사는 기가 막힌다는 듯 말했다.

"그래 우리가 떼 지어 다니며 수동 아버지더러 밥을 달랍디까? 참말로 벌 받을 소리요."

"또 하나 교회 못 가는 이유를 말씀해 드릴까요?"

"어서 말씀해 보십시오."

김 서방은 상체를 쭉 뻗고 수레 밖으로 내밀며 작은 소리로 말했다.

"바뻐서 그럽니다. 우리 일거리가 어디 시간 정해놓고 있다요?"

"오매, 간사스런 소리. 다 이유요 이유. 낼라면 왜 시간이 없어요."

윤 집사가 톡 쏘았다.

"뭐 간사스럽다?"

그는 기분이 확 틀리는 모양이었다. 몇 번 헛기침하더니 놋쇠가 노랗게 드러난 네모난 라이터를 꺼내어 두 손으로 움켜쥐더니 다시 불을 켜 담배를 피웠다.

"택시를 안 타시려거든 천천히들 걸어오시오."

하고 말고삐를 잡아챘다. 그리고는 또 늘어진 유행가를 불러댔다.

"이 강산 낙화유수 흐르는"

하다가 뚝 끊고 윤 집사의 괘씸한 말투가 생각나서 혀를 찼다. 그러나 이내 낙천가가 되었다.

"서방 놈들은 뼈 빠지게 벌어서 마누라님들 천당 보낼 준비하는구나."

하고 노랫가락처럼 외쳐댔다.

천 전도사는 또 아들을 낳아 이번에는 요한이라고 이름을 붙였다.

요한이 난 지 두 달 채 못 되어 다시 새해 예산을 짜는 제직회가 열렸다.

이번에는 박 집사가 처음부터 어려운 문제를 끌어냈다.

"예산편성에 앞서 전도사님의 거취문제부터 이야기합시다."

분위기가 갑자기 침통해지고 말이 없었다.

"우리 교회의 재정 형편으로는 아무리 사례금을 높여 봐도 전도사님 가족을 부양할 수 없으며 전도사님은 닭 장사를 안 할 수 없을 것이요."

"박 집사, 먼 말을 그렇게 함부로 히여."

김 장로가 주의를 주었다.

"솔직한 말 아니오. 이대로 있다간 피차 어려우니 더 부자교회로 옮겨주시라고 하는 것이 옳을 것 같소. 이처럼 교회가 돈 문제에만 머리를 쓰면 뭐요. 나는 차라리 교인 생활 그만두고 부자 된 뒤에 믿기 시작 할라요."

윤 집사가 일어섰다.

"장로님, 이것은 참말로 인정머리 없는 소리라우. 지금 전도사님더러 나가라 하면 갓난애까지 오 남매를 거느리고 어디로 갈 것이요."

"그럼 갈 디 없다고 우리가 모신단 말이오?"

김 장로가 탁자를 땅땅 쳤다.

"싸우지 말고 순리로 해결합시다."

"박 집사님은 순 감정적이어라우. 그래 언제 전도사가 닭 장사를 했단 말이요. 우리가 전도사 한 분을 후히 대접 못 하니 회개하고 기도할 줄 알아야지 내쫓자니 그것이 말이요?"

결국, 제직회는 싸움판이 되고 아무 결론을 얻지 못하였다.

다음날, 천 전도사가 기도원으로 기도하러 떠났다는 소문이 퍼졌다. 이틀이 되어도 삼 일이 되어도 천 전도사는 마을로 돌아오지 않았다. 이제 무슨 일이 있어도 그는 대성리교회에는 머물러있지 않으리라고 부인이 이야기했다는 소문이 다시 퍼졌다.

금요일 밤에 천 전도사는 돌아왔다. 그리고 부랴부랴 짐을 꾸려 토요일 아침 김 서방네 수레에 짐을 싣고 떠났다.

김 장로가 눈물로 만류해도 소용없었다.

부인이 갓난애와 세 살 난 애를 포대기에 싸서 양 무릎에 앉히고 세 어린애도 이불을 하나 뒤집어쓰고 앉아 덜거덕덜거덕 찌푸린 겨울날 속을 떠났다. 부인 교인들은 이 광경을 보고 눈물을 흘렸다.

추운 겨울에 이렇게 전도사를 내보낼 수가 있는가? 그러나 전도사는 어떤 만류도 듣지 않았다.

다음날, 교인은 교회에 반도 나오지 않았다. 그렇지만 여니 때처럼 예배는 시작되었다. 묵도하고 찬송하고 기도하고 헌금하였다.

박 집사는 침통한 표정이었으나 어린애들이 헌금할 때는 머리를 쓰다듬어 주었다. 오 원짜리 코 묻은 돈을 내면 여느 때처럼

"거슬러 주랴?"

하고 물어서 헌금 주머니를 뒤져 혹 삼 원, 혹 사 원씩 거슬러 주기도 했다.

김 장로가 설교 때가 되자 늘 애송하던 마태복음 오장을 읽었다.

"심령이 가난한 자는 복이 있나니 천국이 저희 것임이요, 애통하는 자는 복이 있나니 저희가 위로를 받을 것임이요."

그는 교인들을 두루 내려다보았다.

"우리는 오늘 하나님 말씀에 굶주려 이곳에 모였습니다. 그동안 우리는 목자를 찾아 얼마나 헤매었습니까? 그런데 우리는 어제 우리 손으로 목자를 내쫓은 죄인이 되었습니다. 이 소문을 들으면 이제 누가 우리 교회를 돌봐 주겠습니까? 우리는 영원히 버림받은 양이 되었습니다. 차라리 교회가 생기지 않았더라면 이렇게 굶주린 양들을 모아 놓고.

그는 목이 메어 말을 잇지 못했다. 손수건으로 눈물을 닦고 말없이 얼마 동안 서 있었다.

"오늘은 그냥 통성기도를 하고 헤어집시다."

모두 통곡하는 기도 소리가 교회를 메웠다.

주여어! 하고 높고 날카로운 여인의 목소리가 있었으나 주여어! 하는 굵고 우렁찬 천 전도사의 목소리는 비어 있었다. 따라서 굵은 파도처럼 온몸을 엄습해 오는 신비한 무엇이 없었다. 기도의 리듬은 조화를 잃고 심한 불협화음이 귀를 찢는 듯했다. 잡음이요, 통곡이요, 발악이요, 발광처럼 느껴지기만 했다.

예배가 끝나도 심히 불안하고 답답하고 외로운 마음으로 교인들은 무거운 발걸음을 집으로 향했다. 여 집사들은 아무래도 후련하지 않은지 그냥 교회 마루에 뭉쳐 앉아 있었다. 김 장로도 처음으로 후련하지 않은 기분을 맛보았다. 지금까지 자기가 살아온 모든 것이 모호하게 흐려져 가는 것을 느꼈다.

이윽고 교회는 다시 통성기도 하는 소리로 가득 찼다. 주여어! 하는 날카로운 여 집사의 목소리에 겹쳐 김 장로의 굵은 기도 소리도 들여왔다.

"주여, 교회는 무엇 하는 곳입니까? 어떻게 하면 천국 백성으로 사는 것입니까? 어떤 사람이 참 신자이며 어떤 사람이 참 목사입니까?"

천 전도사처럼 우렁찬 목소리는 아니었으나 분명 이것은 교향곡이었다.

노란 고양이 눈

.
.
.

1.

"여보세요. 윌리엄 펠즈 씨 댁입니까?"

나는 서른한 번째 수화기를 들었다.

"네. 미세스 펠즌데요."

여인의 목소리가 꽤 상냥하다. 이번에 희망이 있을지 모른다고 나는 가슴이 뛰었다.

"저 펠즈 씨께선 댁에 계십니까?"

"안 계신데요. 거긴 어디지요?"

"태평양 부동산소개소에 있는 필립 김입니다. 그런데 부인께선 부동산 투자엔 취미가 없으신지요? 이건 정말 잘 남는 장사네요."

나는 행여 그녀가 수화기를 끊을세라 마구 주워댔다.

"꼭 사실 필요는 없구요. 그저 부동산 투자라는 게 어떤 것인지 이야기라도 들어보지 않으시렵니까?"

"잠깐만 기다리세요. 여보세요?"

여인이 대화를 중단하기 위해 마구 부르는 소리가 들려왔다. 그러나 나는 말을 끊지 않았다.

"이건 돈 받는 게 아닙니다. 시간약속만 해주신다면 저희가 가서 알고 싶으신 모든 것을 설명해드리고 옵니다. 절 믿어주세요. 언제든지 좋으니까 시간약속 좀 해주시지 않겠습니까?"

"노 땡큐."

전화가 찰칵 끊기었다. 나는 한숨이 나왔다. (빌어먹을!) 직업치고는 더러운 아르바이트라는 생각을 하며 그때까지 멍청히 들고 있던 수화기를 동댕이치듯이 내려놓았다. 까짓것 내동댕이치면 그만이었다. 그러나 한 두어 시간 전화기를 들고 실랑이를 하면 십 불 내외의 수입이 되었기 때문에 쉽게 놓이질 않았다. 그러나 나는 이 전화 때문에 사람이 변해가는 기분이었다. 첫째는 한없이 자기 자신이 비굴하게 느껴지고, 둘째는 표독하게 거절을 당했을 때 강한 충격으로 오는 자기혐오는 자신을 반미치광이로 만들지 않나 하는 두려움까지 생겼다. 하루 두 시간의 전화가 끝날 무렵은 누구든지 나타나기만 하면 물려고 달려드는 사나운 개처럼 되어있었다.

나는 얼마쯤 감정이 가라앉자 두꺼운 전화번호부에 색연필로 체크를 해 가며 또 다이얼을 돌렸다.

"여보세요. 부르스 페너 씨 댁입니까?"

"그렇소. 누구시오."

굵은 남자의 목소리였다.

"전 태평양 부동산소개소에 있는 필립 김인데요."

"노 땡큐."

말을 잇기도 전에 전화가 딱 끊기었다.

나는 또 다이얼을 돌렸다.

"마가렛 페리 씨 댁입니까?"

나는 알지도 못한 사람에게 전화번호부를 두고 무조건 A자부터 시작해서 지금 F자를 이 잡듯이 뒤지고 있는 것이었다. 만난다는 시간 약속만 해주면 일 불, 만일 만나서 계약 성립이 되면 십 불, 큰 땅이 팔리면 백 불까지 줄 수 있다는 계약조건이었다.

"네. 누구시죠?"

"태평양 부동산소개소에 있는 필립 김인데요. 부인께선 훌륭한 사회활동을 하고 계신다는 말을 들었습니다. 그런데-"

"아니 우리 블루버드 부인회에 관한 이야기를 들으셨나요?"

난 이건 잘 맞아 들었다고 기뻐했다.

"물론이죠. 그건 아주 훌륭한 활동입니다."

"그런데 당신은 우리 사업에 찬동하시고 돈을 좀 기증할 생각은 없으십니까? 우리가 미처 부동산소개소는 생각을 못 했군요."

"기증이요? 네 경우에 따라선…. 그런데 그런 회에서 혹 여유가 있으시다면 부동산에 투자할 생각은 없으십니까?"

"부동산이라니 땅 말이요?"

"그렇습니다."

그녀는 곧 목소리가 변하였다.

"우리는 그런 덴 취미 없어요."

전화가 딱 끊기었다.

(빌어먹을, 오히려 되 덤비는데.)

나는 수화기를 던지고 의자에 깊숙이 묻혀 창밖으로 시선을 던졌다. 창가에 쳐놓은 가는 철망을 통해 야자수가 잡힐 듯이 검은 그림자를 드리우고 가끔 자동차의 전조등이 노란 고양이 눈을 하고 앞을 살피며 달리고 있는 것이 보였다.

(고양이 눈)

나는 밤중에 불을 밝히고 암고양이를 찾는 듯한 이 고양이 눈 때문에 신경과민이 되어있었다. 나는 오래전부터 뭔가에 쫓기고 있는 듯한 불안감에 사로잡혀있었다. 이 불안감은 미생물처럼 내 모세혈관의 각처에 퍼져서 마음의 평온을 뒤흔들어 놓고 내 설 자리를 홀랑 빼앗아버리는 기분이었다. 그뿐 아니라 이 불안감이 밀려들면 내장에 두드러기가 생긴 것처럼 온몸이 가려워지고 장갑을 뒤집듯 내장을 확 뒤집어버리고 싶은 견딜 수 없는 충동에 안절부절못해지는 것이다. 맨 처음, 이 불안감이 밀려든 것은 내가 오토바이를 배우기 시작하던 때였다. 면허증을 받지 못한 채 오토바이를 몰다가 속도위반으로 경찰에 걸렸었다. 그는 안테나가 붙은 둔중한 모터사이클을 세우더니 나더러 면허증을 내라고 했었다.

"깜빡 잊고 집에 두고 왔습니다."

나는 얼결에 말했다.

"사실이요?"

"그렇습니다."

그는 내 주소와 이름을 묻고 잠깐 기다리라고 하더니 무전기로 본부에 연락했었다. 오 분도 채 못 되어서였다. 내 면허증은 없다는 연락이 왔다는 것이었다.

(제길, 이놈의 나라는 그런 것까지 5분이면 알아내나?)

그는 무면허 운전, 속도위반의 쪽지를 떼어 나에게 건넸다. 불안감은 그때부터였다. 무엇을 하든 어디선가 내 일거수일투족을 지켜보며 누군가가 추적하고 있는 듯한 견딜 수 없는 불안감이 나를 괴롭게 했다. 한번은 내가 자신이 있던 과목의 숙제가 빨간 연필로 가득 코멘트가 붙어 돌려진 때가 있었다. 자신이 있어 제출 전날까지 머뭇거리지도 않고 낸 숙제였다. 마구 가슴이 떨리고 학문에 대한 불안이 엄습해왔다. 시험 땐 너무 자세히 쓰다가 시간이 부족하기도 했다. 어떨 때는 부실했던 기초의 허가 드러나기도 해서 성적은 차츰 엉망이 되었었다. 유학을 온 나는 자꾸 몰리고 몰리어 설 자리가 없어지는 것 같은 불안에 떨고 있었다. 그렇다고 이 불안감은 늘 계속되는 것은 아니었다. 평온한 마음으로 교회에 출석하여 친구와 환담하며 아르바이트로 공부를 계속했었다. 그러다가도 이 증상은 뚜렷한 원인도 없이 불시에 일어나 나를 괴롭혔다. 잠이 오지 않고 소양감(가려움증)이 계속되면 나는 거의 광기를 느꼈다. 나는 이것이 병이라고 주장하였다. 그러나 아무도 믿어주지 않았다. 의사는 진찰 후 컬추럴 쇼크이거나 홈씩일 거라고 가볍게 말했다. 나는 표현 부족으로 내 병상을 영어로 잘 설명할 수 없는 것만 답답하였다. 제깐 놈의 나라 문화가 얼마나 대단했으면 내가 문화충격을 받겠는가 하고 의사를 욕하고 싶을 뿐이었다. 나는 이 야릇한 증상의 원인을 찾고 있었다. 그러다가 이 태평양 부동산소개소 소장 모리스의 우묵 들어간 눈자위에서 노란 고양이 눈을 보자 바로 이것이란 생각을 하게 된 것이다. 나는 곳곳에서 이런 눈매를 느끼고 있었다고 깨달았다. 쉽게 믿지 않고 따지고 드는, 또 남을 안중에 두지 않는 것 같은, 그리고 집요하게 자기의 꿈을 추구하는…. 나는 이런 보이지 않는 눈에 의해 계속 쫓기고 있다는 것을 느꼈던 것이다.

나는 의자에 기대어 지금쯤은 모두 피곤한 직장을 벗어나 저녁 식사를 마치고 잡담을 하고 있으리라고 생각했다. 내가 미친개처럼 속이 상해있는 시간에 말이다. 그러자 소장 모리스의 번쩍이는 노란 눈이 다시 보였다. 녀석은 이 시간이 하루 중 가장 기분 좋은 시간임을 노리고 있다는 생각이 번쩍 떠올랐기 때문이었다. 나는 전등불 밑 방 안을 둘러보았다. 책상 하나, 의자 둘, 전화기 하나, 캐비닛 하나, 이것이 소장의 전 재산이었다. 그러면서도 지칠 줄 모르는 모리스는 자기가 백만장자라고 자부하고 있었다.

"미스터 김, 아이디어가 물질을 능가하는 거야."

그는 언제나 내게 말했다. (미친놈) 소망이 너무 간절하면 꿈이 되려 현실로 착각되고, 현실이 허망한 것으로 생각되는 법이다. 그러나 정신이 뒤집히지도 않고 허망한 꿈을 밀고 나가는 자신만만한 그의 태도를 보고 있으면 오히려 멀쩡한 내 정신이 뒤집힐 것 같았다.

내가 모리스를 생각하며 온몸이 스멀스멀해지려는 무렵 전화의 벨이 울렸다. 박성지에게서였다.

"나 수학 문제 때문에 쩔쩔매고 있는데 좀 가르쳐 주지 않겠어요?"

그는 나와 함께 한인 기독교회에서 성가대원으로 있는 친구였다.

"마침 잘 되었소, 어서 오시오."

그러잖아도 누군가 상대가 필요했다. 박 군은 나보다 일 년 전에 와서 곤충학을 전공하고 있는데 요즘 회중시계 문제로 한인 학생 간의 말썽이었다. 마누라를 데려오는데 조 부대로부터 물려받은 '론진' 회중시계를 팔겠다고 신문에 광고를 냈는데 광고뿐이라면 문제가 달랐다. 그런데 그것이 기사화되어 한국 학생 아무개가 부인을 데려올 여비가 없어 귀한 가보인 회중시계… 운운해서 한국 학생은 창피해서 얼굴을 들고 다닐 수가 없다는 공론이었다. 하와이(전라도) 출신이 하와이에 와서 한국 학생 망신을 시킨다는 등, 장학기간이 다 되었는데 주임교수를 삶아 기간 연장을 하려 한다느니, 이제는 부인을 데려와 미국 시민을 하나 낳아서 귀국할 셈이라느니, 온갖 비난이 떠돌고 있는 터였다. 처음 나는 그가 하와이 출신인 것을 알고 "어이 우리 이럴 거 뭐 있어, 서로 말 낮춰서 하드라고." 하고 대들자 어색하게 "좋을 대로 해."라고 대답했다. 그때 나는 퍽 쑥스럽게 서로 반말을 지껄였으나 다음 만났을 때 그는 다시 존댓말을 써버렸기 때문에 우리는 썩 다정한 사이는 아니었다. 그러나 내가 알기로는 그가 달리 다정한 친구를 가진 것 같지도 않았다. 그가 전공하고 있는 곤충학에 대해서도 내가 알고 있는 것은 없었다. 다만 들리는 말에 의하면 설탕 농장의 해충에 관해서 연구하고 있는데 약물살포의 방법이 아니고 암컷이 발산하는 강한 성적인 냄새를 풍겨 수컷을 모아 집단으로 살해하는 연구라는 말도 있었다. 또 이건 무자비한 방법이어서 교미도 하고 일생을 살되 생산능력을 마비시키는 그런 방법의 하나라는 말도 있어 종잡을 수가 없었다.

이윽고 박 군이 노크하고 들어서더니 노란 봉투에서 이슬이 엉킨 맥주 깡통 두 개를 테이블 위에 꺼내놓았다.

"박 형, 그래 수강료부터 내는 거요? 그렇다면 한 다스를 사 온다든지."

나는 퉁명스럽게 말했다.

"김 형은 무슨 말씀을 그렇게."라며 그는 쑥스러운 표정을 하더니

"냉장 상태로 그냥 들고 왔습니다."라고 하며 방안을 휘 한번 둘러보았다.

나는 테이블 위에 두 발을 올리고 답답한 속에 맥주를 부어 넣었다.

"아 이놈이 통 이해가 안 된단 말입니다. 미국은 웬 놈의 수학을 생물학에서까지 강요하는지."

그는 성급하게 선형대수의 책을 펴들고 가까이 왔다. 얼마 동안 설명을 듣더니 그는 머리를 긁적긁적하며 말했다.

"그런 걸 몰랐구먼요. 참 내가 김 형만큼 수학을 알면 박사학위는 문제가 없을 거요."

나는 이 녀석이 소문난 대로 좀 구린 데가 있다고 생각하며 넌지시 물었다.

"그래 박 형, 그 회중시계는 팔렸소?"

"참 그놈들 세심하드만요. 내 시계의 시리얼넘버를 알려달라고 합디다. 회사에 문의 해봐서 그것이 분명 골동품이면 사겠다는 거요."

나는 박 군이 자기에 대한 비난보다 미국인의 머리 쓰는 것에 더 감탄하고 있는 듯한 차분한 태도 때문에 마음이 다시 울렁울렁해지는 느낌이었다.

"그 회중시계가 기사화되어 말이 많습디다."

나는 그가 알아듣도록 말하였다.

"그건 자기들 생각이지요. 누가 기사화하라 했나요? 광고를 내겠다니까 자기들이 달려왔지. 여기서는 옳다고 생각하면 자기 주관대로

살아야 합니다. 누가 돈을 대줍니까?"

그러더니 그는 책을 주섬주섬 모으고 봉투와 깡통을 쓰레기통에 넣은 후 고맙다고 인사를 하고 나가버렸다. 나는 창가에 나가 드르렁 드르렁 소리를 내고 가는 그의 고물 자동차를 바라보았다. 맥없는 전조등 불빛이 몇 번 깡충거리더니 이내 사라졌다.

2.

"어떨까요? 레이(하와이에서 목에 거는 화환)라도 사 들고 갈까요?"

나는 나에게 라이드를 주는 한인 기독교회에 있는 미국인 목사에게 물었다.

"나쁘지 않군."

유난히 키가 큰 그는 꽃집 앞에서 차를 세우며 말했다. 나는 내려서 즐비하게 있는 꽃집 하나를 골라 들어섰다. 하와이 옷인 긴 '무우무우'를 걸친 처녀가 다가왔다. 나는 플루메리아를 실에 꿴 화환을 가리켰다.

"한 꿰미에 얼마죠?"

"일 불이에요."

그녀는 상냥하게 웃었다. 나는 일 불을 꺼내주며 소개소에서 전화하던 버릇으로 그녀 칭찬을 하였다.

"이 많은 꽃집에서 특히 이곳에 들른 것은 아가씨가 예뻐서요."

그녀는 얼굴이 환해졌다.

"정말이에요? 감사합니다."

그녀는 두 꿰미를 나에게 안겨주었다.

"미스터 김, 수완이 대단한데."

육순이 다 된 목사는 차에 돌아오자 웃으며 말했다. 그의 손엔 꽃이 가득하였다.

공항 출구에서 내가 서성거리며 박 군의 부인을 찾고 있을 때였다. 어디서 "어머, 김 선생님." 하고 반가운 한국말이 들리며 질겁을 하고 한 여인이 뛰어나왔다. 나는 처음 어이가 없어 얼마 동안 멍청히 서 있었다. 그녀는 고향 교회 김 집사의 딸, 임 정숙이었다.

"정숙이 박 선생의…?"

나는 얼결에 말하였다. 그녀는 안길 듯이 달려오다가 거리를 두고 멈추어 서더니 말없이 고개를 까딱였다. 나는 한걸음 떨어져 있는 거리에서 우리의 착잡했던 과거와 오늘의 기구한 현실을 느끼며 다가가 꽃을 목에 걸어주었다.

"알로하."

그녀의 귓바퀴가 벌겋게 되어있었다. 목사에게 그녀를 소개하자 그도 "알로하." 하고 꽃을 걸어주며 그녀의 이마에 가볍게 키스했다. 차의 트렁크에 그녀의 짐을 싣자 우리는 뒷자리에 앉아 공항을 출발하였다. 내가 박 군이 나오지 못한 이유를 간단히 설명하자 그녀는 예정일에 도착하지 못한 일을 장황히 설명하였다. 출국 절차가 복잡한 한국 일들이 눈앞에 선하게 나타나며 한국 냄새가 확 끼쳐오는 기분이었다. 그녀와 편지를 주고받던 일이며 제대 후 그녀 집을 찾아다녔던 일이 생각났다. 그녀의 달콤한 입술의 감각이 어제 일처럼 되살아나기도 했다.

구혼한 것은 내 편이었다. 그러나 나는 그녀의 모친에게서 거절을 당하였다. 일류대를 나오지 않은 남자에겐 딸을 줄 수 없다는 지극히 단순한 이유 때문이었다. 그녀는 울면서 어머니의 어처구니없는 꿈을 무시해달라고 몇 번이나 말했다. 김 집사는 자기 딸이 영리하지만, 시험 운이 없다고 믿고 있다는 것이었다. 국민학교(초등학교) 때 정숙은 성적이 좋았던 모양이다. 그러나 그녀는 일류중학교에 합격 하지 못하였다. 고등학생 때도 그녀는 성적이 좋았던 모양이다. 그래선지 그녀는 모친의 원대로 일류 여대에 합격하지 못했었다. 그녀의 모친은 늘 그것을 한스럽게 생각하며 결혼만큼은 자기 의지를 관철하겠다는 어처구니없는 꿈을 가지고 있다고 말했었다. 생각해 보면 그건 웃지 못할 일이었다. 그러나 나는 그런 모욕 속에서 정숙과 결혼하고 싶은 생각이 없었다. 이윽고 나는 직장을 구하여 고향을 떴다. 그 뒤로 정숙이 한 번 찾아왔었다. 그녀는 하숙방에서 자고 가겠다고 우겼다. 끝내 그녀가 설득되지 않자 나는 옷을 입고 밖으로 나와 버렸었다. 이것이 그녀와 마지막 만난 기억이었다.

나는 그녀를 미워하고 있지는 않았다. 일류병에 걸려 있는 그녀의 모친을 원망했을 뿐이다. 그런데 김 집사는 교회에서 성령을 받은 집사라고 부인들 간엔 선망의 대상이었다. 방언도 하고 안수도 했는데 내 모친도 눈에서 자꾸 눈물이 나는 것을 안수받은 후론 말끔히 좋아졌다고 김 집사의 신유(神癒)의 은사에 탄복하고 있을 정도였다. 지금 생각하니 나는 그때도 어렴풋이 소양감을 느끼고 있었다는 생각이 들었다. 그녀가 마지막 찾아온 날 밤 내가 옷을 입고 나가기 직전 그녀의 말을 기억했다.

"거짓 사랑이었거나 아니면 신념이 불투명하기 때문이에요. 왜 어머니의 반대 때문에 우리가 결혼할 수 없는지 이해할 수가 없어요."

나는 축적된 불만을 터뜨릴 대상이, 나 자신인 것을 알고 견딜 수 없는 심정이었다. 그녀의 어머니는 정숙이 일류대를 나온 사람과 결혼하게 되어있다고 너무 기뻐하고 있었다. 그것이 하나님의 섭리라고 말하며.

"김 선생님은 미국 냄새 같은 것을 안 느끼세요?"

정숙이 오랜 침묵을 깨뜨리고 말했다.

"미국 냄새요?"

나는 차창 밖으로 자동 분수기가 빙글빙글 돌아가며 잘 깎인 잔디에 무지갯빛의 물방울을 날리고 있는 것을 보며 물었다.

"미국에서 온 항공엽서나 소포를 뜯으면 이상한 미국 냄새가 났었어요. 그런데 여기선 그 냄새가 꽉 차 있는 것 같애요."

그녀는 나를 외면하고 차창으로 눈을 돌린 채 말했다. 그녀는 말없이 눈웃음을 칠 때 이외에는 외면하고 말하는 버릇이 있었다.

"전 사랑을 받고 싶어하는 편이에요. 독점욕이 강하거든요."

그런 말을 할 때 외면하고 있는 보얀 그녀의 귓불이 예쁘다고 나는 생각하곤 했었다.

"글쎄요."

나는 그녀의 귓불을 보며 차가운 것이 가슴을 섬광처럼 스쳐 가는 것을 의식했다. 박 군으로부터 항공엽서나 소포를 받고 껴안은 채 박 군을 그리워했을 표정이 떠올랐기 때문이었다. 그녀는 플루메리아, 레드진저, 히비스커스 등 원색 꽃들이 꽉 차 있는 곳을 지날 때는 정말 향기로운 냄새에 취한 사람처럼 행복한 표정이었다.

박 군의 셋집에 도착하자 그녀는 입구 울타리에 피어있는 레드진저를 보고 소녀처럼 깡충깡충 뛰어갔다.

"정말 향기가 좋아요."

내가 차에서 짐을 내려 들고 가자 그녀는 목에 걸어준 꽃과 울타리에 피어 있는 꽃을 비교하며 나를 향해 말했다. 이때 이 층에서 미국 부인이 누구냐고 소리치고 박 군이 맡겨놓은 열쇠는 자기가 가지고 있다고 소리쳤다.

열쇠를 열고 들어서자 그녀는 부엌 겸 응접실인 방을 한번 휘 둘러보고 문을 열어 좁다란 침실을 들여다보고 다시 들어가 뒷문을 열어 깨끗이 깎인 잔디를 둘러보더니 만족한 표정으로 핑 돌아섰다. 한 손으로 그녀는 침대 가를 쓸며 걸어 나오다가 머리맡에 놓인 닭털 베개를 보자 들고 가슴에 꼭 껴안았다. 무심코 이런 동작을 보고 있던 나는 그녀와 눈이 마주치자 당황해서 돌아섰다. 새빨개진 그녀의 얼굴이 오래도록 뇌리에 남아 있었다.

3.

박 군의 부인이 도착하여 일 개월쯤 되었을 때 나는 저녁 초대를 받았다. 좀 야비하게 생각될지 모르나 첫사랑하던 여인의 가정생활을 보고 싶어 하는 것은 누구나 있을 수 있는 호기심이다. 나는 거절하지 않고 마실 것을 좀 사 들고 그들의 집을 방문했다. 특별히 신혼부부(결혼해서 일 년도 못 되었으니까)의 아기자기한 모습 같은 것도 보이지 않아 부러워하는 체하는 화제를 찾지 못하고 있는데 마치 식탁에 마주 앉은 그녀의 드러난 팔에 많은 상처 자국이 있는 것을 발견했다.

"아니 부인 팔이 왜 그러십니까?"

하고 말을 꺼냈다. 그녀는 잽싸게 팔을 탁자 밑으로 내리며 얼굴을 붉히고 박 군을 쳐다보았다.

"박 형, 장난이 너무 심하신 게 아닙니까?"

그러나 그것은 물어뜯은 흔적이 아니었다.

"아니에요, 모기에 물렸어요."

"여긴 모기가 있나요?"

나는 주위를 둘러봤다.

"아니에요, 며칠 전에 정크 야드(폐차장)에 갔어요."

"무슨 그런 소릴."

박 군이 언짢은 표정으로 말했다.

"어때요. 우리 차 고물이란 것은 다 아는 처진데."

나는 그녀가 도착해서 얼마 되지 않은 때 마켓에서 그들을 만났던 것을 회상했다. 차가 고장이 나서 밀고 있었는데 나는 그녀가 창피해할까 봐 모른 체할까 하다가 아무래도 거들어 주는 게 낫겠다고 생각하여 가까운 서비스 공장까지 밀어다 주었다.

"타이어라도 갈아 끼웠나요?"

"뭐 좋은 게 없나 하고 그저 가본 건데 머플러가 말짱한 게 있어 떼어왔지요."

박 군이 쓴웃음을 웃으며 말했다. 나는 깜짝 놀랐다. 머플러를 쇠톱으로 썰어오려면 꽤 오랜 시간이 걸렸을 것이 틀림없었다. 산더미처럼 버린 고물차 사이에 들어가 라이트를 켜놓고 폴리네시아인들의 모기 춤처럼 퍼덕거리며 모기를 쫓으며 쇠 톱질을 한 그들의 모습이 떠올랐다.

"그것도 좋은 아이디업니다. 하나씩 새것으로 갈면 새 차가 되지 않겠어요?"

나는 위론지 익살인지 알 수 없는 말을 했다.

"우리 차를 타면 머플러가 달리는 기분에요. 그리고 이상하게 정크야드의 냄새가 나서 골치가 아파요."

박 군은 그것은 쓸데없는 선입견이며 그는 이 차로 어려운 운전시험을 어떻게 무난히 치러냈는가 하는 이야기를 늘어놓고, 아무리 예쁜 미국 아가씨라도 데이트할 수 있을 훌륭한 차라고 호언장담했다.

식사가 끝나고 맥주를 들면서 박 군은 한인 기독교회에 관한 이야기를 꺼내놓았다. 그는 이 교회는 골이 빠져버린 곳이라고 했다. 사실 그럴 만한 이유가 있긴 했다. 이곳은 이승만 대통령이 1915년 한인교회의 독립을 주장하여 한인 감리교회에서 분립한 것이었다. 그 뒤 국민회를 일시 이 박사가 장악했던 때나 1952년 동지회를 조직했을 때는 이 박사의 독립운동자금 조달을 이 교회 지도자들이 주로 맡았었다. 그러나 막상 독립이 성취된 뒤는 목적을 상실하고 김이 빠졌다는 것이다. 현재는 교인 수가 오륙십 명에 불과했고 그도 대부분이 사진 혼인 때문에 어린 처녀로 입국해서 허리가 굽은 할머니들이 대부분이었다. 박 군은 그들의 근본적인 믿음 자체도 매우 편협하고 폐쇄적이라고 말했다. 나는 어려서부터 종교적인 분위기에서 자랐기 때문인지 솔직히 이 교회에 대해서도 그런 비판적인 안목을 갖지 않고 있었다. 그런데도 목사관이나 교육관을 갖고 있었고 다른 교회가 하는 일상적인 종교활동을 하고 있었기 때문에, 그런대로 마음의 평안함이 있었다. 다만 이 교회가 조국의 교회들과 다르다면 광신적인 면이 없었고(좋게 말해서 영통력이 없었고) 교인을 유인한다든가 헌금을 강요하는 면에 있어서 의욕이 부족했을 뿐이었다.

"믿음이란 하나님과 개개인의 관계인만큼 교인이 교회를 통해 마음의 평안을 얻으면 그것으로 교회는 기능을 다 하는 것이 아닙니까? 더구나 노동으로 일생을 바쳐버린 그들에게 내세의 소망을 안겨줌으로 무의미한 여생을 보람있게 해주고 있는 것은 교회의 큰 공헌이라고 봅니다."

"그것 보세요. 당신의 신앙은 머리로 믿는 신앙이에요. 생명을 맡기고 의존하는 심정으로 믿는 신앙이 아니란 말이에요."

정숙이 설거지를 하다가 갑자기 공격해왔다. 그러나 그는 아내의 말에는 대꾸하지 않고 나에게 물었다.

"김 선생은 성령을 믿습니까?"

"왜요?"

"성령을 받지 않고 교회 다니는 것은 예수를 안 믿고 교회 다닌다는 겁니다. 제 집사람은 진정한 신앙인은 성령을 받아야 하며 자기는 성령을 받았다고 확신하고 있거든요. 그래서 성령이 자기에게 모든 것을 일러준다는 거예요."

"예수님은 '성령을 받으라' 했으니 믿는 사람은 자기가 알든 모르든 성령을 받은 것이 아닐까요?"

"보세요. 김 선생님도 그렇게 말하잖아요?"

그녀는 울먹이며 문을 꽝 닫고 침실로 들어가 버렸다.

"박형, 너무한 게 아니오?"

"가만두세요."

그는 맥주 깡통을 들고 의자 등에 머리를 기대었다.

"저는 성령이란 일종의 소명의식이라고 생각합니다. 그런데 어떤 사명감도 있기 전에 성령이란 이상하지 않습니까? 이건 성령도 아니고 자기 멋대로 그린 무녀도(巫女圖)요 결국 종교와 미신이 미분화 상태에 있다는 말이에요."

"소명의식이 있겠지요.?"

"가끔 이상한 행동을 하거든요. 저녁준비를 하지 않고 목욕을 한 뒤 머리를 풀고 멍하게 앉아 있다든지, 이상한 냄새가 난다고 정말 구토를 한다든지."

"혹 임신이 아닙니까?"

그는 고개만 흔들었다.

"너무 피로한 게 아닙니까? 무슨 직장이라도 나가고 있나요?"

나는 정숙이 입국 당시의 명랑한 표정을 잃고 지난주 교회에서는 초점이 흐리고 멍하던 게 약간 병적인 것 같다고 느낀 것을 기억했다.

"너무 한가해서 공상이 지나친 게 아닌가 해서 지난주부터 세탁소엘 보내고 있습니다."

얼마 동안 무거운 침묵이 흘렀다. 박 군은 정숙의 병적인 상태가 신앙에 있다고 보는 것 같았으나 나에게는 그렇게 여겨지지 않았다. 건강이 나빠진 데 있는 것처럼 여겨졌다.

"저 같으면 세탁소를 내보내지 않겠습니다."

"이건 돈 때문이 아닙니다. 벌면 얼마를 벌겠어요? 그러나 성령이 무얼 일러준다는 것은 망상에 대한 확신이거든요."

이 녀석이 처음부터 부인을 데려온 것은 일을 시켜 경제적 도움을 받고 싶어서 그런 것이 아니었을까 하는 생각이 들자 세탁소의 근무도 그의 고의적인 강압이 작용했을지도 모른다는 생각이 치밀었다.

"아무튼, 난 건강이 급선무라고 생각합니다."

하고 나는 박 군의 집을 나왔다. (자식, 장학기간을 연장하여 박사학위를 노린다. 아내를 데려와서 미국 시민을 낳으려 한다) 이 소문이 어디까지 맞을까를 생각했다. 녀석 마음속에 무엇인가 있는 것은 분명했다. 모리스처럼 시원하고 선명하게 자기표현을 하지 않고 있을지라도 말이다. 만일 정숙의 병이 악화하여 알려지게 된다면 한국 학생 간에 또 어지간히 파문이 일겠다고 마음이 어두워졌다.

4.

"여덟 시에 만나자고 했던 건 스튜워드였지?"

하고 모리스는 고양이 눈을 나에게 돌렸다. 내가 졸음으로 까칠까칠해진 눈으로 전화번호부를 내리읽으며 그렇다고 말하자 녀석은 책상 위에 올려놓았던 양발로 마룻장을 땅 구르며 일어섰다. 그는 캐비닛을 열어 지적도와 선물용 트랜지스터 몇 대를 꺼내어 가방에 넣고 나갈 채비를 하며 나를 돌아보았다.

"그 전화 알지?"

나는 고개를 끄덕였다 십 분도 채 못되어 전화의 벨이 울었다.

"미스터 김이요? 나 지금 미스터 미카엘 스튜워드 집 근처까지 왔는데 삼분 뒤에 전화 좀 하시오. 오케이?"

소장 모리스의 원기에 찬 목소리가 들려왔다. 나는 시계를 보고 있다가 삼 분 후에 다이얼을 돌렸다.

"헬로우, 스튜워드 씨 댁입니까? 혹 지금 태평양 부동산소개소 소장인 모리스 씨가 들르지 않으셨나요? 어쩌면 문밖에서 이야기하는 중일지도 모릅니다. 제발 전화 좀 대주십시오. 지금 이곳에 귀한 손님이 오셨습니다. 땅을 사고 싶다고 말입니다. 네, 네, 꼭 좀 부탁드립니다."

나는 찌푸린 눈으로 수화기를 노려보며 거짓말을 했다. 모리스가 문전에서 쫓겨나는 것을 방지하고 그를 집안으로 침입시키기 위한 작전이었다.

(그래 이것이 거짓말이 아니란 말인가?)

나는 마음속으로 모리스에게 항의하고 있었다.

"여보세요, 나 태평양부동산 소개소의 모리습니다. 윌리암 라벗슨 씨라구요? 네, 그렇습니다. 그렇지요. 빅아일랜드엔 곧 국제공항이 생길 예정으로 지금 땅을 사두면 굉장한 이익을 볼 수 있는 곳입니다."

상대자도 없는데 모리스의 굵은 목소리가 수화기에서 공전하고 있었다.

"이것 참 죄송합니다. 잠깐만 기다려주시면 지적도를 가지고 자세히 설명해드리겠습니다. 사실은 이곳 스튜어트 씨께도 그곳 형편을 설명하고 있습니다."

나는 종교적인 양심으로 이런 거짓말을 하고 있을 수 없다고 한번 모리스 씨에게 말한 일이 있었다. 그는 내 말을 듣더니 눈을 크게 뜨고 놀랐었다.

"거짓말이라뇨. 그게 무슨 소립니까? 내가 하는 말은 하나도 거짓이 없습니다. 이것은 부동산 투자에 대해서 무지한 그들에 대한 나의 최대의 봉사요. 나를 믿어주시오. 그들은 전문적인 안목이 없습니다. 내 머리로 그들에게 돈을 벌도록 해주는 것이오."

"하지만 오지도 않는 사람을 왔다고 말하고 상대도 없는 데 있는 체하고 전화질을 하는 것은 분명 거짓이거든요."

"미스터 김, 당신은 그것을 거짓이라고 생각합니까? 나는 상대방이 내 소개소에 와서 땅을 팔라고 조르는 모습을 선하게 봅니다. 또 그의 목소리를 선하게 들을 수 있습니다. 그렇지 않고서야 내가 어떻게 적당한 간격을 두고 자신만만하게 전화로 대화를 계속할 수 있겠소? 이것은 사실보다도 더 참된 것이오. 인간은 타성과 안일 때문에 초점 없이 산만한 사실만 보고 참으로 가치 있는 것은 놓치는 일이 많소. 미스터 김은 정말 둘러 먹는 일이라면 그런 일을 하룬들 계속할 수 있다고 생각합니까?"

나는 궤변인 줄 알면서도 그의 요설(妖說)에 속는다. 정말 거짓말을 어떻게 그렇게 하고 다닐 수가 있겠는가. 그의 눈에는 보통사람이 볼 수 없는 세계가 또렷이 나타나 보이는 것임이 틀림없다는 생각이 들었었다. 녀석은 자기의 꿈을 과신한 나머지 꿈이 현실로 착각되고, 그 착각된 현실 속에서 사는 것이리라. 말하자면 약간 미친 것이다. 나는 현대인은 누구나 약간은 미쳤다는 게 사실일 거로 생각했다. 인간은 대낮엔 모두가 한 태양 아래 같은 세계를 공유한 것처럼 보인다. 그러나 일단 태양이 지면 그들은 뿔뿔이 흩어져 개개인이 되며 자기 나름의 꿈을 꾼다. 그들의 꿈은 자기 나름대로 확대되어가고 자기 나름대로 꿈에 대한 확신을 굳히기 시작한다. 그리고 다시 태양이 뜨면 그 꿈을 실현하려고 덤벼든다. 자연과 조화되기도 하고 깨어지기도 한다. 그러나 개개의 꿈들을 실현하고자 하는 인간들의 집요한 노력이 이 세계를 끊임없이 변화시켜온 것만은 사실일 것이었다.

나는 모리스의 노란 눈을 보고 있으면 쇼펜하워의 의지에 대한 말이 생각나곤 했다. 모친의 생명에 대한 집요한 의지가 태아의 살을 뚫고 모세혈관을 형성한다는 이야기 말이다.

나는 전화번호부를 덮어버리고 의자에 기대어 눈을 감았다. 눈까풀이 까칠까칠 아팠다. 어젯밤, 아니 오늘 새벽까지 나는 잠을 못 잤었다. 일주일 앞으로 다가선 석사 자격시험을 생각하자 불안이 앞섰다. 지난 학기에 실패했기 때문에 이번마저 실패하면 나는 귀국하거나 과를 바꾸어야 할 처지에 있었다. 나는 시험을 대비해서 정리해놓은 카드를 앞에 놓고도 아예 손댈 생각은 하지 않고 있었다. 모리스는 나에게 성공했던 경험을 상기하라고 했다. 전화하기 전에 먼저 설득했던 경험을 상기하라. 그리고 확신을 가지라. 그런 뒤에 다이얼을 돌리고 그때의 영감대로 대화를 계속하라. 그러나 내게는 그것이 맞아들어 가질 않았다. 결국, 대부분이 실패였다. 나에게는 패배감밖에는 없었다. 나는 앉아서 시험과는 연관도 없는 공상만 하고 있었다. 한국을 떠나 유학을 올 때 교회 윤 장로의 우렁찬 기도 소리가 들려왔다.

"세상 학문만 배우지 말고 하나님의 참 진리를 배우고 돌아올 수 있게 해주시길 간절히 비옵나이다."

부인이 세상을 떠나자 집안 재산을 송두리째 교회에 바치고 종지기가 된 윤 장로가 기도하던 내용이었다. (세상 학문이 아니고 하나님의 참 진리? 이건 또 무언가?) 이런 종잡을 수 없는 상념들이 머리를 스치면 이제는 시험 준비 카드 따위는 들여다보기도 싫어진다. 결국, 나의 실패는 모리스의 소개소 전화 때문에 시작된 것이라는 생각을 하게 된다. 성공한 경험을 상기하라. 그것에 자신을 가지라. 그러나 나는 실패한 경험밖에 상기할 것이 없다. 오래도록 잠이 오지 않고 머리가 아프며 어지러워진다. 숨이 가빠지면서 덥다고 느낀다. 옷을 벗어 던진다. 온몸이 가려워지고 견딜 수 없어지는 것이다. 심호흡하며 미지근한 공기를 들이마신다. 그러나 소양감은 가시지 않는다. 소리를 내어 마구 악을 쓰고 싶어진다. 나는 방을 몇 바퀴 돌다가 침대에 몸을 던진다. 방죽에 돌을 던졌을 때 나타나는 나선형의 파문 같은 게 주기적으로 나타났다 사라지곤 한다. 나는 눈을 감고 무진 애를 쓰며 이 어지러운 증상을 피하려고 한다. 주기적인 속도가 가속되면 미치리라 생각한다. 그러다가 깜박 잠이 들었다. 커다란 손이 나타나 양편 견갑골을 누르는 꿈에 깜짝 놀라 일어나서 나는 세 시간쯤 잠들었던 것을 알았다.

나는 어젯밤의 피로 때문에 아물아물 잠든 상태에서 전화벨 소리를 듣자 등골이 오싹해지며 놀라 깨었다. 수화기를 들자 박 군의 다급한 목소리가 들려왔다.

"김 형, 큰일이 났어요. 빨리 좀 집에까지 와주세요. 제발 빨리요."

가슴이 둥둥둥 북을 치기 시작했다. 내가 멍청히 수화기를 들고 있는데 저편에서 찰칵 끊었다. 정숙에게 무슨 일이 생긴 것이 틀림없다고 생각했다. 요 삼 주일간 나는 그들을 교회에서도 만나지 못하였다. 박 군은 석사 논문 준비 때문에 나오지 못한다고 말하고 있었다. 나는 밖으로 나왔다. 아직도 꿈속 같은 기분이었다. 나는 어려서부터 밤을 싫어했다. 땅거미 지기 시작하면 을씨년스러워지고 어둠이 꽉 차면 고아가 된 기분이었다. 나는 남의 정신으로 차를 몰았다.

박 군의 집 앞에 오토바이를 세우자 그는 새파랗게 질린 얼굴을 하고 뛰어나왔다.

"지금 제 집사람이 뒤 잔디 우에 누워있어요. 가서 좀 침실까지만 데려다주시오. 네 부탁입니다. 김 형 말밖에는 듣지를 않습니다."

그는 바르르 떠는 손으로 내 양팔을 붙들었다.

"나를 보기만 하면 눈이 뒤집혀 막 악을 쓰니 어떻게 합니까? 이웃 부끄러워서도 큰일입니다."

나는 떠밀리는 대로 침실로 들어섰다. 그가 따라와서 나를 붙들고 수면제를 가리키며 침실에 눕히면 이걸 먹여달라고 당부했다. 나는 평소에 침착하던 그가 사시나무처럼 떠는 것을 역겹게 노려보며 몽유병자처럼 걸어 나갔다.

뒷문을 열고 잔디를 바라보았다. 뒷집 미국인 집은 엷은 핑크색 커튼이 쳐있고 그쪽 외등이 뜰을 밝히고 있었다.

정숙이 긴 파자마 바람으로 잔디에 누워있는 것이 보였다. 성큼성큼 다가가 나는 그녀의 얼굴 가까이에 무릎을 꿇었다. 그녀는 머리를 풀고 마치 잔디를 애무하다 지쳐버린 사람처럼 팔을 길게 뻗은 채 쓰러져있었다. 볼은 무엇에 부딪혔는지 퍼렇게 멍들어있었고 입술은 침에 젖어 빤질거렸다.

"미세스 박, 이게 도대체 무슨 짓이요?"

나는 나직이 말했다.

"헬로우, 미스터 김."

나는 깜짝 놀라며 머리끝이 쭈뼛 올라서는 것을 알았다. 나를 알아본다는 사실 뿐 아니라 그녀의 음색은 정말 정신병자의 것처럼 변질되었기 때문이었다. 나는 나 자신을 되찾으려고 땀을 흘리며 말했다.

"절 알아보시는군요. 자, 방으로 갑시다."

"헤이, 유 노?"

그녀는 또 영어를 지껄이며 씽긋 웃었다. 〈헤이 유 노?〉는 박 군이 제일 많이 쓰던 영어였다. 그러나 그 음색과 웃음이 기분 나빴다. 나는 그녀의 눈을 피해 목 밑으로 팔을 넣어 가만히 일으켰다. 그녀는 다행히 반항하지 않고 교태를 부리듯 몸을 기대왔다. 이번에는 허리에 팔을 돌리고 걸으려 할 때였다. 그녀는 주춤거리며 뒤로 물러서더니 커다란 소리를 질렀다.

"마귀요. 저기 마귀가."

나는 그때 파자마 깃 위로 길게 뻗은 목에 굵은 힘줄이 오르락내리락하는 것을 보며 등골에 식은땀이 흘렀다.

"제가 보구 왔습니다. 마귀는 없습니다."

나는 그녀를 걸려 침대에 앉히었다. 그리고 컵에 물을 따랐다.

"약 드십시오."

그녀는 순순히 물이 든 컵을 받아쥐었다. 그녀는 내 말을 다 알아듣고 있었다. 완전히 정신이 돈 것이 아니라고 생각하였다. 그녀는 입에 물을 머금었다. 그러나 내가 약을 내밀려 했을 때였다. 그녀는 머금었던 물을 내 얼굴에 확 뿌리며

"마귀야."

하고 소리쳤다. 그 순간 나는 정신이 뒤집힐 것 같은 환각에 사로잡혔다. 그러나 나는 최면술에 걸린 사람처럼 다시 약을 내밀었다. 나선형의 파문이 빙글빙글 머릿속을 돌고 있었다. 이번에는 순순히 받아마셨다. 나는 손수건으로 얼굴을 닦으며 뒷문을 걸고 거실로 걸어 나왔다.

"약은 먹었어요?"

나는 머리를 끄덕이고 쓰러지듯이 의자에 앉아 본정신을 회복하려고 눈을 감았다. 나선형 파문이 커지면 몸도 같이 팽창하다가 그것이 사라지면 전율이 오고 다시 파문이 시작되었다.

이윽고 박 군이 말했다.

"그놈의 맹신 때문이오. 제가 이번 논문은 통과될 것 같다고 말하고 이번 여름방학엔 본토에 가서, 공부하고 오겠다고 했더니 갑자기 심한 발작을 하더니 저렇게 되어버리질 않겠소."

나는 잠을 못 자서 기분이 언짢다고 말하며 밖으로 나왔다. 오토바이의 발동이 걸리는 소리가 들리자 마구 달리고 싶어졌다.

"아무래도 입원시키는 게 좋겠소."

라는 말을 남기고 나는 속력껏 차를 몰았다.

5.

여름방학이 시작되었다. 자격 고사는 예상했던 대로 실패했기 때문에 나는 귀국할 생각을 하고 책을 도서관에 반환하러 갔다. 도서관 정문 앞은 잔디가 모양 있게 가꾸어져 있었다. 그러나 어느새 학생들이 지름길을 만들어서 그 부분만 잔디가 볼품없이 짓이겨져 있었다. 그런데 내가 책을 반환하러 갔을 때는 어느새 콘크리트의 지름길이 생기고 잔디는 새로운 모양으로 꼴을 바꾸고 있었다. 학교는 새로운 지름길을 콘크리트로 하나 만들어 준 것이었다. 나는 이제 이것이 마지막이라고 생각하며 그 지름길을 걷고 있었다. 뿌리가 송두리째 뽑혀버린 나무 같은 심정이었다. 약간 조마조마한 마음으로 지름길을 걷고 있을 땐 그래도 나는 이 땅에 뿌리를 뻗고 있는 기분이었다. 그러나 이제는 콘크리트 길 위에 뿌리뽑힌 나무로 덩실 올려진 것 같은 불안한 느낌이었다. 누군가가 내 꽁무니를 끈덕지게 따라다니며 내가 뿌리를 뻗고자 하는 토양을 샅샅이 포장해버리는 것 같은 불안감이 따라왔다.

퀸 병원의 정신병동에 입원한 정숙을 생각했다. 잔디에 쓰러져 있던 그녀의 볼에 있던 멍든 자국이 잊히지 않았다. 내 마음속도 장갑 뒤집듯 뒤집어놓으면 그보다 더한 멍든 자국이 이곳저곳에 있으리라는 생각했다. 박 군이 시험공부를 한다고 하면 집에 있지 못하고 공연히 시내를 걸어 다녔다는 그녀가 가련해지기도 했다. 일류대생에게 시집보낸 희생양이었다.

(정숙과 나는 무슨 꼴인가?)

꽃을 몇 송이 살까 하다가, 그만두고 그저 한 번쯤 그녀를 찾아보리라 생각했다. 병동 입구에 안내하는 여인이 앉아 있고 왼편 양지바른 곳에는 노천에 테이블과 의자들이 있고 면회 간 사람이 앉아 있거나 가벼운 환자들이 혼자서 카드놀이를 하고 있었다. 그 밑 좀 응달진 곳에서는 환자복을 입은 사람이 TV를 즐기고 있었다.

정숙의 병실은 싸구려 입원실이어서 늘어선 침대를 커튼으로 구별하고 있는 그런 곳이었다. 박 군이 와 있었다. 정숙은 침대에 앉아 있었고 박 군은 무릎을 세워 침대 곁 마루에 앉아 둘은 손을 꼭 잡고 기도하고 있었다. 정숙이 작은 소리로 계속 중얼대는 것이 들렸다. 나는 방해하고 싶지 않아 다시 밖으로 나왔다. 안내인에게 그녀의 경과를 묻고 담당 의사가 누구냐고 물었다.

"저기 오시네요. 미세스 헬렌 초이."

하고 오른편 복도를 가리켰다. 나는 인사를 영어로 했더니 "한국 분이시죠?" 하고 하얀 가운을 입은 여의사는 웃으며 대답했다. 반가워 정숙의 경과를 물었다.

"좋은 편이에요. 이삼일 있으면 퇴원할 거예요."

우리는 노천에 있는 의자에 앉았다.

"원인이 뭔 것 같습니까?"

나는 궁금한 것부터 물었다.

"여러 가지 있겠지만 세탁소에서 있었던 게 가장 큰 쇼크가 아니었을까요."

"세탁소에서요?"

나는 의아해서 물었다.

"모르셨나요? 그때부터 정신신경증이 좀 있었던 것 같아요. 세탁부가 자기네끼리 웃으면 비웃는 것으로 보였던 것이지요. 대학까지 나와 세탁부 노릇을 한다고 말이에요. 그래 매니저에게 이야기했어요. 두 사람이 불려가서 주의를 들었는데 그 여인들이 왈패였던 모양이죠? 불러내다 두들겨준 거지요."

정숙의 볼이 멍들어있었던 것을 회상했다. 돼지같이 살이 찌고 키가 작은 갈색 하와이안이 떠오르며 몸이 떨렸다.

"그래 가만뒀나요?"

"물론 항의해서 그들은 해고되었대요. 하지만 잘못은 이곳에도 있었으니까."

"박 군은, 미세스 박의 병이 그릇된 신앙 때문이라고 늘 말하고 있었는데…"

"글쎄요. 그런 점도 있었겠지요. 그런 환자에겐 논쟁은 금물이니까요. 모든 주장은 수긍해줘야 해요. 그러나 내가 보기론 부풀었던 큰 꿈이 갑자기 깨졌다고나 할까, 자기 가치나 목적의식의 상실이라고 할까, 그런 데서 온 충격이라고 봐요. 거기다 무리한 노동이 겹친 거지요."

"전 처음부터 세탁소 근무를 반대하고 싶었습니다."

"물론 재정적으로 어려워 어쩔 수 없었겠지만, 그녀는 임신 중이었거든요."

"그래요?"

내가 두 번째 충격으로 멍해 있을 때 안내 쪽이 시끄러워지며 웬 여인이 일본말로 욕을 퍼부으며 달려드는 것이 보였다. 그러자 닥터 초이는 그쪽으로 걸어갔다. 나는 박 군이 나에게 부인의 임신을 왜 숨기었을까 하고 생각했다. 그는 부인의 임신을 떳떳하게 생각하고 있지 않은 것 같다. 미국 시민을 낳고 그 애를 미끼로 언젠가 다시 입국하려 한다는 말을 듣고 싶지 않았기 때문이었을 것이다. (짜식, 기간을 연장하여 박사학위를 노리고, 이제는 미국 시민까지 낳아서 귀국하려 한다는 소문이 사실 아닌가?) 나는 또 한 사람의 모리스를 보는 것 같았다. 집요하게 꿈을 추구하는…. 그 둘에 차이가 있다면 모리스의 것은 양지의 꿈이고 박 군의 것은 음지의 꿈이라는 것뿐이었다. 사실 그것이 동양인의 꿈을 추구하는 방법인지도 모른다. 데이트하면 미국 여성은 즐거워 어찌할 줄을 모르는 표정과 표현을 한다. 그러나 동양 여인은 피동적으로 즐겁지 않은 체함으로써 자기의 값을 높이려 한다. 모르는 체하고, 가난한 체하고, 기쁘지 않은 체하고, 무엇이나 남모르게 하려 한다.

(나는 이 나라에 와서 학문하는 데 실패한 낙오자이다. 그런데 나는 그러지 않은 체해야 하는가?)

나는 이 나라에 적응하지 못하고 노란 고양이 눈에 쫓겨 귀국하기로 결심을 굳혔다. 모리스에게는 직장을 그만두겠다는 예고를 하고 짐을 싸서 배편에 부쳤다. 한인교회에도 마지막 인사를 했다. 성가대장은 메시아 공연을 마치고 가라고 했다. 그러다가 갑자기 딴말을 꺼냈다.

"이번에 말야, 일리카이 호텔에서 우리 성가대원을 초청한 걸 거절해 버렸지!"

"아까와."

한국인 이세의 부인이 우리말로 지껄였다. 그녀가 알고 있는 한국말은 이것뿐이었다. 어머니가 남은 음식을 버릴 때마다 쓰던 말이기에 배웠다는 것이다.

"본토에서 귀한 손님이 오셨는데 그 '영광스러운 자리'에 우리를 초대한다 어쩌고 해서 일축해버렸어."

"그건 해석을 잘못한 게 아니오?"

바바라가 불평하자

"아무튼, 한국 사람은 배짱이 있어."

하고 누군가가 말했다. 그러자 성가대장이 짝짝 손뼉을 쳤다. 연습을 시작하자는 신호였다. 이것이 배짱 있는 사람들이 다니는 한국 교회였다.

육순이 넘은 할머니들은 옆방에서 긴 나무 책상에 둘러앉아 언제나처럼 늘어지게 한국 찬송가를 부르며 고기를 찢고 있었다. 통조림할 것이었는데 기계로 자른 것보다 찢는 게 맛이 있대서 맡아 돈을 벌고 있다. 교회는 주로 이 돈으로 운영되고 그녀들은 어린 시절부터 독립운동의 터전이었던 이 교회가 개방되지 않고 이대로 한인 기독교회의 간판을 달고 있는 것이 소원이었다.

떠날 때 공항에 박 군이 나왔다.

"부인은 퇴원했소?"라고 내가 묻자

"네. 김 형 정말 감사합니다. 오늘 꼭 같이 나오려고 했는데 이리됐습니다."

하면서 작은 트랜지스터 하나를 선물로 나에게 주었다.

"뭐 드릴 게 있어야죠."

나는 정색을 했다.

"박 형. 왜 우정을 순수하게 받지 못하십니까?"

"정말 그런 말씀 마십시오."

그는 비굴할 만치 친절하게 내 가방에 그걸 넣어주었다.

교회에서 꽤 많은 환송객이 나왔기 때문에 내 목은 레이로 묻혀있었다. 떠날 때를 몇 분 안 남기고 모리스가 바쁜 걸음으로 다가와 내 손목을 잡았다.

"헤어지게 되어 정말 서운합니다."

나는 마지막으로 그 노란 눈을 보며 나도 그렇다고 대답했다. 그러자 그는 호주머니에서 종이쪽을 하나 꺼내주었다.

"혹 도움이 될지 모르겠습니다."

그것은 백 불의 수표였다.

"이게 뭡니까?"

"가지시오."

"그럴 이유가 없는데요?"

"당신은 날 잘 도와주셨으니까요."

내가 고맙다고 호주머니에 넣는데 그가 말을 이었다.

"당신은 한국 도자기를 잘 식별할 수 있습니까?"

"아니요. 전혀."

"혹 그럼 친구라도?"

"왜요?"

그는 다시 종이쪽 하나를 꺼냈다.

"이 사람이 국보급 도자기를 수종 갖고 있다는데 한국에 가면 좀 찾아봐 주시지 않겠습니까?"

나는 의아했다.

"당신이 어떻게 그런 걸 아시지요?"

"한국에 주둔했던 군인 친구에게서 들은 건데 아마 도굴한 모양이요. 그런데 감별 능력이 없어서 사 오질 못한 것 같아요."

내가 탄 비행기의 출발을 알리는 소리가 스피커에서 울려 왔다.

"전 그런 일은 못 합니다."

나는 수표를 꺼내주었다.

"아니요, 그건 상관없는 돈이오. 기분이 나쁘다면 잊어버리시오."

그는 당황히 부정했다. 그러나 나는 선물 트랜지스터를 받은 사람은 십중팔구 땅을 산다는 그의 상술을 너무 잘 알고 있었다. 나는 수표를 땅에 던지고 도망하다시피 출구로 뛰었다.

기체에 올라 트랩에서 뒤를 돌아볼 여유도 없이 좌석에 앉았다. 목에 건 레이를 스튜어디스가 준 비닐봉지에 넣어버리자 처음으로 홀가분한 기분이었다.

이내 쇳소리를 내고 비행기는 이륙하기 시작했다. 나는 밖을 내려다보았다. 무더운 공기가 아지랑이처럼 비행기의 꽁무니를 따라오는 기분이었다. 차츰 이 아지랑이는 뱀의 혀처럼 바뀌고 땅바닥에 던진 백 불의 수표가 짓궂게 내 뒤를 쫓아오고 있는 기분이었다.

나는 다시 불안해졌다. 푸른 하늘과 난롯가의 잡담과 고스톱의 소일과…. 이 모든 것이 마구 흔들리고 있었다. 노란 고양이 눈은 한국까지 올라와 기어코 내 뿌리를 뽑아버릴 모양이었다.

抱擁(포옹)

⋮

    T대학의 강사 유승준은 퍼즐(Puzzle)을 즐기는 괴상한 버릇이 있었다. 이날도 그는 일요일이기 때문에 아침 식사가 끝나자 커다란 상을 서재에 갖다 놓고 이번에 도미한 명 교수가 보내온 천 피스짜리 퍼즐을 상 위에 쏟아 놓았다. 각양각색의 비스킷 모양의 퍼즐 천 조각이 상 위에 와르르 쏟아졌다. 그는 전부를 짝 맞춰 놓았을 때 나타나는 그림의 원본은 보지도 않고, 불태워버린 뒤 이 제멋대로의 색깔들을 짝 맞춰 전체의 그림을 완성하는 데 이상한 쾌감을 느꼈다. 도미한 사람마다 부탁해서 이런 그림을 맞춰낸 것이 벌써 이십 짝이 되어간다. 미국에서는 할 일 없는 할아버지들이나 소일 삼아 몇 주일이고 걸려 맞춘다는 그림을 그는 직업처럼 즐겼다. 먼저 하늘과 땅을 색채에 따라 구분하고 땅과 건물, 숲, 강 등 색채에 따라 다시 세분하고 같은 색채일 때는 명도에 따라 구분해 간다. 이렇게 여러 무더기가 우선 나누어지면 한 무더기씩 끌어내어 각 조각의 특성들을 조사하다가 요철(凹凸)과 형태에 따라 다시 나누고 어떻게 배열되었겠는가를 상상한다. 맞춰나가는 재미란 혼돈에서 질서를 찾는 즐거움도 있지만, 색채가 예상외로 변한 부분을 맞출 때의 기쁨이 컸다. 이를테면 인물의 이마 부분까지 얼굴이 나타났는데 이마 일부와 머리카락 모

양의 조각이 쉽게 나타나지 않는다. 그런데 엉뚱한 갈색 조각이 들어 맞는다. 맞추고 보면 모자가 되는 그런 때였다.

"많이 맞추셨어요?"

아내가 웃는 얼굴로 차를 끓여 들고 들어왔다. 그녀는 승준이 공부 하는 데 방해된다고 일요일에는 피아노 레슨을 하지 않아 한가했다. 젖먹이는 재워놓고 세 살, 다섯 살짜리는 식모에게 맡겨 두고 온 모양 이었다.

"당신도 하나 맞춰봐요."

그는 차를 받아들며 말했다.

"아유 전 정신이 어지러워요. 보기만 해두."

그녀는 이런 일에는 아예 관심이 없었다. 그러나 그의 곁에 앉아서 흩어져 있는 퍼즐 조각들을 열심히 들여다보았다.

"이 세상도 퍼즐 같다는 생각을 하지 않아요? 각양각색의 인간들이 어지럽게 모여 살지만 잘 조화가 돼 있거든요."

"정말 셋방의 부부들을 보세요. 성격이 그렇게 판이한데 어쩌면 그 렇게 잘 어울리는지 모르겠어요."

승준은 맞추다 만 그림을 손으로 가리켰다.

"이 곁에 어떤 그림이 어울릴 것 같아요?"

"그건 양옥집 현관 아니에요?"

한참 들여다보던 아내가 말했다.

"빨간 벽돌에 하얀 문 색깔이 있는 거겠죠?"

그녀는 두리번거리며 찾기 시작했다.

"이 조각을 찾는 데 삼십 분은 더 걸렸을걸."

그는 손에 들고 있던 조각을 맞추었다.

"어머 그것은 초록색 아니어요?"

"그럴듯한 양옥집이 전개될 것 같은 예상이 뒤집히며 초록색이 나타나거든."

그녀는 하잘것없는 것에 즐거움을 느끼는 승준을 이해할 수 없다는 듯한 표정을 했다.

"아마 이 양옥집은 숲에 가려져 있는 모양이오. 갑자기 피어오른 상상이 배반당하는 기분이지만 맞춰 놓고 보면 역시 그랬군, 하고 즐거운 수긍이 가거든."

그는 퍼즐에 열중해서 그녀의 표정을 읽지 못했다.

"그런데 당신 오늘 김 사장 찾아보기로 했잖아요?"

그녀는 갑자기 화제를 바꾸었다.

"돈 때문에 말이지?"

그는 입맛을 쩝쩝 다셨다.

"미안해요. 이사 온 지 얼마 되지 않았고 전 아는 친구라곤 여기엔 없잖아요?"

"미안하긴. 내 일인데 뭐."

그는 처음으로 미안해하는 아내의 표정을 쳐다보았다.

"정말 쓸데없는 짓을 시작했군. 그런데 이놈의 짓은 시작만 하면 정신을 잃는다니까."

그는 벌떡 일어나 시계를 보았다. 열한 시였다.

"점심시간에 가야 만나실 거라고 하셨잖아요?"

코트를 입고 밖으로 나왔다. 십일월 중순의 약간 쌀쌀한 날씨였다.

"몇 시에 오셔요?"

아내가 대문 밖으로 고개를 내밀며 물었다.

"저녁 여섯 시쯤?"

"오늘두요?"

"참 그렇지 곧 오지, 뭐."

그는 뒤돌아보며 씽긋 웃었다. 그는 버스를 타지 않고 시내를 걸었다. 집이며 길이며 멀리 산과 하늘을 쳐다보면서. 마치 그것이 뜯어 맞추어 놓은 퍼즐처럼 생각되었다. 이 T시의 집들을 모두 흩어놓고 가장 이상적으로 다시 맞춘다면 어떤 모양이 될까 하고 생각하였다. 역시 현재의 이 모양이 가장 이상적일 거라는 생각이 들었다. 이발소, 다방, 목욕탕, 여관들이 꼭 있어야 할 곳에 들어박혀 있었기 때문이었다. 날품팔이하는 사람들의 집들을 몽땅 한 군데에 모아놓는다면 일을 하는 사람들이나 시키는 사람들이 현재보다 훨씬 불편을 느낄 것이었다. 이 집들을 다 흩어놓고 어떤 조건으로 재배치하면 현재의 상태가 재현될까를 생각하였다. 흩어져 있는 천문학적인 입력조건과 또 원하는 현재 출력조건을 넣어 놓고, 최적해를 찾는 수많은 연산(演算)을 해야 할 것이었다. 그러나 인간은 이성을 초월하는 비상한 지혜를 가지고 있다. 딱 알맞게 퍼즐을 맞추어 살고 있는 것이다.

승준은 김 사장 집으로 가지 않고 시내 한복판에 나와 있었다. 얼마를 더 걸어 다방 '무지개'로 들어갔다. 거기에 들어가면 어김없이 자기 친구 박 사장을 만날 수 있다는 생각에서였다. 월남전을 다녀왔다는 그 친구는 이 다방의 주인이었다.

"아유, 유 선생님. 어서 오세요."

우량아처럼 살이 찐 미스 남이 벙글벙글 웃으며 맞더니, 엽차를 들고 쫄랑쫄랑 따라와 맞은편 좌석에 덥석 앉았다.

"혼자 나오셨어요?"

"그래 혼자 나왔는데. 무슨 좋은 일 있나?"

"좋은 일은요."

그녀는 또 벙글벙글 웃었다. 누구를 보나 늘 그렇게 웃는 처녀였다. 승준은 무릎 위로 올라간 그녀의 미니스커트를 보자 생각나는 게 있어 농을 걸었다.

"요즘도 데이트하나?"

"데이트요?"

"왜 있잖아. 신사라고 추켜 올리던 그 남자 말이야."

"흥, 신사 좋아하시네."

"왜 딱지 맞았어?"

"딱지를 맞아요? 딱지를 놓았지."

그녀는 승준이 내막을 안 듯해 보이자 곧 풀어진 얼굴이 되어 응대했다.

"그 작자가 말이에요, 가지구 놀려고 하지 않아요? 그러다가 돈 많은 사장 하나 소개해 줄까 이러잖아요? 글쎄 기가 차서. 이래 봬도 말이에요, 나 지조가 있다구요."

그녀는 벌떡 일어나 걸어갔다. 그러더니 뒤돌아보며 커피? 하고 소리 없이 입 모양만 만들어 보였다. 그는 웃으며 고개를 끄덕였다. 도대체 어떤 지조라는 개념이 그녀의 마음속에 들어박혀 있는지 알 수 없었다.

"희망 없는 인생이 있을 수 있겠어요? 이래 봬도 서방님 하나만 잘 걸려들면 거뜬히 다방 하나 차린다구요."

어떻든 지조나 희망이란 단어가 어처구니없이 단순하게 정의된다는 것은 사실이었다. 희망이 돈 있는 사장이요, 지조가 그를 위해 고이 간직한다는 것 아닌가? 도대체 저 종류의 인간이면 퍼즐에서 어느 색채가 될까 하고 승준은 생각했다.

행복? 그는 처음 아내 정옥을 포옹했던 순간을 생각했다. 무엇이 행복인가 하고 질문했다면 그는 대답할 수 없었을 것이다. 그러나 그는 그때 뻐근한 '행복'에 취해 있었다.

"아무것도 필요 없어요. '누구를 위해 종은 울리나'에서 나온 마리아처럼 저에게 일곱 벌의 각각 다른 나이트가운만 사주세요. 밤마다 다른 색깔로 갈아입으며 당신을 기쁘게 해 드리겠어요."

"물론 무지갯빛으로 사주지."

그러나 승준은 그것마저도 실천 못 했다. 셋방으로 전전긍긍하며 살았다. 현재 승준의 수입으로는 최저생활도 유지되지 못해 그만그만한 어린애 셋을 두고 경옥은 피아노 레슨을 하지 않으면 안 되었다. 피아노 때문에 셋방 얻는 것도 문제였다. 따라서 통째 전세를 얻어 한쪽은 현재 한전의 수금원에게 내주고 있었다. 그 속에서도 그는 더 나은 미래를 위해 도미 유학 장학생 시험을 본 것이 합격이었다. 경옥은 기뻐하였다. 꽉 막힌 궁지에 서광이라도 비쳐든 듯이.

"혼자 힘으로 어떻게든지 해보겠어요. 당신도 힘을 내세요."

도대체 국민소득은 15년 사이 거지 같던 상태에서 5배나 늘어 유흥

업소는 개나 소나 사장들인데 자기 주변에는 돈이 안 보였다.

승준은 다방 안을 둘러보았다. 그때 박 사장이 입구 쪽에서 나타났다. 헤어진 지 20년이 지났는데 일 년 전, 승준이 T시로 옮겨 와서 우연히 노상에서 만났었다. 그는 세상이 살만한 곳이라는 듯, 호기를 부렸다. 그는 손을 번쩍 들어 보이더니 승준의 앞자리에 와 앉았다. 이때 미스 남이 커피를 가져왔다.

"야, 내 것도 하나 가져와."

그는 담배를 피워물고 눈살을 찌푸리며 말했다.

"뭐로요?"

"뭐긴 뭐야, 커피지."

그녀는 웃음기가 싹 가신 얼굴로 사라졌다.

"왜 자넨 그 앨 못 잡아먹어 배알을 앓지?"

"애가 못돼 먹었어. 아주 화냥년이야. 봉급을 나에게 맡기면 고율로 잘 키워줄 텐데 언제나 갖다가 놈팽이에게 빼앗기고 말거든. 난 말이야 도둑놈 같은 부자 돈 길러 주는 것보다는 오히려 불쌍한 저 애들걸 돌봐 주고 싶은 게 솔직한 심정이거든."

박 사장은 갑자기 생각난 듯이 승준을 향해 물었다.

"그런데, 도미 건 어떻게 되었어. 잘 되어가는 거야?"

"글쎄 좀 문제가 있어."

"뭔데?"

이때 미스 허가 커피를 들고 와서 얌전히 놓고 갔다. 미스 남은 박 사장 앞에 다시는 나타나고 싶지 않은 모양이었다. 미스 허는 살결이 대리석같이 흰 예쁘장한 얼굴인데 애수에 잠긴 듯한 어린 소녀였다.

"돈이 좀 있어야겠어."

"얼마쯤?"

"육만 원."

"장학금을 받았다며. 것도 돈을 써야 하나?"

"아냐. 왕복 여비를 포함한 풀 스칼라십인데 한국에서 정리하고 떠날 돈이 필요해서."

"언제까진데?"

"빠를수록 좋아."

박 사장은 언짢은 표정을 했다.

"그렇담 어제쯤 전화를 줄 일 아냐? 어젠 삼십만 원이 내 수중에 있었거든. 그런데, 좀 쓰고 빌린 돈을 갚아버렸잖아. 하지만 까짓 육만 원쯤 구하려면 안 될 것도 없겠지. 그런데 전혀 알아볼 만한 데가 없나?"

"있긴 있어. 김 사장이라고 내가 십여 년 전 가정교사로 있던 곳인데 정말 그 집은 싫어."

"이거 보게. 필요한 것은 수단, 방법을 가리지 않고 구해야 해. 자네처럼 체면 생각하다가 어떻게 이 세상을 살아가겠나? 벼룩이 간도 빼먹는 세상인데 말이야."

"발걸음이 내키지 않는걸. 그래서 집에선 그리로 가겠다고 나선 게 이쪽으로 와 버렸지 뭐."

"원 이런. 자 일어나게. 같이 가세."

박 사장은 벌떡 일어났다.

"아냐 나 혼자 가도 돼."

"그런 미지근한 말을 누가 믿을 수 있어. 자, 내가 문전까지 데려다 줄 테니까."

박 사장은 너무나 활동적이어서 승준의 기분에 거슬렀다. 그러나 그는 승준의 기분 따위는 아랑곳하지 않고 자기 차에 승준을 태웠다.

"한 달만 빌리게. 그 뒤론 내가 무이자로 돌려줄 테니. 이래봬도 말 아야. 이 거봉(그의 호)은 돈의 노예가 아닐세."

그의 말은 언제나 허황한 데가 있었다. 그는 또 이런 말도 했다.

"아까 그 커피를 날라 온 애 있잖아? 미스 허 말이야. 그 애도 내가 알선해서 십만 원 계를 넣어주었지. 다음 달이면 타게 될 거야."

문전에서 내리자 그는 승준의 어깨를 '탁' 쳤다.

"잘 해보게. 아주 한 장 채워서 빌리게. 나머지는 내가 쓸 테니까."

마침 김 사장은 집에서 식사하는 중이었다.

"선생님, 웬일이세유. 점심 드셨어유?"

부인은 내실에서 점심을 들다 말고 나와 그를 응접실로 인도했다.

"먹고 왔습니다. 그런데 사모님은?" 그는 용건부터 해결해 치워버릴 생각이었다.

"십만 원만. 삼 개월간 빌려주지 않겠습니까? 제가 이번 방학 동안 책 번역하는 일을 마치면 갚아 드릴 수 있습니다."

물론 뒷부분은 그의 변제능력을 보이기 위해 얼결에 붙인 말이었다. 그러나 생판 거짓말은 아니었다. 사학과 주임, 신 박사로부터 『상투 꼽은 나라에서의 15년간』이란 1900년대 전후 간의 한국 실정을 쓴 언더우드 부인의 수기를 번역해 달라는 부탁을 보류하고 중이었다.

신 박사는 일 년간 시찰 정도로 미국을 다녀온 뒤 국내에서 학위를 받고 영문 사료의 번역에는 거의 빠짐 없이 손을 대고 있는 처지였다. 물론 역자는 모조리 신 박사의 이름이었다.

"워디다 쓰시려고 그러세유?"

부인은 좀 난색을 보이며 말했다.

"좀 급하게 쓸 데가 있어서요"

그녀는 식모를 불러 승준에게 커피를 끓여주고 사과를 깎아 주도록 당부하고 식사를 마치기 위해 내실로 돌아갔다. 부인이 사장에게 뭐라고 설명하는 소리가 TV에서 울려 나오는 소리와 섞여 들렸다.

"뭐 돈?"

사장의 음성이 들려오자 승준은 가슴이 섬뜩했다. 그러나 이윽고 잠잠해졌다. 점심이 끝났는지 부인이 이내 나타났다.

"선생님, 약속은 꼭 지키셔야 해유."

그리고는 금전 문제는 분명히 해야 한다면서 차용증을 하나 써 달라고 했다. 그는 차용증을 쓰고 나서야 마음의 여유가 생겨 응접실을 돌아보았다. 응접실이라기보다는 큰 홀이었다. 응접세트는 한쪽 귀퉁이에 처박혀있었고 그 곁에 큰 냉장고가 있고, 냉장고 옆에는 전축과 턴테이블이 있고 그 옆에 디스크가 꽂혀 있었다. 넓은 홀 쪽엔 피아노가 놓여 있고 위쪽 벽엔 전형적인 커다란 호랑이 그림이 걸려 있었다. 그는 집에서 맞추다 말고 온 퍼즐을 생각하고 또 이 응접실의 기물 배치에 약간 심란한 느낌이 들기 시작할 때 부인이 말을 했다.

"선생님, 춤출 줄 아세유?"

"모릅니다. 사모님께서는?"

"지금 배우는 중이에요."

그녀는 미소해 보였다.

"사장님께서도?"

"그분은 아예 그런 데 관심이 없는 분이에유. 그래 이번에 이 전축을 샀지 뭐예요. 크리스마스 파티를 한번 하려구유. 선생님두 오세유."

하며 그녀는 턴테이블 앞으로 가서 디스크를 한 장 뽑아 걸었다. 경음악이었다. 약간 목쉰 듯한 색소폰의 굵은 바리톤 음이 응접실을 가득 메웠다.

"블루스군요."

"선생님두 춤출지 아시는구먼."

부인은 젊음의 매력이 가신 얼굴로 눈웃음치며 말했다.

"모릅니다. 음악이 그렇다는 거죠."

"전 지금도 음악 구별을 못 해유. 리드하는 대로 따라다니기만 하니까유. 그렇지만 블루스 하나는 알아유. 그때는 홀에서 불을 컴컴하게 줄이거든요."

가난하던 사람들이 좀 돈이 생기니까 이곳저곳에 댄스홀을 만들고 남녀가 모두 춤바람이 나서 난리였다. 도대체 돈 문제는 어떻게 되는가 하고 승준은 초조해졌다. 이때 벨이 울리고 식모가 나가 문을 열자 누군가가 자전거를 끌고 힘없이 들어오는 것이 보였다. 승준은 그가 곧 자기 셋집에 사는 한전 수금원 박 씨임을 알 수 있었다. 승준은 곧 일어나 현관을 등지고 피아노 앞에 있는 벽화에 눈을 돌렸다.

"오늘 돈 없어유."

"그럼 언제쯤 들를까요?"

박 씨의 공손한 말씨가 들려왔다.

"언제든 오세유. 오늘 말고."

"그런데 사모님." 박 씨의 목소리가 또 들려왔다.

"화장품 한 가지 안 쓰겠습니까?"

"뭔데유."

"여러 가지 있지요."

승준은 등에서 식은땀이 났다. 박 씨가 가방을 열어 보이는 모양이었다.

"아유 난 뭐라고. 국산 아니에유? 일 없어유."

"죄송합니다."

승준이 뒤돌아보니 박 씨는 자전거 핸들에 가방을 매달고 풀이 죽어 나가고 있었다.

"선생님, 남자 화장품 장수도 봤어유? 정말 요즘에는 별사람이 다 귀찮게 해서 못 살겠어유."

"그 사람 부인이 화장품 장수인데 만삭이 돼서 걸어 다닐 수 없게 되었어요."

"선생님은 그 사람을 아세유?"

"저의 집에 세 들고 있는 사람이거든요."

이때 다시 벨 소리가 울렸다.

"누군가 보고 문 열어주어라."

이번에는 사장 아들과 하얀 장갑을 낀 운전수가 들어왔다. 그는 승준이 가르쳤던 학생이었다. 서울에 있는 의과대학에 들어가기는 했는데 졸업 전 그만두고 아버지 일을 돕고 있는 것 같았다. 꾸벅 인사를 하더니 식모를 불러 빨리 밥을 차리라고 고함을 치고 턴테이블 곁으로 가서 이번에는 재즈 음악으로 바꾸었다. 그리고는 의자에 앉아 담뱃갑을 테이블 위에 올려놓으며 담배 피울 줄 아느냐고 묻고 한 개비 피워 물었다. 부인이 내실로 살아진 뒤 얼마쯤 멍청히 앉아 있더니 갑자기 엉뚱한 질문을 하였다.

"대학교수는 봉급이 얼마쯤 돼요?"

"살만치 받지." 그렇게 대답을 하고 나서 승준은 울화통이 치밀어 올랐다. 보수의 과다가 인간을 평가하는 기준이 되어가는 사회가 견디기 힘들었기 때문이었다. 이렇게 돈을 빌리려고 기다리고 있는 자기가 한전 수금원인 박 씨만큼 비참해서 그냥 뛰쳐나가고 싶은 생각이었다. 사장의 아들이 점심을 먹으러 들어간 후에 사장은 늘어지게 하품을 하면서 내실에서 나왔다.

"그만 꼬박 잠이 들어 버렸구먼. 아이구 선생님 미안해요."

그는 소파에 앉자 또 한 번 기지개를 켰다. 그리고는 식사하는 아들을 큰 소리로 불러 회사에 가서 십만 원을 내주라고 했다. 녀석은 뭔가 바쁜 일이 있는 것 같았다. 회사로 가더니 먼저 2층으로 바삐 올라가 드르륵 문을 열고 들어가더니 금고에서 돈뭉치를 꺼내어 내가 들어가기도 전에 "선생님, 던질게요." 하더니 종이 뭉치를 휙 던졌다. 얼결에 받은 승준은 그 무례함을 참을 수가 없었다. 돈뭉치를 들고 '잘살아 보세'를 외친다고 잘 사는 것이 아니다. 바르게 사는 것은 누가 가르칠 것인가? 독재 정권은 생각하는 기능을 빼앗고 대신 환락을 쥐어 주었다. 그 끝은 어디인가?

녀석은 자기의 의무를 끝냈는지 빨리 1층으로 사라졌다. 승준은

抱擁(포옹)   201

4만 원을 박 사장에게 전해 주고 집에 돌아왔으나 종일 기분이 뒤틀렸었다.

"무슨 기분 나쁜 일이라도 있으셨어요?"

경옥은 근심스러운 표정으로 승준에게 물었다.

"아무 일도 없었소. 다만 빚을 내서까지 그놈의 나라에 갈 필요가 있을까 하고 생각했을 뿐이오."

"힘을 내세요. 얼마나 어려운 장학금인데. 집안일까지 걱정하고 떠나게 해서 미안해요. 사실 그 돈 없어도 어떻게 해낼 수 있을 거예요."

(그래, 힘을 내야지. 인생은 돈 버는 것이 목적이 아니잖아? 정신이 물질을 이기는 시대가 오고 말 거야.)

그는 서재로 들어가 심란한 생각을 퍼즐로 달랬다. 분류해 놓은 새로운 색채에서 못생긴 젖소 한 마리가 나타났다. 그는 뉴욕의 타임스스퀘어는 지저분한 젖소와 같다는 말을 한 기사를 생각해 냈다. 그러나 사람들은 그 젖소를 피하는 것이 아니라 그 젖을 빨러 모여든다는 것이다,

크리스마스를 일주일 앞둔 어느 날이었다. 비행기 표, 여권, 비자, 문교부의 반공교육까지 마치고 출발일을 며칠 앞둔 날이었다. 우체부가 등기우편을 하나 가지고 왔다. 장학회에서 온 등기였다. 출국을 앞두고 같은 장학금으로 다녀온 동문과 오리엔테이션을 겸해 간담회를 하고자 하니 참석하라는 내용이었다. 그런데 우체부는 편지를 다 읽기까지 떠나지 않고 있었다. 아내와 어린애들이 현관으로 나왔다.

"선생님, 교육보험 하나 들어주시지요."

승준은 애원하고 있는 듯한 우체부의 표정을 보았다.

"정말, 죄송합니다. 그럴만한 여유가 없습니다."

그러나 그는 물러서지 않았다.

"선생님은 대학교수시지요. 그럼 생명보험이라도 하나."

그는 얼마 전 돈을 구걸하고 다녔던 자신을 생각하며 정말 죄송했었다.

"정말 죄송합니다."

"좋습니다."

우체부는 싹 돌아서 총총히 걸어가 버렸다. 자기가 돈을 구걸하러 갔을 때 돌아서 버리고 싶던 그 심정으로 돌아서는 것일까 하고 물끄러미 바라보았다. 누가 굴욕을 참으며 연명하고 싶으랴. 더러운 젖소라고 피하면서도 그 젖을 빨러 오는 군상들이 누런 퍼즐 무더기가 되어 쌓아 올려지는 것을 느꼈다.

그는 도미가 가까워질수록 가슴이 답답해졌다. 자기 능력의 한도를 알아버린 아내가 걸고 있는 마지막 기대가 어떤 결실을 가져올 것인가에 전혀 자신이 없어졌기 때문이었다. 독일에 진출한 광부와 간호부들이 벌어들인 돈, 월남에 파병한 병사들이 목숨을 걸고 모은 돈, 한일협정 보상금 등이 지금의 급격한 경제 성장을 가져왔는데 자기는 유학에서 돌아오면 무엇을 가지고 금의환향하리라고 아내는 기대하는 것일까? 물론 돈이라고 생각하지는 않을 것이었다. 거기서 보고, 듣고, 생각하는 것으로 혹 삶의 질을 향상하는 무엇인가를 안고 돌아올 수 있을지는 모른다. 그러나 아내는 돈 말고 그것으로 만족하고 기뻐할까?

그는 저녁때에 '무지개'에 들렀다. 친구 박 사장에게 빌려준 돈 4만 원과 무이자로 빌려주겠다는 6만 원을 받기 위해서였다. 박 사장은 이날 아주 기분이 좋은 듯했다. 손을 들고 아는 체하고 옆 의자에서 기다리라고 신호했다. 그는 대머리 신사와 머리를 맞대고 열심히 이야기하고 있었고, 그 대머리 신사는 연방 고개를 끄덕이며 이야기를 듣고 있었다. 대머리 신사의 옆에 앉은 젊은 귀부인은 대화에는 흥미가 없는 듯 크리스마스 장식으로 찬란한 다방만 여기저기 둘러보고 있었다. 미스 허가 차를 가져왔다. 그녀는 이날도 애수에 차 있는 얼굴이었다. 박 사장의 말이 사실이었다면 지금쯤 십만 원을 손에 쥐고 싱글벙글해야 할 처지였다. 그리고 미스 남과 같은 가치관을 따르고 있다면 새로운 꿈을 가지고 들떠 있을 터였다. 그는 이들의 대조적인 표정이 퍼즐의 요철 부분에 약간 붙어 있는 실마리처럼 야릇하게 느껴졌다.

"그래 수속은 잘 마쳤나?"

박 사장은 말이 끝났는지 다가와 앉자 바로 물었다.

"출발만 남았어."

"그럼 다 된 거네. 오늘 밤에는 최고급으로 송별 파티를 한번 하자고."

"관두게, 남. 지금 그런 걸 받고 싶은 기분이 아닐세."

"그건 자네 기분이고. 자 오늘밤에는 뭐로 할까?"

그는 아주 많이 상기된 상태였다.

"그렇지. 예행연습으로 저녁은 양식으로 하고, 이 차로 아가씨들을 주물러야지."

박 사장은 승준의 기분은 아랑곳하지 않고 자기 계획대로 진행 시켰다. 저녁을 마치자 한 요정으로 그를 인도했다. 들어가면서 큰 소리였다.

"이거 봐. 여긴 사람 안 사나?"

"어머, 우리 서방님 오셨네."

뚱뚱한 마담이 호들갑을 떨며 달려 나와 그와 팔을 꼈다. 단골집인 듯했다.

"자 꽃방으로 인도하고 제일 예쁜 것들로 둘, 들여보내요. 오늘 밤은 실컷, 아니 아주 자구 갈 테니까."

"아무렴 누구 말씀이라구요."

그들은 제일 깊숙한 방으로 인도되었다. 이윽고 한복 차림의 두 아가씨가 들어와 사뿐히 인사하였다. 정이에요. 숙이에요. 이런 식이었다.

"이런, 어째서 그렇게 이름이 외자야. 그리고 이게 뭐야. 미니스커트를 입고 올 일이지."

"왜요?"

"불편하잖아. 그건 그렇고. 이분이 국내에서 유명한 장학금을 받아 이삼 일 내로 미국을 가실 분이야. 알겠어? 그래 오늘밤 최후로 한국 맛을 잘 보여 드려야 한단 말이야. 달라는 것은 다 주구." 정이 눈을 흘겼다.

"요것 봐. 눈에 보이는 것이 없나?"

그는 호주머니 안에서 오백 원 화폐를 한 움큼 쥐고 흔들어 보였다.

"어머!"

숙이 눈이 휘둥그레져서 낚아채려 했다.

"왜 이래. 이게 어떻게 해서 번 돈인데. 공으로 줄 수 있어? 그러니까 서비스를 잘하란 말이야."

"아이, 어떻게? 이렇게요?"

정이 승준의 팔을 꼭 껴안으며 볼에 입을 맞추었다. 그는 어리둥절하였다. 평생 경옥 이외에 자기 팔을 안으며 볼에 입 맞춘 여자는 없었다. 그는 책과 씨름하며 살아왔을 뿐이었다. 그것이 자기의 기쁨이요, 가정의 행복이요, 국가에 대한 봉사라고 생각해 왔다. 누가 사회를 안정하게 하며 누가 사회의 지도자가 되어야 하는가? 정치적으로 발언 한번 안 하고 오히려 이권 다툼의 피해 대상자가 되면서도 꾸준히 가정을 지킨 자들은 이 나라 수만 명의 부인이 아니었던가? 평생을 연구하는 일과 생각하는 일에 몰두하는 상아탑의 지성인들이 아니었던가? 그러나 대학에서 인기학과는 졸업 후 돈 많이 버는 학과였다. 그러기 때문에, 그는 고교에서 교편을 잡으면서도 영리한 학생이 돈벌이하는 인기 과에 진학하는 걸 경고하고 생각하고 진리를 파고드는 학자가 될 걸 권유했었다. 그러나 그는 자기 생활이 흔들리고 궁지에 빠져 미로를 헤매면서 지금은 가치관마저 흔들리는 걸 부인할 수가 없었다.

"인생을 가장 잘 엔조이한 것은 로마 시대 귀족들이었던 것 같애. 그들은 나체의 미녀가 피리를 불며 춤추는 걸 보지 않으면 식욕이 없었다니까. 그런데 우린 뭐야? 이건 사는 것도 아니고 죽은 것도 아니잖아? 자, 실컷 취해 보자구. 취해서 허깨비라도 보잔 말이야."

박 사장은 술상이 들어오자 마구 마시며 지껄여댔다. 승준도 이날 밤은 실컷 취해보고 싶었다. 그러나 생리적으로 술을 받아들이지 못하는 체질이었다.

"요즘 젊은이들에겐 낭만이 없어. 메마르고, 삭막하고, 기계적이고, 소심하고, 타산적이고. 도대체 왜 인간들이 이렇게 왜소해져 가느냐 말이야."

하더니 그는 갑자기 이런 말을 했다.

"자네, 돈이 얼마나 좋은지 모르지. 이것만 가지면 처녀도 사고, 권력도 사고, 시간도 사고, 행복도 사고……. 하지만 난 이놈에게 굴복하고 싶지 않단 말이야."

"흥 돈 좋아하셔."

숙이 아니꼬운 듯이 한마디 거들었다.

"요것이 뭘 안다구. 너라고 별수 있어? 돈이면 다지."

"사람 깔보지 말라고요. 사람 팔자 시간문제라."

"넌 오백 원만 주어도 옷 다 벗을걸."

"에이 여보시오."

"그럼, 그건 너무 했다 하구. 만 원이면 어때?"

"어림없어요."

"오만 원이면?"

"돈으로 되는 게 따로 있잖아요."

"요것 봐. 오늘 유 교수께 재밌는 구경 시켜드려야겠군."

하면서 화투치기를 하자고 했다.

"자 오늘 실컷 잃어 줄 테니 자신 있으면 덤벼."

하고 그는 오백 원 지폐로 삼만 원을 세어 앞에 놓았다. 여인들은 구미가 당기는 모양이었다.

"너희들 돈 없지? 그러지 말고 누구 한 사람 덤벼라. 내가 이기면 진 사람이 술 한 잔 들고, 내가 지면 오백 원짜리 하나씩 주지."

숙이 달려들었다. 그러나 오천 원도 따기 전에 술에 녹초가 되었다.

"아직 멀었는데 이러면 어떨까? 내가 지면 천 원을 주지. 그러나 이기면 넌 옷을 한 가지씩 벗기로 말이다."

"좋아요."

숙은 벌건 눈으로 살기를 띠우고 말했다. 정이 말렸으나 그녀는 듣지 않았다. 처음에 그녀는 천 원을 거뜬히 땄다. 박 사장이 또 제안했다. 화투는 지루하고 하니 '가위바위보'를 하면 어떻겠냐는 것이었다. '가위바위보'가 시작되어 숙이 앞엔 돈 무더기가 자꾸 높아졌으나 숙은 위 아래 한 벌씩 남은 나체였다. 승준은 이건 너무 심한 모독이라고 생각했다.

"그만해 두지."

승준이 얼굴이 벌겋게 되어 말했다.

"하겠어요. 하겠어요."

숙은 강경했다. 돈에 눈이 멀면 인간이 지켜야 할 최후의 보루가 무너지는 듯했다. 잔인한 박 사장은 자기 앞의 남은 돈을 천천히 세었다. 육천 원이었다. 그는 두 묶음으로 나누었다.

"마지막으로 두 번. 이번에는 삼천 원씩 주지."

박 사장이 졌다.

"마저 하겠어?"

"그럼요."

숙은 필사적이었다. 이번에는 박 사장이 이기고 그녀가 윗옷을 벗어버렸다. 승준은 견디다 못해 일어서 밖으로 나왔다. 박 사장이 따라 나오며 말했다.

"돈이 얼마나 더러운 것인지 알았지? 자네는 외국에 나가면 돈의 노예가 되지 말게. 그리고 귀국하면 돈만 아는 이 나라를 좀 바로잡아주게."

그러면서 승준의 손을 잡고 간절한 표정으로 몇 번씩 손을 다독거리며 십만 원 뭉치를 그에게 주었다.

"자네는 모를 거야. 나는 돈 때문에 그보다 더한 모욕을 얼마나 당하며 살아왔는지 모르네. 그 분풀이를 불쌍한 저 애들에게 하는 건 내가 잔인한 탓이지만 나는 분풀이할 대상이 필요했어."

그러면서 택시를 타고 혼자 가버렸다.

출발을 이틀 앞두고 그는 서재를 정리했다. 책은 다 뽑아 분류해서 상자에 넣고 식별할 수 있는 이름을 붙였다. 혹 필요할 때는 아내가 찾아 보내기 쉽게 하기 위해서였다. 서랍 속 자질구레한 것도 다 정리했다. 여권, 예방주사 증명서, 비행기 표, 찾아갈 대학 구내 약도, 공항에서 식별하기 위해 미리 나누어 준 배지 등을 챙겨 놓자 새로운 미지의 희망이 솟는 듯했다. 그는 서랍에서 묶인 한 뭉치의 편지를 보자 꺼내어 읽어보고 싶어졌다. 결혼 전 경옥이 보내준 것이었다. 하나를 뽑아 읽자 자기도 모르는 사이에 미소가 새어 나왔다. 다음과 같은 구절이 있었기 때문이었다.

서재에 파묻혀 명상에 잠기는 선생님의 모습은 더없이 멋있을 것 같아요. 양지바른 곳에 서재는 꼭 하나 꾸며야겠어요. 푹신한 의자도 좋지만, 롤링 체어도 어떻게든 하나 구해야겠어요. 앉아 계시다 지루하시면 그곳에 앉아 앞뒤로 흔들며 쉬실 수 있게요. 저는 좋아하는 피아노도 이 집엔 가져가지 않겠다고 결심했답니다. 공부하는 데 방해가 되지 않기 위해서요 어린애가 둘이라면 참 좋겠다고 생각해요. 그땐 그들 방에 공부하는 책상을 나란히 벽에 붙여 만들어주도록 해요. 양옆엔 각각의 캐비닛을 만들어 독립적인 생활을 하게 하고. 저는 당신이 좋아하는 요리를 만들거나 나란히 공부하는 애들 책상 뒤 의자에 앉아서 뜨개질하겠어요.

잊힌 십 년 전의 이야기들이 동화처럼 떠올라 얼마 동안 멍청히 앉아 있었다. 그는 다시 몇 개의 편지를 더 읽어보고 거짓말같이 순진했던 때 묻지 않았던 옛날을 회상했다. 퍼즐로 아름다운 경치를 맞추어가듯 그런 미래를 꿈꾸던 시절이 있었는데 지금, 이 모습은 초라했다. 편지를 다시 묶어 넣고 방안을 둘러보았다. 아직도 맞춰지지 않은 퍼즐은 상위에 산만했다. 지금까지 그렇게 오랫동안 퍼즐을 흩어놓은 일이 없었다. 그동안 바쁘고 거들떠볼 시간적 여유를 갖지 못했던 것이다. 그것은 또한 심란했던 이 한 달 동안의 생활을 말하고 있는 것도 같았다. 잿빛 한 무더기 색깔들이 분류된 채 그대로 쌓여 있었다. 그는 갑자기 맡겨 놓은 슬라이드를 찾아와야겠다는 생각을 하였다. 최근에 도미한 명 교수가 미국에서는 한국을 알고 싶어 하는 사람들이 너무 많아 풍속이나 관광지를 소개하는 슬라이드 필름을 가져오는 것이 좋겠다는 편지가 와서 현상소에 맡겨놓은 것이 있었다.

크리스마스가 사흘 남았는데 금년도 화이트 크리스마스는 기대하기가 어려울 것 같았다. 외출하는데 몇 시에 오겠느냐고 아내가 또 물었다.

"한 시간 뒤에."

그는 먼지가 꽉 낀 철조망에 걸려 있는 〈피아노 개인지도〉라는 집 앞에 걸린 아크릴을 쳐다보면 말했다.

"빨리 오세요. 가지고 가실 옷을 같이 담아야지요."

현상소에 들러 오는 길에 그는 다방 〈무지개〉로 갔다. 떠날 때 박 사장과 무이자로 빌린 돈의 변제 이야기도 하고 고맙다는 인사도 해야 할 것이었기 때문이었다. 어떻든 그는 승준의 좋은 친구였다. 〈무지개〉 앞에 이르자 그는 문전에 즐비한 축하 조화가 놓여 있는 것에 놀랐다. 크리스마스 계절에 무슨 개인전이라도 있는 것일까 하고 문 앞까지 간 그는 더욱 놀랐다. 〈무지개〉라는 간판 대신 〈환상〉이라는 간판이 걸려 있었기 때문이었다.

(팔렸나?)

그는 안으로 들어갔다. 자욱한 담배 연기 속에 사람들이 가득 앉아 있었다. "어서 오세요." 하는 레지들도 생소한 사람들이었다. 그는 두리번거리며 자리를 찾고 있는데 미스 남이 질겁을 하며 다가왔다.

"어머, 유 선생 아니세요?"

겨우 자리를 하나 찾아 앉자 그녀는 곁에 앉으며 다급하게 물었다.

"선생님, 박 사장님 소식 아세요?"

"소식이라니?"

"선생님께도 말씀 안 하셨어요?"

"무슨 영문인지 모르겠는데."

"찌라시 놓았어요. 찌라시."

"뭐라고?"

"아 글쎄, 누기 크리스마스 때 한몫 안 보고 도망가리라고 생각이나 했겠어요?"

승준은 망치로 한 데 얻어맞은 듯한 기분이었다.

"왜 그렇게 되었지?"

"뻔하지요, 뭐. 빚 때문이지요."

"빚이 얼마나 됐기에?"

"누가 알아요. 아유 말 말아요. 요즘 찾아오는 빚쟁이 때문에 북새통이에요. 미스 허 있잖아요? 그 애도 십만 원이나 뗐다고요."

길을 향한 창가 의자에 나흘 전에 봤던 대머리 신사가 앉아 있었고, 카운터에는 그때 같이 온 부인이 앉아 있는 것이 보였다. 그날 밤 술집에서의 일들이 훤하게 떠올랐다. 특히 헤어지면서 '돈이 얼마나 더러운 것인지 알지?'라고 말하며 돈의 노예가 되지 말라며 그래도 그에게 십만 원 뭉치를 안겨 주었던 일이 심상치 않았던 것이다.

"잘했지 뭐예요."

"잘했어?"

"살려면 별수 있어요? 내 돈 못 떼먹어 약 오르겠지만."

미스 남은 벙글벙글 웃으며 사라졌다.

(역시 그랬군.)

어쩐지 흩어져 있는 퍼즐 조각이 어처구니없이 짝짝 맞아 들어가는 기분이었다.

집에 돌아오니 경옥은 농속의 옷들을 꺼내놓고 방안을 잔뜩 어질러 놓고 있었다.

"여보 당신 울었소?"

승준은 경옥의 속눈썹에 눈물방울이 맺혀 있는 것을 보고 물었다.

"아니에요. 애들이 수선을 피워 좀 때려 주었더니 눈물이 나는군요."

그녀는 그의 눈길을 피하며 널려 있는 바지를 가리켰다.

"결혼하실 때 입었던 것인데 이젠 못 입겠지요?"

그녀는 승준이 몇 번이나 이제는 그만 싸서 이사 다니고 누굴 주거나 버리라고 했으나 기념이라고 가지고 다니던 옷을 가리키며 또 똑같은 말을 되풀이하고 있는 것이었다.

"그렇다니까."

"뜯어 큰애 바질 해주어도 괜찮겠지요?"

그녀는 아래를 내려다본 채 말했다.

"당신은 폐품 활용이 대단하군요. 그만 버려도 된다는데."

"이 오버도요?"

그녀는 닳아 털이 문드러진 외투를 가리켰다.

"아무렇게나."

그러다 승준은 정신이 바싹 들어 경옥을 내려다보았다.

"여보."

그녀는 더 큰 눈물방울을 방바닥에 떨어뜨리고 일어서며 미소하였다. 승준은 그녀를 뚫어지게 쳐다보고 있었다.

"왜 그렇게 보세요?"

하고 아무렇게나 걸쳐 입은 두꺼운 통치마와 버선발을 내려다보았다.

"여보."

승준이 팔을 벌리자 그녀는 그의 가슴에 얼굴을 묻었다. 그는 힘있게 그녀를 포옹하였다. 언제나 향기로운 머릿기름 내음이 그를 행복에 취하게 하였었다. 그러나 지금 그는 무지갯빛의 나이트가운도 해주지 못했고, 아담한 집 한 칸을 바랐는데 그것도 해주지 못했다. 이 순간은 수많은 한국 어머니들의 머리에서 역하게 나는 머리 내음이 콧날을 시큼하게 하고 있을 뿐이었다.

(이런 너를 놓아두고 내가 어떻게 떠나지? 내가 무슨 장래의 약속을 해 줄 수 있을까? 여기 머물러 함께 고생하고 싶다.)

이것이 승준의 솔직한 심정이었다.

第一敎會(제일교회)

∶

제일 교회는 K시에서 제일 오래된 역사가 있었다. 그뿐 아니라 이 교회는 K시에서 '제일' 교회라는 이름을 갖기에 합당한 여러 가지 요인들을 가지고 있었다. 건물의 크기로 봐서 K시에서 제일 컸고 따라서 교인이 제일 많았고 권력과 지식을 제 나름대로 가진 분들, 또 신앙 좋은 평안도 분들과 구변 좋은 부인들이 제일 많은 교회였다.

교회 가까이는 극장이 있었는데 일요일 아침부터 이미자의 노래로 행인들을 유혹하고 있었다. 그러나 술집과 깡패를 배경으로 흐느끼는 한 여인이 그려진 커다란 간판은 아무도 쳐다보지 않고 극장 입구는 한산했다. 그 동굴 같은 극장을 찾아들어 눈물을 짜고 앉아 있기엔 너무 화창한 가을 날씨인 듯했다. 빨강 모자에 오렌지색 류색, 검은색 해군 작업복을 입은 아가씨들 셋은 같은 등산복 차림인 남학생들과 어울려 거들먹거리며 극장 옆을 지나쳤다.

"어이구 말만한 것들을 저렇게 내돌리다니……"

제일 교회의 송 집사는 성경과 찬송이 든 큰 핸드백을 들고 교회를 향해 종종걸음을 치며 연방 혀를 찼다. 그녀는 이 한 달 동안 안내 집사였기 때문에 남보다 교회를 빨리 나가야 했다.

교회 문을 들어서며 빗자루 자국이 남아 있는 뜰을 쭉 한번 훑어

봤다. 극장 간판과 등산복 차림의 여학생들을 쳐다보는 것보다 모든 것이 정돈되고 산뜻한 기분이었다. 송 집사는 일주일 중 가장 즐거운 날이 주일이었다. 평일에도 교회 일이 걱정되어 여기저기 전화를 하고 교회와 교인들을 위해 그녀는 최선을 다하고 산다고 자부하는 사람이었다. 다른 사람들도 송 집사는 교회가 없었다면 살 재미가 없을 것이라고 말할 정도였다. 그런데 지금까지 그녀가 권사가 되지 못한 것은 손으로 번 것을 입으로 까먹어버리기 때문이었다. 그녀는 아래층에서 성가 연습을 하는 성가대를 흘낏 한번 쳐다보고 성큼성큼 이층으로 올라갔다. 이 층 입구 앞 테이블에는 전도사와 아직은 단신인 부목사가 벌써 나와 앉아 있었다. 그녀는 전도사의 두 손을 잡고 먼저 호들갑을 한번 떨고 예배당 안을 넘겨다보았다. 강대상에 잘 가꾸어진 국화가 길게 앞으로 가지를 내뻗고 있었다.

"아이구, 저 국화 누가 가져왔소?"

"말해 뭘 해요. 회장댁에서 가져왔죠."

회장이란 여전도회장을 말하는 것이었다.

"정말 우리 회장 같으신 분도 안 계세요. 전자 오르간 바쳤지요. 커튼 해 다셨지요. 또 뭐 바칠 게 없나 늘 살피고 계시니 말이야요."

송 집사는 생각난 듯 큰 핸드백을 내려놓고 잠깐 앉아 기도를 드린 후 주보를 들고 안내를 하려고 계단 난간 곁에 섰다. 처음에는 드문드문 오던 교인들이 예배 시간이 박두해 오자 차츰 밀려들기 시작했다. 그러나 송 집사의 호들갑은 줄지 않았다. 양품점을 하는 아주머니가 올라오자 곧 손을 맞잡았다.

"얼마 전에 어떤 부인 안 찾아 왔습데까?"

"누군데요."

아주머니는 어리둥절해서 되물었다.

"아이구 참, 살이 두툼하게 찌고 좀 거만해 보이는 부인 말이야요."

"그런데요."

그녀는 눈을 흘기며 등을 쳤다.

"그 부인이 제일 기업 사장 부인이야요. 돈을 물 쓰듯 하는데 내 댁에서 물건 좀 갈아 달라고 했시오."

"네에. 그랬군요."

아주머니는 그제야 알아듣고 미소했다. 맞은편에 남자 안내 집사는 분주하게 인사를 하며 교회를 찾아 드는 남녀에게 주보를 돌려주었다. 여전도회장이 이 층 계단으로 올라오는 것이 보였다. 송 집사는 재빠르게 계단을 뛰어 내려가 회장 손을 한 손으로 붙들고 한 손은 공중을 내저었다.

"아이구, 어찌 좋은 국화를 갖다 놓았는지, 오늘은 아주 강대상이 훤하외다."

"말 마오. 시내를 죄 뒤졌수다. 어디 마음에 드는 게 있어야디."

회장은 허리를 한 번 쭉 펴고 말했다.

"아 그만하믄 됐디요."

"아주 강대상 단장을 위해서 집에서 사람을 사서 온상을 하야 되갔시오."

"그리 되믄야 두말할 나위가 있가시오?"

회장을 돌려보낸 뒤 계단을 내려다본 송 집사는 이번엔 질겁했다.

"아구머니나, 웬 거지가 이 층까지 올라오지?"

헌 누더기를 걸치고 왼팔이 없는 거지 하나가 정말 올라오고 있었다. 더부룩한 머리에다 등에는 누더기 봇짐을 걸머진 채였다.

"여보시오. 어딜 올라오는 기요?"

안내하는 남 집사가 소리쳤다. 그러나 그는 아랑곳하지 않고 위로 올라왔다.

"내려가서 기다려요."

남 집사가 그를 떠밀었다. 그는 휘청거리며 한 계단 밑으로 밀려났다. 그러나 더는 떠밀리지 않고 똑바로 고개를 들었다. 눈자위가 우묵하고 핼쑥한 얼굴을 하고 있어 폐병 환자 같은 인상이었다.

"나 예배 보러 왔소."

어울리지 않은 굵은 목소리에 놀란 것은 남자 집사보다 송 집사였다. 퀴퀴한 냄새에 코를 쥐고 외면하고 있던 송 집사는 예배를 드리겠다고 버티는 거지에 기가 질렸다. 거지는 태연히 송 집사 옆을 지나쳐 입구로 다가갔다. 남 집사가 다시 거지의 한쪽 팔을 붙들었다.

"여보시오. 이런 꼴로 예배를 보러 가면 안 되지요."

거지는 아니꼬운 듯이 남 집사의 아래위를 훑어보았다.

"나 보고 넥타이 매고 양복 입고 오란 말이오?"

송 집사가 백 원짜리 하나를 손에 들려주었다.

"자 그러지 말구 나가 보우."

거지는 돈을 팽개치며 송 집사를 노려보았다.

"여보시오. 날 거지로 취급하는 거요?"

부목사가 다가왔다.

"예배를 드리러 오셨습니까?"

"그렇소."

"어디서 오셨지요?"

"예배 보는데 어디서 온 게 무슨 상관이요?"

부목사는 얼굴이 화끈 달아올랐다.

"그렇지만 처음으로 오신 분에게는 묻는 게 버릇이 되어서…"

"나 집 없는 줄 뻔히 알지 않소?"

"그럼 성함은?"

"김부자요."

"혹 누구 소개로?"

"길거리에서 예수 믿으라는 소리 듣고 왔소."

"감사합니다. 그럼 짐이라도 이곳에 내려놓으시고 들어가시지요."

김부자는 약간 노여움이 풀리는지 짐을 내려놓고 안으로 들어갔다. 부목사가 그를 안내하여 의자에 앉혔다.

밖으로 나온 부목사를 붙들고 송 집사가 말했다.

"아이구, 부목사님도. 그래 어쩔라고 그러시는 거야요?"

"예배를 드리러 왔다는데 예배를 드리고 가야지 어쩌겠소."

부목사는 태연하게 말했다.

"말 마오. 헌금이라도 훔쳐 가려고 오는지 아우. 거참 큰일이구먼, 자리는 좁은데 누가 옆에 앉을라 하가시오? 아이 기가 막히누만. 거지가 글쎄 거지가 아니라니 말이야요."

"그만두고 송 집사님 안내나 맡으세요."

예배가 끝난 뒤 장로들이 입구에 한 줄로 서고 목사는 맨 끝 입구에 서서 교인들에게 일일이 악수하였다. 그러나 김부자를 본 장로들은 어안이 벙벙해서 아무도 손을 내밀지 않았다. 교인들도 눈살을 찌푸리며 비좁은 통로에서도 그에게 길을 양보했다. 김부자가 부목사 가까이 왔을 때 부목사가 손을 내밀어 악수를 청했다.

"와 주셔서 정말 감사합니다."

그는 부목사를 물끄러미 쳐다보았다.

"정말이요?"

"정말이고 말구요."

"그럼 다음 일요일에는 더 많은 친구를 데려오겠소."

그는 성큼성큼 걸어 나갔다.

교인들이 다 떠난 뒤 원 목사는 부목사를 불렀다.

"어찌 된 거여?"

원 목사는 언제나 반말이었다. 부목사는 어떤 역할이 분명히 있는 것이 아니고 원 목사의 심부름꾼이었다.

"예배를 드리려 왔답니다."

"그럼 적당히 해서 내보낼 일이지."

원 목사는 아주 언짢은 표정을 하였다.

"그렇지만 예배를 드리겠다는 걸⋯⋯"

"그래, 집사들에게 적당히 맡겨 놓을 일이지 그걸."

원 목사는 더욱 언짢은 표정을 하고 걸어가 버렸다.

문제는 다음 주일 더 복잡하여졌다. 어른 거지들뿐 아니라 깡통을 찬 아이 거지들까지 십여 명이 예배하겠다고 몰려들었기 때문이었다.

안내 집사는 어른 거지는 당해 내지 못하고 아이 거지들만 붙들고,

호통이었다.

"야 이놈들아 여기가 거지 소굴인 줄 아니? 너희 놈들 앉아서 놀라고 꾸며놓은 교회 줄 알아?"

그러나 아이 거지들은 닳아진 돌멩이처럼 이쪽으로 몰면 저리 빠지고 저쪽으로 몰면 이리 빠져서 깡통 소리만 요란했다. 부목사는 의자에 앉아 양손으로 머리를 싸매고 있었다.

"여보시오. 목사님."

굵은 목소리에 그는 고개를 들었다.

"지난 일요일에 목사님은 분명히 고맙다고 했지요? 그래서 오늘은 친구들을 데리고 왔습니다. 우리는 예배를 볼 수 있습니까? 없습니까?"

다른 거지들은 재미있다는 듯 교회 안을 기웃거리기도 하고 으스대며 안내 집사를 노려보기도 했다. 부목사는 다시 양손으로 이마를 짚고 침묵을 지켰다. 교회 안에서 젊은이들이 몇 나왔다.

"여보시오. 왜 교회 안에서 소란을 피우는 거요, 나가시오. 나가."

거지 몇 사람은 계단으로 밀려갔다.

"여보시오."

젊은이들은 굵은 목소리의 주인공을 돌아보았다. 그러나 그는 말을 잇지 못하고 계속 기침을 하였다. 비가 몇 번 내리고 갑자기 날씨가 싸늘해졌기 때문에 감기 들기 알맞은 옷차림이었다. 그러나 그의 기침은 힘이 없고 기분이 나빴다. 곧 피가 섞여 나올 것 같은 폐병 환자의 기침 같은 것이었다. 눈살을 찌푸리고 있는 그들 앞에 그는 고개를 들었다.

"우리는 예배 보러 왔소. 여기 앉아서라도 예배 보게 해 주시오. 예수 믿어야 천당 간다면서요?"

그는 예배당 앞 출입구 시멘트 바닥에 쭈그려 앉았다. 그러자 밀려났던 거지들도 그 옆으로 다가앉았다. 통로가 막히자 교인들은 가득 밀려와 구경하고 있었다.

한 젊은이가 이 광경을 둘러보고 있다가 성큼 나섰다.

"여보세요 이건 예배를 방해하는 행위요. 알겠소? 좋게 말할 때 물러나시오. 그렇지 않으면 경찰에 고발해서 잡아가게 하겠소. 자 나가겠소, 안 나가겠소?"

그들은 꿈쩍하지 않았다.

"예배를 방해하는 것은 우리가 아니고 당신들이요."

계속 기침을 하던 김부자는 쭈그려 앉은 채 말했다.

부목사가 의자에서 벌떡 일어났다.

"예배를 드려야지요. 자 모두 들어오시오."

그는 문을 활짝 열고 거지들을 안내했다.

거지들은 거보란 듯 의기양양하게 예배당으로 들어갔다. 어린 거지들까지 깡통을 밖에 두고 의자에 앉아서 아름다운 국화며 값진 커튼이며 멋있는 가운들을 입은 찬양 대원들을 바라보며 잔칫집에 온 양 눈을 이리저리 굴렸다.

그날은 십일월 첫 주로 제직회가 있는 날이었다. 이 백여 명이 넘는 제직들이 이 거지 문제를 취급하지 않을 수 없었다.

"우리 교회에 거지 떼가 몰려든다는 것은 결코 상서로운 일이 아닙니다. 더구나 교회가 좁아서 교인들이 다 앉지 못하는 터인데 거지들이 넓은 좌석을 차지하고 또 냄새가 나서 가까이는 아무도 가지 못하니 이 문제는 시급히 해결되지 않으면 많은 교인을 잃게 됩니다."

"글쎄 해결책을 말해 보시오."

사회하는 원 목사는 따분한 모양이었다. 한 젊은 집사가 일어났다.

"다음 주에는 교회의 젊은 청년들을 동원해서 정문 앞에 세우고 아예 교회 안에 들어오지 못하도록 하면 어떻겠습니까?"

다른 집사가 일어났다.

"물질이 없어서 거지지 정신까지 거집니까? 교회가 예배를 드리겠다는 것을 왜 막습니까? 부자가 천국에 가는 것은 낙타가 바늘귀로 들어가는 것보다 어렵다는 것은 성경에 있는 말씀입니다. 천국은 선택된 자만이 갈 수 있는 좁은 문이지만 교회는 누구에게나 넓은 문을 열고 선택을 받을 수 있도록 환영해야 합니다. 교회가 예배하러 오는 사람을 막는 것은 부당한 일입니다."

얼마 동안 침묵이 흘렀다.

"교회 구제부에서 헌 옷을 좀 걷고 돈을 약간 내서 목욕을 시켜 악취를 내지 않도록 해서 같이 예배를 드리면 어떨까요?"

송 집사가 벌떡 일어났다.

"걸핏하면 구제부, 구제부 해서 일을 떠맡기갔다구 하지만 우리는 그런 짓 못 하갔수. 또 옷을 입히고 목욕까지 시켜 보우. 이 고장의 거지들은 다 모이고 조금 있으면 대한민국 거지는 다 모여서 우리 교회는 거지 교회가 될 거야요."

"그렇게 되면 더 좋지요. 우리가 일인 일 전도 운동을 벌이고 있지만 일 년에 한 사람도 전도 못 한 일이 얼마나 많습니까? 그런데 가만히 앉아서 그 많은 교인을 얻게 된다는 것은 얼마나 좋은 일입니까?"

고 집사가 비꼬듯이 말하자 송 집사는 지지 않고 대답했다.

"그건 억지요. 억지. 그래 대한민국 거지 다 모야 놓고 고 집사 혼자 남아서 이 큰 교회를 운영해 보시우. 고 집사님 헌금으로 이 교회가 이렇게 잘 되는 줄 아시는 모양이지요?"

원 목사는 거칠어지는 발언을 가로막았다.

여전도회 회장의 남편인 방 장로가 일어섰다.

"내가 보니 김부자라는 거지는 보통 거지가 아니오. 교육도 좀 받았고 교회에 대해서도 분명히 알고 있는 거지요. 그래서 교회에 분쟁을 일으키려고 일부러 그런 일을 하고 있단 말이오. 결국, 우리를 시험하는 사탄이나 마찬가지요. 보시오 우리는 공의로운 하나님을 믿고 부활의 소망을 두고 지금까지 하늘나라를 위해 모든 것을 바치며 살아왔습니다. 그렇기 때문에 우리에게서 하나님을 빼앗아 가거나 부활의 소망을 말살하거나 교회를 빼앗아 가면 우리는 죽을 수밖에 없소. 그러나 그들을 보시오. 교회가 망해도 하나님이 없어도 눈 하나 까딱 않을 사람들이오. 그뿐 아니라 그 김부자라는 거지는 폐병 환자 같지 않아요? 그렇다면 더구나 이렇게 많은 사람이 모이는 곳에 그런 사람을 넣어 줄 수 없지 않겠소?"

그의 말은 어떻게 하자는 것이 아니었다. 누군가가 어떻게 하라는 발언이었다. 그러나 방 장로의 발언은 언제나 가장 무게가 있는 것으로 되어있었다. 지식이 많아서가 아니오. 권력이 있어서가 아니었다. 장로는 부친 대로부터 지금까지, 또 이 교회의 초창기로부터 현재까지 그 가정과 교회가 한 몸이나 마찬가지였다. 그만큼 그의 위치는 무게가 있었고 또 물심양면으로도 가장 크게 헌신하고 있는 장로였다.

이제 아무도 그의 발언을 거슬러 거지를 돕자는 말을 못 하였다. 제직회의 분위기가 싹 바뀌었다. 이제는 누가 거지를 합리적으로 몰아내느냐의 발언을 기다리고 있을 때였다.

부목사가 벌떡 일어났다.

"저는 오늘 거지들이 몰려 왔을 때 어떻게 할 것인가 하고 얼마 동안 망설였습니다. 그것은 그동안 교회가 기독교의 본질을 벗어나고 있다는 사회의 비난을 많이 들어왔기 때문입니다. 따라서 저는 신앙적인 양심에 비추어 그들을 거절할 이유가 없다고 단정했습니다. 오히려 그들을 환영하고 사랑으로 돌봐줘야 한다고 생각했습니다. 마가복음 십 장에 보면 예수님이 제자들과 함께 여리고를 지날 때 한 소경 거지 바디매오가 다윗의 자손 예수여 나를 불쌍히 여기소서 하고 소리쳤습니다. 그때 예수를 따르던 뭇 사람들이 조용히 하라고 소경 거지를 꾸짖었습니다. 그러나 예수님은 소경을 불러 눈을 뜨게 해주었습니다. 조용히 하라고 꾸짖던 사람들이 옳지 않았던 것입니다. 또 누가복음 십육 장에는 날마다 호화로이 연락한 부자는 음부에 떨어지고 그 부자의 대문에 누워 부자의 상에서 떨어지는 것으로 배 불리려 하던 거지 나사로는 천사들에게 받들려 아브라함의 품에 안기었다는 비유 말씀이 있습니다. 거지가 주님 품에 오는 것을 방해할 권리가 우리에게 있습니까? 거지를 사탄으로 단정하는 것은 우리의 할일이 아닙니다. 다만 우리가 할 수 있는 것은 어떻게 하면 좀더 따뜻이 그들을 맞아 줄 수 있느냐 하는 것뿐이라고 생각합니다. 또 만일 김부자가 폐병 환자라면 정말 교회는 버림받은 그 생명을 구해 줄 의무가 있습니다."

방 장로가 안색이 변하여 벌떡 일어났다.

"지금 부목사는 거지를 사탄으로 단정했다고 나를 공박했는데 나는 사탄과 같다고 그랬지 사탄이라고 하지 않았소. 또 폐병 환자는 교회가 구제할 의무가 있다고 했지만, 나라도 구제 못 하는 수백만의 폐병 환자를 어떻게 한 교회가 구한단 말이오. 그리고 부목사는 부자는 으레 음부에 빠지는 것처럼 생각하고 있는 모양인데 은혜를 베풀고 꾸어 주는 자손은 복 받는다고 시편에도 씌어 있어요. 아무튼, 거지 문제는 거지를 지극히 사랑하는 부목사가 맡아서 해결했으면 좋겠소."

방 장로는 격노하였다. 지금까지 자기 발언에 직접 반박하는 일이 한 번도 없었던 것이다.

원 목사는 당황하였다.

"교회가 거지 문제만 가지고 왈가왈부하고 있을 수 없는 일이니 이 문제는 내가 부목사와 상의해서 잘 처리해 보겠습니다. 우선 제직회의는 이 정도에서 폐회하면 어떻겠습니까?"

사회하는 원 목사는 서둘러 회의를 마쳤다.

원 목사는 부목사를 불렀다.

"아니, 부목이 되어 이게 무슨 짓이여. 교회를 망치겠다는 거여?"

"그럼 어떡합니까?"

"점잖게 앉아 있어야지."

"그럼 거지를 추방하자고 결정지어 버릴 것 아닙니까?"

"글쎄 어떻게 결정짓든 부목사가 나설 자리가 아니잖아? 큰 교회

목사로 길러 보내려고 데려온 것인데 원 그렇게 참을성이 없어서야."

환갑이 넘은 원 목사는 부목사를 철없는 어린애 꾸짖듯 했다.

"죄송합니다. 목사님. 저는 아무래도 이 교회에 적합하지 않은 것 같습니다."

"뭐? 반항하는 거여? 얼마 동안 거지 문제는 상관하지 말고 또 출입구에도 나와 있지 마."

원 목사는 제직회에서 거지 떼는 출입구에서 막아 버리자고 주장했던 집사에게 다음 주엔 거지 떼를 적당히 처리해 달라고 부탁했다. 그러나 막상 다음 주엔 그 집사는 출석하지도 않고 더 많은 거지 떼가 몰려 왔다. 이번에는 익숙한 길을 거침도 없이 지나 제자리에 모두 앉았다. 그런데 이날은 예배하는 동안 계속해서 거지 좌석에서 기침하는 소리가 들려왔다. 처음에는 교인들이 몇 번 눈살을 찌푸렸을 뿐이었으나 간드러지게 기침하는 소리가 계속되자 모두 불안한 표정으로 바뀌었다. 설교보다는 그 기침 소리에 더욱 신경이 날카로워지는 표정들이었다.

헌금 시간이었다. 헌금 상자가 거의 뒤까지 돌아와서 그들을 건너뛰려는 순간이었다. 갑자기 굵은 목소리가 들려왔다.

"헌금 상자를 이리 돌리시오."

모두 뒤를 돌아봤다. 헌금 집사는 들은 체하지 않고 그들을 건너뛰었다.

"우리는 헌금도 할 수 없소?"

목사가 강대상으로 나와 강대상을 손으로 쳤다.

"예배 시간에 조용히 하시오."

이때 얼굴이 핼쑥한 김부자가 벌떡 일어났다.

"우리를 도둑놈으로 인정하는 것이오?"

그러다가 간드러진 기침을 시작하였다.

갑자기 뒷자리가 소란해지며 예배하던 남녀 몇 사람이 참을 수 없다는 듯 성경과 찬송을 손에 들고 밖으로 나갔다.

김부자가 피를 토했다. 예배는 어수선하고 심란한 가운데 끝났다. 교인들은 수군거리며 도망하듯 흩어져 버렸고 방 장로 내외는 아주, 나오지도 않았다. 원 목사는 빠져나가는 송 집사를 붙들었다. 그녀가 소식통이었기 때문이었다.

"오늘 왜 회장님 안 나오신 지 아시오?"

"목사님은 그것도 모르시우? 부목사가 있는 동안에는 안 나온답네."

"아니, 그게 무슨 소리요?"

"부목사가요. 커튼과 전자 오르간을 팔아 가지구설랑 거지 구제했으면 좋았다구 했대요. 그래 그걸 하나님께 바친 것이지 거지에게 바친 것이야요? 그뿐 아니라요, 대학생들 시켜 가지구설랑 교인들 집 다니면서 헌 옷을 걷고, 또 시장에서 과자 도매상 하는 김 집사님 있지 않아요? 그분에게는 글쎄 부목사가 거지를 점원으로 써달라고 했다나요? 그래 말이 되가시오? 착실한 사람이 얼마든지 있는데 신원도 확실하지 않은 거지를 어떻게 쓰느냐 말이야요. 이제 소문이 났어요. 제일 교회를 나가면 성가셔 못 산다구요."

목사는 앞이 캄캄해지는 기분이었다. 점심도 먹지 않고 부리나케 여전도사를 데리고 방 장로 댁을 심방하였다.

집안이 온통 한약 달이는 냄새로 가득했다.

"장로님 어디 아프셨소?"

목사는 들어서며 물었다. 어느새 송 집사가 와 있었고 방 장로 내외가 응접실 소파에 앉아 있었다.

"아이구 목사님이 나오셨구먼. 오늘 내가 몸이 좀 불편해서…"

"글쎄 그러신 것 같구먼, 약 달이는 게. 감기입니까?"

"아니요. 소화가 잘 안 돼서."

"언제부터요? 그런 걸 여태 모르고 있었구먼요."

목사는 의자에 앉아 잠깐 기도하였다.

"목사님 그 김부자란 거지가 폐병 환자라면서요?"

여전도회장이 한마디 하였다.

"글쎄 그런 모양이요. 참 골칫거리가 생겼습니다."

"골칫거리는 뭘, 그 신앙 좋은 거지 때문에 많은 거지 신자를 가만히 앉아서 얻었으니 축복받을 일이지요."

"원 회장님도 그러시지 말고 지혜를 주시고 도와주셔야겠습니다."

"소학교밖에 안 나온 제게 무슨 지혜가 있갔시오. 지혜는 신학 대학 일등으로 나온 부목사에게 있갔지."

"젊은 목사는 과격한 이론뿐이지 목회할 줄 몰라 탈입니다."

"그러나 젊은 목사가 박력 있고 좋을 때가 있지요."

방 장로는 부목사가 싫은 내색을 전혀 하지 않았다. 원 목사와 전도사는 그곳에서 점심 대접을 융숭히 받았다. 부인네는 부인들끼리 그리고 원 목사는 방 장로와 상을 마주하고 앉았다.

"장로님 나 오늘 긴히 상의드릴 말씀이 있습니다."

원 목사는 정색하고 말했다. 부목사는 강도사 때부터 이곳에 와서 이만큼 길러 놓았으니 작은 교회 하나쯤 맡아 더욱 경험을 쌓게 했으면 좋을 것 같다는 말이었다.

"그래 지금 어디서 오라는 교회가 있습니까?"

"그것은 제가 찾아보지요. 그런데 제가 부탁드릴 것은 새로 데려올 좋은 강도사를 한 사람 물색해 달라는 것입니다."

"제가 무슨… 목사님 좋으신 대로 해야지요."

"그래도 첫째 장로님과 회장님 마음에 드셔야지요. 그래서 매주 수요일마다 신학대학 졸업생 중 우수한 사람들과 신대원을 졸업한 좋은 강도사들을 불러 설교를 시켜 볼까 하는데 어떻겠습니까?"

"그거야 목사님 알아서 하세요."

"그래도 방 장로님이 나와서 점을 찍어 주셔야죠."

원 목사는 방 장로 없이는 교회를 이끌 수 없다는 것을 잘 알고 있었다. 그래서 이번에는 부목사를 쫓아내고 방 장로 마음에 드는 새 부목사를 영입하겠다고 허락을 받으러 온 것이었다.

방 장로의 심방에서 돌아온 목사는 곧 부목사를 찾았으나 그는 집에 없었다.

해 질 무렵에야 부목사는 목사관으로 찾아왔다.

"목사님, 그 김부자라는 사람은 지금 폐병 삼기랍니다. 그래 지금 입원 절차를 밟아 주고 오는 길입니다."

부목사는 약간 흥분한 표정이었다.

"입원 절차? 그래 그 비용은 어떻게 하려고?"

"제가 우선 부담했습니다."

"우선이라니, 그럼 누가 내기라도 한다는 거야?"

"교회가 부담해야지요. 그 사람은 무의무탁한 우리 교회 교인입니다. 그런 사람을 구하는 것은 우리 교인들의 의무가 아니겠습니까?"

원 목사는 아주 언짢은 표정을 하였다.

"허락도 없이 이게 무슨 짓이야? 입원비는 자네가 내. 그리고 다시는 교회에 그 거지 문제를 꺼내지 말도록 해. 언제까지 이렇게 어린애 같은 짓을 할 거야?"

그러나 부목사는 아직도 흥분 상태였다.

"목사님 하마터면 하나님을 모르고 죽을 뻔한 그가 자기 발로 우리 교회에 걸어 들어왔다는 것은 얼마나 기쁜 일입니까? 그런데 거처도 모른 그가 이번에 돌아가 병이라도 더해 죽는다면 그 영혼은 구할 길이 없지 않습니까? 모든 형식보다도 우선 입원시켜야 한다고 저는 생각했습니다."

"아무튼, 나는 허락한 일이 없어. 또 교회에서 이 문제를 더는 다루고 싶은 생각도 없고. 그리고 이번 기회에 말해 두지만, 대학생들을 시켜 거지들의 구제금품을 교인들에게 강요한다든지 직장 알선을 한다든지 하는 짓은 그만둬. 그러지 않아도 걸핏하면 교회 안 나오겠는 신도들에게 그게 무슨 짓이야."

"목사님 그런 교인 천 명 두면 뭘 합니까? 교회 나온다고 다 구원받는 것이 아니잖습니까? 아주 이번 기회에 강하게 제자 훈련을 시키시면 어떻겠습니까?"

부목사는 이제 자기는 원 목사의 눈 밖에 났다고 생각했다. 그래서 평소에 하고 싶었던 말을 한 것이었다.

"부목사."

목사는 최대한으로 인내하고 있는 고뇌의 표정이 역력했다.

"교회가 그렇게 원칙만 주장해서 살아남을 것 같아? 물론 부목사의 말이 틀린 것은 아니야. 그러나 교회는 여러 종류의 사람을 다루는 곳이야. 교회 오면 잘 산다, 복 받는다, 병 낫는다, 자녀들이 잘된다… 이런 생각으로 열심히 섬기는 사람들을 회개하시오, 당신들은 교회 땅만 밟고 다니는 바리새인이라고 하면서 꾸중해야 하겠어?"

얼마 동안 침묵이 흘렀다.

"부목사는 도시 교회의 생리를 이해해야 해. 장소와 분위기와 환경이 자기 생활수준에 맞지 않으면 구원을 설교하기 전에 교인들은 떠나기 마련이야. 우리 교회는 화려한 커튼과 전자 오르간이 사치가 아니야. 그리고 예산이 되면 여름에는 에어컨도 달아야 해. 십자가와 부활과 구원의 도는 그다음 일이야. 이 모든 것이 역겨우면 부목사가 차라리 이곳을 떠나야 하겠지."

이 말이 끝나자 부목사는 단호한 표정으로 고개를 들었다.

"목사님 저는 이 교회를 떠날 수 없습니다. 이 교회가 마땅치 않은 것이 한둘이 아닙니다. 그러나 마음에 들지 않는다고 피할 수는 없다는 것이 부족한 사람의 철학입니다. 올바르게 고치고 이곳에 살아야 합니다. 제가 김부자의 치료비를 교회가 부담해야 한다는 것도 그 때문입니다. 교인들이 교회는 하나님의 몸인 것을 알고 이곳에서 어떻게 하나님의 사랑을 실천하며 살아야 하는 것을 가르쳐 주어야 합니다. 만일 마지막 날 심판대 앞에서 한 가난한 거지의 예배를 거절한 죄를 물으시면 어떻게 대답하시겠습니까?"

원 목사는 부목사를 쳐다보고 있는 것이 괴로운 모양이었다. 자기도 지방 신학교에서 강의를 하고 있지만 가르치는 것과 실제 목회가 다른 것을 어떻게 이해시켜야 할지 암담한 모양이었다.

"부목사, 내가 여기서 이십 년간이나 교역자 생활을 해 오고 있지만 이런 시험을 당하기는 처음이어. 지금까지는 제직회에서 큰 소리 한 번 없었고 그러는 가운데 교회는 이만큼 컸어. 많은 지도자가 이 교회를 통해 나갔고 D시의 제일 교회, P시의 제일 교회 목사도 다 내 밑에서 큰 사람들이야. 그런데 자네 같은 사람이 없었어. 김부자의 치료비는 내가 부담하지. 그 문제로 제발 더는 교회에서 시끄럽게 말아 주게. 더는 교인을 잃고 싶지 않아."

목사관을 나온 부목사는 필사적으로 입원을 거부하던 김부자를 회상했다. 목욕을 하고 환자복으로 갈아입은 그는 팔 하나 없는 소매를 축 늘어뜨리고 그러나 침대에 앉아 씽긋 웃었다.

"목사님은 위대하십니다."

"그게 무슨 소리요."

"쓰러져 가는 길거리의 거지를 병원에 입원까지 시켰으니 말입니다."

그는 대꾸하지 않았다. 그러나 김부자는 더욱 비꼬는 말을 했다.

"내가 전장에서 받은 훈장은 벌써 간 곳이 없지만, 목사님의 이 선한 일은 신문에 나고 영원히 기록에 남을 것입니다. 내가 하나님과 초면 인사는 했으니 이 일을 기억하시도록 꼭 말씀드리겠습니다."

부목사는 교회에 발을 들여놓기만 하면 구원을 받고 하나님과 초면 인사를 하면 천국에 간다는 얄팍한 의식을 어떻게 하면 바꾸어

놓을 수가 있을까 하고 생각했다. 방언하고, 교회에 헌물을 바치고, 교회 조직에서 분주하게 활동하면 구원을 보장받는다고 생각한다. 그러나 불의하고 죄 많은 인간의 힘으로는 자기 죄를 구속 받을 수 없다는 것을 왜 알지 못하는 것일까? 아무리 눈물 콧물을 흘리며 기도하고 회개한다고 할지라도 사람은 변하지 않고 가치관도 변하지 않는다. 일시적으로 거듭난 모습을 보였다 할지라도 하나님께서 그와 함께하지 않으면 거듭난 성도의 삶이 최후 심판의 날까지 보전되지 않음을 왜 깨닫지 못하는 것일까? 그들은 그리스도의 향기를 잃고 깨끗이 목욕시켜 놓은 돼지가 다시 시궁창에서 뒹굴며 퍼져 있는 모습으로 살고 있다는 것을 왜 알지 못하는 것일까? 교회에 경건하게 앉아 있어도 구원받지 못한 영혼이라는 것을 왜 알지 못하는 것일까? 불신자에게 교인들은 교회에 나가 헌금만 하고 있으면 천국 간다고 교만을 부리며 앉아 있는 모습을 보여야만 하는 것일까?

그는 김부자에게 예수 그리스도를 믿고 구원을 받으라고 간절히 말했으나 자기 말이 자신에게도 공허하게 울려 말을 계속하지 못하고 나와 버렸던 것을 회상했다.

"목사님, 이제 다시 교회에 나가지 않을 테니 그 걱정은 마시오. 다만 나도 한번 교회에서 하나님께 헌금을 떳떳이 바쳐보고 천당 가는 입장권을 하나 얻고 싶었는데 그것이 아쉽습니다."

김부자는 그의 등 뒤에서 이렇게 소리쳐 말했다.

다음 날 부목사가 병원에 찾아가 보았더니 김부자는 이미 그곳에 있지 않았다. 환자복을 입은 채 어디론지 사라져 버렸다는 것이었다.

어처구니없게도 거지 문제는 종말이 왔다. 김부자는 정말 자취도 나타내지 않았다. 그리고 한두 주일은 거지들이 몇 사람 교회에 나타났으나 그도 자취를 감추어 버렸다. 교회는 옛날 모습으로 회복되고 수요일 밤은 신대원 졸업반 학생들의 설교가 계속되었다.

십이월 둘째 주 수요일이었다. 윤정식이라는 신대원 학생이 설교하러 왔다. 이날도 회장과 송 집사는 교회 가운데 의자에 방석을 갖다 놓고 앉아 여니 때처럼 설교를 듣고 앉아 있었다. 설교를 중간쯤 했을 때 옆에 앉은 송 집사가 하품을 했다. 그리고 회장에게 작은 소리로 소곤거렸다.

"무슨 말인지 알아 들갔수?"

"글렀어. 글러. 글쎄 젊은 사람이 무슨 설교를 그렇게 힘이 없이 해."

"그러게 말이야요. 목사 될 사람은 첫째 틀이 근사해야 하지 않갔시오?"

"그것보다도 신령한 데가 있어야지."

"그렇지요. 아 왜 신령한 목사도 많은데 우리 목사님은 젊은 신학생들만 쓸려고 하는지 모르갔시오?"

"누가 아니래?"

예배가 끝나고 장로들과 인사가 끝나자 윤정식은 부목사를 찾아 왔다.

"신 박사님이 선배 목사님 이야기를 자주 하시더군요."

그들은 다방에 가 앉았다. 학교 이야기가 끝난 뒤였다. 윤정식이 갑자기 물었다.

"목사님은 신학교 나온 걸 후회하신 적은 없습니까?"

"그거 무슨 소리요."

"실은 신 박사님이 이번은 선보이는 것이나 마찬가지니 특별히 설교 준비를 잘해서 가도록 당부하셨을 때 갑자기 싫은 마음이 생겼습니다. 설교란 심사 받기 위한 것이 아니잖습니까?"

"복음을 전하는 것인데 왜 그런데 신경을 씁니까? 오늘 설교는 아주 잘했습니다."

"그것보다도 또 하나의 문제점은 제게는 목사로서의 소명의식이 아직도 없습니다. 돌아가신 선친의 유언이고 홀로 계시는 어머님의 소원으로 제가 신학교를 택했으니까요."

"차츰 생기게 되겠지요. 강단에서 설교하고 공중 기도를 하는 동안에 그 말과 기도에 대한 책임을 느끼게 될 거니까 자연 목사로서 틀을 갖추게 되지 않겠어요?"

부목사는 이런 말을 하는 자기에게 깜짝 놀랐다. 소명의식이 없어도 교인을 속이며 목사 노릇을 할 수 있었다는 말이 아닌가? 말씀 선포는 성령의 나타남과 능력으로 해야 한다는 평소의 주장과는 전혀 다른 말을 하고 있었기 때문이었다. 다행히 그는 부목사의 말을 듣고 있지 않았다.

"결국, 소명의식이 없는 한 저는 어떤 교회에 고용된 봉급쟁이에 불과하리라는 생각이 강해졌습니다. 목사는 양들을 주께 인도하는 목자지 양젖을 먹고 사는 초동은 아니잖습니까."

윤정식은 또 계속했다.

"목자가 양들에게 선을 보이다니 말이 됩니까? 저는 가끔 모세를 생각합니다. 애굽 궁전에서 사십 년이나 교육을 받고 또 미디안 광야에서 사십 년을 헤매다 가시떨기 불꽃 속에서 하나님을 만난 모세. 고뇌와 방황 속에서 사십 년을 소모한 이 결단의 순간 없이 모세가 어떻게 위대한 지도자가 되었겠습니까? 저는 정말 모세를 숭배합니다. 이스라엘 백성들이 궁지에 몰려 홍해 앞에서 모세를 원망하고 불평할 때 '너희는 두려워 말고 가만히 서서 여호와께서 오늘날 너희를 위하여 행하시는 구원을 보라'고 지팡이를 들어 홍해를 가르던 모습이 미치도록 마음에 듭니다. 목사님, 예술가가 예술에 미치듯 목사는 하나님에게 미쳐야 하지 않을까요? 위대한 음악가를 통해 음률의 신비한 세계가 섬광처럼 내비치듯 위대한 미술가를 통해서 황홀한 미의 세계가 편린(片鱗)을 나타내듯 목사를 통해서는 오묘한 신의 계시가 번득이고 영의 눈을 뜨게 하는 그런 권능이 있어야 하지 않겠습니까?"

학교를 졸업하고 곧 목사로 나올 때의 자기를 보는 것 같았다. 그러나 부목사는 다음과 같이 말했다.

"그러나 목사는 결국 평범한 사람이오. 먹고 살고 결혼하고 어린애를 낳고 또 늙어 죽으니까요."

아주 세속에 찌든 목사 같은 말을 의식하지 못한 사이에 하고 나서 그런 자기가 싫어졌다.

"그래서 저는 신학 대학을 나온 것을 후회합니다. 음악가는 노래하고 싶은 마음을 대신해 줍니다. 미술가는 그릴 수 없는 안타까운 아름다움을 묘사해 줍니다. 그런데 저는 신을 찾는 모든 이들에게 신의 섭리의 오묘한 것을 보여 줄 아무것도 갖추고 있지 못합니다."

제일 교회는 나이가 좀 들고 성대가 좋으며 틀이 좋은 신학생을 후임으로 내정하고 부목사는 인천의 작은 교회로 떠나도록 권했다.

크리스마스가 지나고 부목사가 제일 교회에서 마지막 낮 예배를 드리고 하고 나오는 때였다. 한 거지 아이가 부목사의 소매를 끌었다. 깡통을 붙들고 있는 손이 강추위에 사시나무처럼 떨리고 있었다.

"우리 아저씨가 목사님 데리고 오라 했어유."

"네 아저씨가 누군데?"

부목사는 묻는 동안 까맣게 잊고 있던 김부자의 모습이 번개처럼 스쳤다.

"그래 네 아저씨가 지금 어디 있니?"

그는 어린 거지를 앞세우고 걸었다. 어젯밤에 내린 눈은 길거리에 꽁꽁 얼어붙어 있었다. 털 구두를 신고 빨간 외투를 입은 아가씨가 젊은 남자의 팔에 매달려 조심스럽게 길을 걷다간 가끔 비명을 울리고 둘이서 웃었다. 부목사는 걷다가 어린 거지가 발에 아무것도 신고 있지 않은 것을 알았다.

"얘, 너 신이 없구나?"

그는 놀라서 물었다.

"여기 있어유."

거지는 깡통을 들어 보이고 씽긋 웃었다.

"그런데 왜 신지 않니?"

"발이 더 시려서 벗었어유."

그는 발을 땅에 대지 않으려는 듯 종종걸음을 치고 있었다. 아마 떨어진 신에 물이 들어와 더 발이 시렸던 모양이었다.

"얘 상점에 들러 신을 하나 사 신고 가자."

부목사는 그의 등에 손을 올렸다.

"아니어유. 빨리 가야 해유."

부목사는 외투로 그를 감싸고 걸으려 했다. 그러나 그는 뿌리치고 앞장서 걸었다. 김부자가 헌금 상자를 돌리라고 큰소리치던 광경, 우리를 도둑놈으로 인정하는 것이요? 하다가 피를 토하던 광경 등이 주마등처럼 머리를 스쳤다. 입원실에서 목사님은 위대하다고 빈정대던 모습도 떠올랐다. 번연히 죽을 줄 알면서 그가 병원을 뛰쳐나간 뒤는 왜 이처럼 까마득하게 잊고 있을 수가 있었던가 하고 자신을 뉘우쳤다.

"얘, 네 아저씨 많이 아팠니?"

그러나 이 말에는 대꾸도 하지 않고 그는 종종걸음만 쳤다. 드디어 어린 거지는 다리 밑으로 부목사를 인도했다. 가마니로 바람을 막아놓은 다리 밑에는 아무도 없었다. 그는 어린 거지를 돌아보았다. 거지가 턱으로 가마니를 쳐놓을 곳을 가리켰다. 부목사는 가마니 안쪽으로 들어가 보았다. 그곳에 희끄무레 한 죽은 시체 같은 몸이 누워있었다. 그는 몸을 굽히고 들여다보았다. 악취가 코를 찔렀다. 누더기 사이로 드러난 얼굴은 뼈와 가죽뿐이요 우묵 들어간 눈은 감긴 채였다.

"아저씨 목사님 왔시유."

멀찍이서 어린 거지가 소리를 꽥 질렀다. 그러자 감긴 눈이 번쩍 뜨였다.

"여보세요."

부목사는 쭈그리고 앉아 그의 몸을 마구 흔들었다. 그의 입이 움직였다. 그러나 무슨 소린지 전혀 알아들을 수가 없었다. 그것은 신음에 불과했다. 김부자는 한쪽 팔을 들려고 하는 것 같았다. 부목사는 얼른 누더기 사이로 그의 손을 더듬어 잡았다. 그러자 그의 손에 무엇인가 잡혀 있는 것 같은 촉감을 느꼈다. 부목사는 꼭 쥐고 있는 김부자의 손을 펴 보았다. 그것은 돈이었다. 손때가 묻은 꼬깃꼬깃 구겨진 백 원 지폐였다.

부목사는 백 원 지폐를 보자 전광처럼 뇌리를 스치는 것이 있었다. 자기도 한번 교회에서 하나님께 헌금을 떳떳이 바쳐보고 천당 입장권을 받고 싶었다는 말이 생각났다. 그는 눈물로 흐린 눈으로 김부자를 지켜보았다. 그의 입이 가느다랗게 움직였다. 무슨 말인지 들을 수 없는 움직임이었다. 그러나 부목사는 똑똑히 들을 수가 있었다. 하나님께 바쳐 달라는 말이었다. 그때 그 헌금을 바쳤더라면 아마 그는 천국에서 영접을 받으리라고 확신했을지도 모른다. 그러나 그런 감성적 확신만으로 구원을 받지 못한 사람은 김부자뿐 아니라 그리스도의 사랑을 모르고 그를 쫓아낸 교인도 마찬가지다. 또 그는 자신을 돌아보았다. 교인들 앞에서 김부자를 감쌌던 것은 남에게 자기 의를 들어내 보이고 싶었던 위선이 아니었을까? 자기는 분명 신학생 윤정식 앞에서 때 묻은 속물에 불과했었다.

부목사는 멍청하게 앞을 바라보고 있었다. 은혜와 권능이 충만하여 외치던 스데반이 눈앞에 선하게 나타났다. 스데반은 입에 거품을 물고 외치고 있었다.

"너희는 그 의인을 잡아 준 자요 살인한 자가 되나니 너희가 천사의 전한 율법을 받고도 지키지 아니하였도다."

숱한 돌멩이가 날아오는 것이 보였다. 부목사는 정신을 가다듬고 다시 한번 김부자를 보았다. 그는 눈을 뜬 채 죽어 있었다.

解雇(해고)

나(태호)는 정수의 곁에 바싹 다가서서 엉거주춤 허리를 굽히고 밭
두렁 밑을 기었다. 새벽 1시 40분이다. 목적지까지 몇 시면 닿을 수
있을까? 한길까지 15분, 그럼 55분이다. 수월히 인주(人柱)를 넘는다
고 해도 목적지까지 적어도 30분은 더 걸릴 거다. 2시 25분. 너무 늦
다. 계획보다 30분이 늦은 셈이다. 2시에는 치고 빼야만 한다. 그렇지
않으면 죽는 것이다. 제1 변전소의 전등이 반짝이고 있다. 그리고 저
쪽 농원에서도…. 거기는 경찰들의 경비가 삼엄할 것이다. 그 중간에
다리가 있다. 그 다리를 무사히 통과하면 된다. 아, 무사히 꿰뚫어 갈
수만 있다면…. 전주 하나 사이만큼 모닥불이 까물거린다. 인주들이
거기에 쭈그리고 앉아 있을 것이다. '이버언 사고 없다고 전다알.' 이런
따위의 처량한 목소리는 수없이 들어왔다. 그러나 그사이를 꿰뚫고
넘어서기는 쉽지 않은 일이다. 이 시간쯤 놈들은 졸음을 참아내기 힘
들 것이다.

(하얀 한길 저 건너, 저 건너만 가면 된다.)

다음 문제는 다음에 생각할 수밖에는 없다. 언제 다음 문제를 생각
해 본 일이 있던가? 2시에 뺄 수 없을 땐 '임무 수행'을 못한 것에 대
해 '자가비판'을 해야 한다. 이제 어쩔 수도 없는 것이다. 단 30분 늦

는다고 돌아서 버리기엔 너무 깊숙이 들어와 버렸다. 벌써 여기서부터는 시내라고 할 수 있다. 오후 7시부터 산줄기를 타고 내려온 걸 생각해 보라. 정말이다. 많은 시간을 걸어버렸다. 그런데 다리가 아프다는 것을 느낄 수가 없다. 짚신을 신고 있는 발은 움직이고만 있다. 내 다리 같질 않다. 머리는 생각하고 있다. 다리는 움직이고 있다. 그리고 어깨는? 배는? 아무것도 느끼지 못하는 것 같다. 살아 있는 것은 머리와 다리뿐인가 보다. 아니다. 모든 것이 잠들어 버렸다. 머리도, 어깨도, 배도, 발도…. 다만 머리와 다리는 꿈속에서 기계처럼 일하며 떠다니고 있다. 꿈나라에 잠겨버린 많은 마을과 초목 사이를 지나온 것처럼.

뒤를 돌아봤다. 거무스레한 두 개의 그림자가 엉거주춤 멈추어 섰다. 멀리 대밭에 둘려 산마루에 주저앉아 버렸을 마을은 죽은 듯이 고요한 채 어둠과 한 색깔이었다. 옆구리를 꾹 찔려 나는 깜짝 놀라 주저앉았다. 등에 멘 총부리를 힘 있게 잡아 누른 정수는 무서운 얼굴로 나를 노려보았다. 나는 다시 아무 말도 하지 않고 따라 걸었다. 자식이 노여워하고 있는 것일까? 아니다. 그건 분명 미소라고 생각해 두어야 한다. 비밀을 간직한 사람끼리는 서로 미소한다. 그러나 우리는 미소하기에는 너무나 무서운 것을 지녀버린 것이다. 정수는 사람 같질 않다. 마치 내 앞장을 서가는 죽음의 그림자 같다. 지옥에서 온 사자가 내 앞장을 서가는 것처럼. 깜박거리는 모닥불과 전등, 어둠에 묻혀버린 마을, 이들이 바닷속에 잠겨버린 것 같은 대자연이 너무나 신기했기 때문인지도 모른다. 정수는 인간이다. 그도 나처럼 야릇한 그림자를 느끼며 어쩔 수 없이 끌려 걷고 있을지도 모른다. 자식 미소하지 않은 것이 매력적이다.

　모닥불이 좀 더 가까이서 보이기 시작했다. 길목은 유난히 하얗다. 누가 이 삼엄한 경계 속에 이 길목을 건너리라고 생각이나 하랴. 그저 불쌍한 녀석들이 명령이니까 밤잠을 못 자고 쭈그리고 앉아 있는 거다. 녀석들은 우리를 무척 저주하고 있을지도 모른다. 무엇 때문에 약탈하며, 무엇 때문에 이곳저곳에 총질해 가며 밤잠도 못 자게 하느냐고…. 그건 나도 모른다. 그러나 우리도 산에 있고 싶어서 그 고생을 하며 눌어붙어 있는 것이 아니다. 우리도 못살게 구는 너희들이 끝없이 귀찮다. 수입이 많은 직장이 있고 평화롭게 살 수만 있다면 어떤 바보가 산에서 떨며 이 고생을 하겠는가? 자수하라고 떠들어대지만 수월히 그럴 수는 없다. 적어도 동지들을 팔아야 하는 비굴한 일을 해야 하는 것이기 때문이다. 너희들은 병력과 장비가 풍부히 있다. 그걸 사용해서 우릴 마음대로 잡아가라. 우리도 살아가기 위해서는 이럴 수밖에 없다. 실컷 잡아가라. 우리 부대는 몇 사람 남아 있지 않다. 다른 곳에는 또 얼마나 병력이 있는지는 모르겠다. 모두가 개별적으로 활동하고 있기 때문이다. 그러나 압력이 심해지면 심해질수록 우리의 단결은 굳어진다는 것을 알아야 한다. 우리는 지면 죽는 것이다. 우리를 도와줄 사람은 우리밖에는 없다는 것을 알기 때문이다.

　우리는 본 도로에서 T자형으로 뻗어 나온 작전로에서 잠깐 머뭇거렸다. 그러나 거기에는 아무런 감시도 없었다. 말라빠진 잡초들이 눌어붙어 있을 뿐이었다. 바른편으로 제1 변전소의 전등불과 희미한 모닥불들이 보였다. 조심스레 작전로를 가로질러 비스듬히 본도로 쪽으로 방향을 잡았다. 보들보들한 보리의 감촉이 신기했다. 아직도 눈이 내릴 수 있는 계절이었다. 그러나 달도 없는 밤하늘은 반짝이는 별마저 보이지 않게 찌푸리고 있었다. 꼭 습격하기에는 알맞은 날씨였다.

　(눈이라도 내린다면 큰일이다.)

　오늘내일 새에는 눈이 내리지 않아야 할 것이다. 섣불리 발자국을 남겨 놓고 싶지는 않다. 어떻든 이곳은 한결 따뜻해서 좋다. 얼어붙은 손과 발이 지금은 추위를 모를 만치 되어버렸지만….

　미경이와 함께 보리밭 둑에 앉아 이야기하던 때가 먼 옛날인 것 같다. 나는 그때 너무 어렸다. 그저 즐겁기만 해서 지갑에 들어 있는 사진들을 꺼내어 그때보다 더 옛날의 즐거운 이야기를 하고 돌아오다가 그만 지갑을 그곳에 놔 버렸던 것이 생각난다. 그녀는 지금쯤 뭘 하고 있는지 모르겠다. 물론 자고 있겠지. 사진은 그때 잃어버리기를 잘했다. 지금 내가 그걸 간직하고 있다고 무슨 도움이 되겠는가? 그러나 도무지 그녀가 잊히지 않는 것은 무슨 까닭일까? 그녀와 같이 앉았을 때는 모든 것이 아름답게만 보였었다. 아마 이 보리밭도 그녀와 함께라면 또 달리 뵐 거다. 그러나 오늘 밤은 견딜 수 없는 적막을 담고 질펀하기만 하다. 사람의 눈이란 참 야릇한 것이다. 나는 지난날 낮에 몇 번이고 이 도로를 버스로 달리면서 이 보리밭에 대해선 아무것도 보지 못했다. 그러나 오늘 밤에는 얼어서 부풀어 오른 흙 사이에 간신히 붙어 있는 보리의 뿌리까지도 샅샅이 보고 있는 것 같은 느낌이 든다. 몇 년이고 지난 뒤 다시 이 근처에 와 본다면 나는 또 다른 것을 보게 될 것이다. 제1 변전소와 농원과 저 한길과 다리는 또 다른 의미를 갖는다. 보리가 누렇게 익을 무렵이면 이렇게 샅샅이 보고 기어간 내 위치마저 분간하지 못하게 되고 말 게다. 봄에 산골짜기에 숨겨 놓은 물건은 다음 해 그맘때가 아니면 찾아낼 수 없다는 말은 맞을지도 모른다. 그들은 지형이 변한다고 자연의 조화를 말한다. 그러나 변한 것은 지형도 눈도 아니다. 마음속에 간직한 사진이 변할 뿐일 게다.

지금은 그런 것까지 생각하며 기어갈 때가 아니다. 있는 그대로를 받아들이기만 하면 된다. 그리고 지금 당장 생각해야 할 것은 경비 섰을 경찰들과 쭈그리고 앉아 있을 인주들뿐이다. 우리는 발견되면 죽는 것이다. 그리고 이 과업을 수행하지 않으면 또 죽는 것이다. 우리가 갈 길은 딱 하나밖에 없다. 발견되지 않고 제2 변전소를 습격하고 돌아가는 것뿐이다.

도로변을 비스듬히 다가가다가 다시 4, 5m의 간격을 두고 두렁 밑 낮은 지역만을 찾아 나란히 길을 타고 올라갔다. 바로 나비 2m가량의 콘크리트 다리가 그곳에 보였다. 우리는 멈추었다. 인주는 길 저편에 앉아 있어 보이지 않았다. 그러나 모닥불이 벌겋게 비치는 위치로 보아 한 사람은 다릿목에 앉아 있는 것이 분명했다. 가만히 허리를 펴 보았다. 그러나 모닥불밖에 다리 옆에 앉아 있을 인주의 모습은 보이지 않았다. 반대편 제1 변전소 쪽으로 전주 하나 사이만큼 떨어져 앉아 있는 인주는 어쩌면 이쪽 편을 보고 있는 것 같았다. 내가 발돋움을 하고 다리 쪽을 보려는데 정수가 뒤에서 성급히 낚아챘다. 뒤미처 따라온 형식과 영남이 가까이 다가왔다. 그리고 이내 쭈그려 앉더니 정수의 바른 손을 들어 도로와 평행으로 놓게 하고
"이게 다리야."

하고 나직한 소리로 손등을 두들기며 정수의 새끼손가락을 가리
켰다.

"인주는 여기 앉아 있어."

네 사람은 멍하니 서로의 얼굴을 지켜보았다.

"그 새끼" 정수가 미처 말을 끝내기도 전에

"오버언 사고 없다고 전다알."

농원 쪽에서 갑자기 굵직한 목소리가 들려 왔다. 그건 참, 이 정적
에는 엉뚱해서 어울리지 않는 소리였다.

"육버언 사고 없다고 전다알."

이번에는 바로 다리 위에서였다.

"칠버언 사고 없다고 전다알."

형식과 영남은 각각 헤어져서 5, 6번의 인주로 배를 깔고 기어갔다.
나는 우선 뒤로 물러나 양 인주가 보일만 한 둔덕까지 올라가 그들의
모습을 살폈다. 5번 인주는 농원 다릿목에 쭈그리고 앉아 45도만큼
몸을 돌리고 저쪽 산마루를 바라보고 웅숭그리고 있는 것 같았다.
그쪽은 잔설이 있고 좀 비탈져 올라간 곳이 언덕 같은 산줄기의 끝이
라는 것을 곧 짐작할 수가 있었다. 그러나 모닥불에 인주의 모습은
뚜렷하지 않았지만, 인주가 똑바로 바라보고 있는 곳은 그들이 기어
올라가야 할 언덕마루 같았다. 농원 쪽은 질펀한 평야로 더욱 위험한
곳이었다. 나는 맥이 풀렸다. 그러나 가볼 도리밖에 없다. 녀석들 왜
졸지 않는 것일까? 두시면 누구나 졸음이 오는 때다. 하긴 녀석들이
졸음이 오니까 괜히 불쑥 번호를 불러 본 것인지도 모른다. 그렇지

않음, 여태 아무 소리 없다가 그렇게 불쑥 중간에서 번호를 부르고 대들 턱이 없다. 졸음이 제일 많이 밀려오는 것은 번호를 부르기 시작한 4번일지도 모른다. 그러나 그곳은 농원 쪽에 너무 가깝다.

다가온 정수가 그를 끌어 내리더니 말없이 다리 쪽으로 기어가기 시작했다. 갈대로 가보자. 만일 발견되면 미리 지키고 있을 형식과 영남이 양 인주는 해치울 것이다. 그럼 그때는 그만이다. 결국, 발견되고 말기 때문이다. 그들은 다리 밑에 도달했다. 얼지 않은 물이 얕게 웅숭그리고 반짝 빛났다. 인주의 기침 소리가 들려 왔다. 우리는 잠깐 망설였다. 그러다가 가만히 물속으로 발을 들이밀었다. 싸늘한 것이 오싹 어깨 위까지 치달았다. 물은 깊지 않고 발목이 닿을 정도였다. 그러나 발을 옮길 때마다 물소리가 유난히 크게 울려서 한 발을 떼 놓기가 힘들었다. 손으로 더듬어 가며 다리 중간에 이르렀을 때였다. 위에서 우지직 나무 부러지는 소리가 들려 왔다. 깜짝 놀라 멈추어 섰다. 이내 조용해져 버렸다. 다리 저편에서는 노란 불길이 너풀거리다간 지표에 빨려 들어가 버리곤 했다. 모닥불을 더 지피기 시작한 모양이었다. 노란 불꽃은 더 빈번히 너풀거렸다. 정수가 위를 쳐다보더니 힘없이 다리에 기댄 채 엉거주춤 쭈그려 앉아버렸다.

"인주 사이의 도로를 넘자."

나는 정수의 손을 끌었다. 실망해서는 안 된다. 투지를 잃어서도 안 된다. 우리가 바라는 것은 언제나 무의미하고 불가능한 것이다. 그냥 한 발을 내딛고 보는 것이다. 그러나 나는 2시 5분을 넘어선 시곗바늘을 보고 태연할 수가 없었다. 5, 6번 인주의 중간쯤 되는 길 언덕에 이르자 나는 가만히 고개를 내밀었다. 5번 인주의 모닥불은 기세 좋게 올라가고 있었다. 그 불빛에 무릎을 세워 끌어안고 그 팔 위에 턱을 고인 채 우뚝하니 산마루 쪽을 보면서 담배를 피우고 있는 인주의 모습이 환히 드러났다. 6번 인주도 담배를 피워 물고 있는 듯 새까맣게 웅숭그린 자세에 빨간 점이 드러났다가는 시들어지곤 했다. 이러다간 언제 이 지점을 넘어설지 알 수 없다. 4시면 모든 사람이 서서히 깊은 잠에서 깨어날 때다. 그때까지 이 지점을 되돌아와서 넘어설 것은 상상도 못 하겠다. 나는 고개를 움츠렸다. 아무것도 생각하지 말자 먼저 넘고 보자. 철수할 것은 지금 걱정할 문제가 아니다. 그런걸. 걱정한다면 이 도로는 필경 못 넘고 말 거다. 정수가 다시 고개를 내밀었다. 나는 아랑곳하지 않은 채 길 언덕에 웅숭그리고 있었다. 그렇게 자주 내다보다간 오줌이 찔끔찔끔 나올 만치 오금이 저리고 초조해서 견딜 수 없어져 버린다. 5번 인주는 저편 언덕마루를, 그리고 6번 인주는 변함없이 똑바로 자기 앞을 보고 쭈그려 앉아 있다. 그냥 그대로 내버려 두는 수밖에 어쩔 수 없다. 그들은 번호만 안 부르고 있으면 마침내 또 꼬박 졸 때가 오고야 만다. 빌어먹을! 왜 하필 이 길을 택하라고 명령했는지 알 수가 없다. 노대실 골목을 넘어왔다면 지금쯤 후퇴도 충분히 하고 빨랐을 게 아닌가? 그 근처라면 어렸을 때 수없이 다녀본 길목이라 너무 잘 알고 있다. 명령하려면 그런 곳을 가라고 명령을 해야 한다. 어렸을 때 도토리나 솔방울로 전쟁놀이를 하던 솔밭도 지났을 게 아닌가? 나무등치 뒤에 숨었다가 나타나면서 솔방울을 던져서 맞으면 그자는 '아!'하는 비명을 지르며 몸을 빳빳이 하고 넘어졌었다. 그럼 그것이 좋아서 코를 씩씩 불며 마구 산허리를 달려 올라갔었다. 지금 실총을 메고 그 수박등을 넘어 본다면 기분이 엄청나게 야릇할 것이다. 그때는 '살아서 죽는' 아찔한 기분을 맛보았지만 이젠 완전히 죽는 것이다. 다시 살아날 수 없다는 생각으로 넘어질 때의 기분은 어떨까? 적어도 죽는 사람에겐 쾌감이 없을 게다. 마음속으론 절실한 실감 속에 죽어보면서 결국 나는 정말 죽는 것이 아니라고 느끼는 그런 쾌감 말이다. 사람이란 마음속으로는 몇 십 번을 죽어 봐도 실제로는 안 죽어야 할 것만 같다.

　살며시 고개를 내밀고 다시 도로변을 살폈다. 두 인주는 그전 자세 그대로였다. 그대로 잠이나 들었으면 좋겠다. 아니 졸고 있는지 어쩐지 확인이라도 해 봤으면 좋겠다. 졸음이 올 때면 걸으면서도 자는 법이다. 저렇게 앉아 있으니 자고 있지 않다고 누가 말할 수 있으랴? 이러다가 날이 새 버릴 것만 같다. 갑자기 인주를 붙들고 눈물을 흘리며 사정을 호소하고 싶어진다. 여기서 날을 새게 되면 우리는 죽는다. 제발 좀 넘겨주면 어떻겠니? 너도 죽고 싶지 않을 게다. 우리도 죽고 싶지는 않다. 정수는 주먹으로 땅을 후비기 시작했다. 그는 더는 견딜 수 없는 모양이었다. 가만히 어깨 위에 손을 올렸다. 정수가 덥석 손을 잡아 쥐었다. 그렇게 추운데도 손은 촉촉이 땀에 젖어 있다. 알 수 없는 힘이 뭉클 솟아오르는 것을 느꼈다. '그래, 그렇다.'라고 무조건 정수가 말없이 내맡겨 오는 것이 무엇인지 모르면서 긍정하고 싶어졌다. 제1 변전소의 전등불이 견딜 수 없는 유혹을 발했다. 제길 저기나 때려 버리라 했으면 좋을 게 아닌가? 묵직하게 등에 메고 있는 72발의 탄환을 어디든 쏟아 버렸으면 시원하겠다. 도대체 제2 변전소는 왜 습격하라는 걸까? 골탕 먹는 것은 애매한 시민들뿐이다. 그러나 그것이 명령이다. 우리는 명령에 복종함으로써만 살 수 있다.

작고개에서 농장 형무소의 뒷마을을 지나 사범학교 뒤 공동묘지를 돌아라. 공동묘지에는 잠복하고 있는 경찰들이 많다. 거기서 농대 뒤로, 다시 태봉산으로 물러나 쌍촌으로, 쌍촌은 시내에서 십 리는 더 떨어져 있다. 거기서 이 제1 변전소의 한길을 건너라는 것이다. 모든 것이 명령이다. 그러나 이 명령을 복종했기 때문에 우리는 지금까지 살아 있는지도 모른다. 그러지 않고서야 내, 외각 경비선의 맹점을 어떻게 이렇게 자세히 알고 꿰뚫을 수가 있었을 것인가? 2시 전후에 사격 총소리가 나지 않으면 사령부는 아지트를 옮기고 우리는 고립된다. 이제 우리는 벌써 돌아갈 곳이 없이 고립되는 것이다. 늦어버렸다. 모든 것이 늦어버렸다. 그러나 죽는 자리로 여기는 마땅치 않다. 건너가야 한다. 어떻게든지 건너가야 한다. 그러나 전신주 하나 사이의 하얀 길목을 총을 들쳐 메고 어떻게 건너갈 수 있다는 말인가?

정수가 고개를 내밀다가 기겁을 하며 내려앉았다. 그 바람에 자그마한 돌이 딱때굴 굴러떨어졌다.

"육버언 교대시간 몇 분 남았냐고 전다알."

"칠버언 교대시간 몇 분 남았느냐고 전다알."

그들은 자지 않고 있었던 것이다. 나는 가슴이 덜컥 내려앉았다. 이러다가 교대자가 오게 되면 영 건너기는 글러버리는 것이다.

"팔버언 교대시간…."

차츰 인주들의 목소리는 가늘어졌다. 그 목소리가 또 되돌아올 것이다. 아, 너무 늦었다. 오늘 밤에는 어디서 위장을 하고 숨어 있어야 할 것인가? 나는 호주머니에 손을 넣어 봤다. 소금에 절인 쇠가죽 말린 것이 몇 개 손에 잡혔다. 이것 가지고 내일 낮을 지내야 한다. 총을 땅에 묻고 온몸에 그 근처의 흙을 바른 채 꼼짝 않고 한낮을 떨며 누워있어야 할 것이다. 인주로 서 있는 녀석들은 그래도 편한 놈들이다. 교대시간이 되면 집에 돌아가 아늑한 가정에서 돈 버는 꿈이나 꾸며 뜨뜻이 잘 수 있을 게 아닌가? 산에는 돈이 궤짝으로 수십 개가 넘어도 마음대로 쓸 수가 없다. 급하면 밥 끓이는 데도 쓰고 내동댕이치고 도망하는 수도 많다. 참 돈이 탈 때 연기가 안 나는 것은 신통한 일이다. 집에서는 돈을 태워 본 일이 없다. 차마 아까워서 어떻게 태우고 있을 것인가? 아마 그만한 돈이 있었으면 아예 입산 따위 하지도 않았을 것이다. 모두가 민초 출신 농민들인데 산에서 돈을 태워 밥을 짓는 꼴을 보면 장관이다. 아예 꿈에도 생각하지 못한 짓이었을 게다. 아무 말 없이 한숨을 쉬어가며 돈을 태우는 것이다. 우리에게 중요한 것은 돈보다도 생명이다.

아, 나도 빨리 당원이나 되어버렸으면 좋겠다. 이곳저곳 파견을 나갈 때마다 대우를 받는다. 그들은 지방 조직의 실태를 보고할 수 있는 권한을 가지고 있기 때문이다. 대우가 나쁠 때는 보고만 해버리면 된다. 그들은 특수 유격대로 생명을 걸고 다니기에는 너무나 아까운 존재들이다. 그러나 산에서 일생 파묻혀 권리를 휘두르면 무엇할 것인가? 그 직책이 얼마나 계속될 것이라고. 나는 이렇게 떠돌아다니는 것이 좋다. 산보다는 한 발자국 한 발자국 개 짖는 소리까지 조심하며 걸어야 할지라도 사람들이 사는 마을을 돌아다니고 싶다.

인주를 서야 하는 자식들, 너희들도 고생이다. 우리야 고생하는 것이 당연하지마는 고된 몸을 눕히고 평화롭게 살 꿈이나 꿀 너희들이 밤잠을 못 자고 쭈그리고 앉아 있어야 하니 말이다. 그게 무슨 짓이냐? 그러나 너희들은 짖어대는 개보다도 덜 무서운 존재들이다. 그저 애매하게 두들겨 맞기 위해서 쭈그려 앉아 있는 것이나 마찬가지다. 우리 때문에 이렇게 쭈그려 앉아 있다고 원망할지도 모른다. 그러나 아예 원망 같은 것은 하지 말아야 한다. 무한히 많은 원망을 어떻게 하고 있을 것인가? 나도 나를 원망하려면 나를 명령하는 지하 공작 대들을 원망해야 한다. 그들을 원망하려면 평양에 있는 공산주의의 우두머리들을, 그리고 소련 크레믈린 궁전에 모인 대가리들을, 그럴라 치면 공산주의를 낳은 마르크스나 레닌을, 아니 그들을 낳은 아버지 들을, 그다음은? 나도 모른다. 어쩌면 지구상의 모든 것을 저주하고 다음으로는 달나라 그리고 모든 태양계가 끝나면 우주로 이렇게 저 주는 번져 나갈 것이다. 이러다가 우리는 원망할 대상을 놓치고 만 다. 결국, 우리가 붙들 수 있는 것은 아무것도 없다. 우리는 아무런 구속이 없고 자유롭기를 바란다. 결국, 모두가 자유롭기 위해서 우리 는 우리 자신을 구속해 달라고 스스로 내맡긴 것이다. 불평등하게 돈 을 벌 수 없게 법을 만들어야 한다. 모두가 잘살기 위해서다. 지금은 불평등하다. 그래서 있는 놈들을 쳐부숴야 한다.

"칠버언 아직 멀었다고 전달."

"육버언…."

"오버언…."

메아리처럼 처량한 목소리가 되돌아왔다.

자 이젠 나도 태연히 있을 때가 아니다. 기회만 있으면 넘어설 궁리 를 해야 한다. 2시 25분. 우리는 이미 늦어버렸다. 산으로 되돌아가기 는 글렀다. 번호 따위는 잊어버리고 빨리 졸기나 해라. 나는 참 다행스러운 일이다. 제2 변전소를 습격하라는 명령을 받고 있지 않았다면 이런 시각에 나는 무엇을 어떻게 해야 할지 몰라 방황하고 있었을 게 다. 그러나 내가 갈 길은 빤히 한 가닥 밖에는 남아 있지 않다. 그것은 편하고도 괴로운 길이다. 나는 변전소를 습격함으로 어떤 일이 생길지는 생각할 수도 없거니와 생각할 필요도 없다. 다만 그것이 본부의 커다란 계획에 유익하다는 것뿐이다. 이런 짓을 하지 않고도 편히 살 수 있다면 좋겠다. 그러나 바라는 것과 현실은 언제나 저만큼 거리가 있다. 바라는 대로 되지 않는다고 괴로워할 것은 없다. 그런 괴로움은 우리가 태어나면서부터 안고 나온 것이다. 우리가 이 세상에 태어난 것은 인간이 되고 싶다거나 되기 싫다거나 하는 선택과는 아무 상관이 없다. 그저 인간으로 이 세상에 던져진 것뿐이다. 이제 사는 이유는 지금부터 생각할 문제다. 나는 빨치산이 되고 싶다거나 되기 싫다거나 해서 된 것은 아니다. 내가 이 길을 선택한 것이다. 남아 있으면 죽을 것이라는 두려움이 앞섰기 때문이다. 형이 둘이나 공산주의자고 또 나처럼 싸우다 죽었으니까 성분이 좋다고 인정을 받고 나도 이렇게 싸우는 사람이 되었다. 다 내 책임이다. 모르긴 해도 형도 나와 같은 심정이 아니었을까? 그들은 공산주의가 좋다는 많은 이유를 발견해 냈다. 나도 앞으로 그런 이유를 발견해 내야 할 것이다. 그러나 그런 이유를 외우는 것에는 별 흥미가 없다. 아침이면 애국가를 부르고 수요일 금요일에는 팸플릿을 받아 외우고 '소규모의 무력으로 민심 영향의 주도권을 장악하자!'라고 구호를 외치는 등 이런 것에 무슨 중요한 뜻이 있을 것인가? 열에 뜬 환자들이 죽음을 앞에 두고도 어쩌면 약방을 털어서 가져온 얼마 안 되는 대마초를 서로 나누어 피우는 정경, 이런 것이 삶에 더 깊은 뜻을 가져온다. 생명을 연장하고 싶은 본능이다.

정말이다. 인주 너희들도 나 같은 입장에서 이렇게 싸우지 않을 수 있겠는가? 생각해 보라. 약점투성이 인간으로 태어난 이상 말이다. 나도 다리 위에 쭈그리고 앉아 있다면 빨리 빨갱이가 이 지구상에서 없어져서 전쟁하지 않고 편히 살 수 있는 세상이 왔으면 좋겠다고 생각하겠다. 바라는 것은 너나 나나 마찬가지다. 다만 너는 평화스럽게 산다는 것을 그런 말로밖에는 표현할 줄 모르고 나는 그것을 표현하는데 '조국해방'이란 말밖에는 배우지 못했다. 그러나 전쟁이 끝나서 즐겁게 산다거나 조국해방이 된다는 것이 우리 같은 민초들의 힘으로 이루어지리라고는 엄두도 못 한다. 그것은 우리보다 훨씬 윗사람들이 할 일들이다. 다만 이 순간에는 너와 나의 악의 없는 대결이 있을 뿐이다. 빨리 즐기만 해라. 나는 이 길만 넘어서면 너와 싸워야 할 아무런 이유가 없다.

그는 너무 오래 한곳에 엎디어 있어서 이제는 팔과 다리가, 제대로 붙어 있는지 의심스러워졌다. 팔과 다리와 궁둥이는 어둠 속에 녹아 버려서 그 자리에는 아무것도 없는 것처럼 느껴지기도 했다. 앞으로 뜻대로 움직일 수 있을 것인지 그것마저 의심스럽다. 그러나 그는 손을 들어 자기 다리를 더듬어보고 싶지 않았다. 오랜만에 깊은 잠에 빠진 것을 깨우고 싶지 않다. 나는 너무나 팔과 다리를 혹사해버렸다. 순종밖에 모르는 것을 제멋대로 부려먹는다는 것은 죄악이다. 자나는 쉬지 않더라도, 너나 실컷 쉬어라. 앞으로 얼마나 어려운 일이 닥쳐올지 모를 일이다. 인주도 너처럼 잠들어 주었으면 좋겠다. 아니

어쩌면 잠들었을지도 모른다. 번호를 부른 뒤로도 한 시간은 지난 것 같다. 건너려면 또 번호를 부르기 전에 지금 건너야 한다. 누가 궁둥이를 좀 들이차 주었으면 좋겠다. 도무지 나는 너를 깨우고 싶지 않다. 전쟁놀이라면 모든 것을 이 정도에서 끝내버리련만…

"어쩔까?"

머리를 내밀고 인주들을 살피고 난 정수가 작은 목소리로 소곤거렸다. 2시 40분이었다. 나는 보도로 고개를 내밀었다. 모닥불은 훨씬 시들해져 있었다. 그러나 인주는 석고처럼 꼼짝하지 않고 이전 그 자세로 앉아 있는 것 같았다. 정수가 슬슬 보도를 기기 시작했다. 나도 가만히 한길 위에 배를 눕혔다. 이제 넘는 거다. 똑바로 앞만 보고 있는 6번 인주는 문제가 되지 않았다. 5번 인주도 염두에는 없었다. 나는 건너간다. 볼 테면 봐라. 죽고 싶으면 악을 써라. 너도 마지막이고 나도 마지막이다. 그는 팔뚝으로 땅을 짚고 배를 가만히 들어 벌레처럼 한길을 기었다. 제발 보지만 말았으면 하는 심정이었다. 불쑥 내민 따발총을 어깨에 잡아 묶고 하얀 한길을 건너는데 눈을 돌리면 안 보일 턱이 없었다. 옆에서 M1을 들고 기던 정수가 바스락 소리를 냈다. 그는 눈을 감고 손을 위로 뻗은 채 엎드려 버렸다. 마치 꿈속에서 몸이 공중으로 둥둥 떠올라 안 보이게 되는 것을 바라거나 하는 것처럼.

눈을 뜨자 정수는 한길을 넘어서고 있었다. 나는 손에 잡히는 풀을 붙들고 멍청해진 정신으로 몸을 당기며 정수를 따랐다. 길을 넘어 한참이나 엎디어 동정을 살폈다. 인주는 분명히 이쪽을 보고 있는 것 같은데 말이 없다. 그들은 도로 가의 물을 건넜다. 그리고 어떻게 포복했는지도 모르고 언덕마루에 가 엎디었다. 일시에 맥이 풀리며 넘어온 것이 아무래도 꿈만 같아 얼마 동안 그렇게 엎디어 있었다. 그러다가 이제 넘어올 형식과 영남을 생각하고 그들은 서로 헤어져 정수는 6번, 그는 5번 인주로 다가갔다. 그러나 미처 다가가기도 전에 형식과 영남이 한길을 넘어서는 것을 볼 수 있었다. 그는 5번 인주를 자세히 들여다봤다. 무릎을 세워 껴안은 팔 위에 턱을 괴고 잠들어 있는 것이 분명했다.

"싱거운 자식들."

나는 잘 있으라 하고 어깨를 두들겨 주고 싶은 환희가 심장에서 발끝과 손끝으로 빛발처럼 뻗어 나가는 것을 의식했다.

목표지인 제2 변전소에 가까운 무덤 앞에 이른 것은 3시 10분이 다 되어서였다. 그들은 무덤이 허물어지지 않게 물이 흘러내리도록 파놓은 곳에 엎드렸다. 싸늘하게 떨며 반짝이고 있는 전등이 눈물겹도록 반가웠다. 총을 내리자 어깨는 날아갈 듯이 가벼웠다. 그들은 새까만 변압기를 조준했다. 백 야드 아마 그 정도다. 정말 반갑다. 나는 너를 만나기 위해 얼마나 어려운 고비를 넘었는지 모른다. 달려가서 얼싸안고 싶다. 내가 가진 무엇이든 주고 싶다. 그러나 내가 지금 너에게 줄 수 있는 것은 탄환뿐이다.

그들은 일제히 사격을 시작했다. 총소리가 유난히 크게 밤공기를 울렸다. 아무런 반항이 없었다. 거기는 경비가 없는 모양이었다. M1이 둘, 따발이 하나, 경기가 하나. 따발은 변압기를 꿰뚫는데 아무런 효과가 없을 것이었다. 그러나 나는 아랑곳없이 쏘아댔다. 탄창 속이 조금씩, 조금씩 비어가는 것이 눈에 보이는 것 같았다. 그건 무거운 살덩이가 한 점씩, 한 점씩 떨어져 나가 몸뚱이가 공중으로 뜨는 것처럼 가뜬하게도 느껴졌다. 전기가 언제 꺼졌는지 알 수가 없었다. 그들은 사격이 끝나고 나서 온몸이 노곤하다는 것을 느끼며 한참 동안 말없이 멍청하게 그 자세로 누워있었다. 그저 끝없이 허무한 심정이었다. 남은 것은 아무것도 없었다. 애오라지 느른해진 육체뿐이었다.

"어떻게 할까?" 정수가 흥분한 채 말했다.

"이제 돌아가긴 너무 늦었어." 영남의 목소리였다.

"우리 집 방공호가 어떨까? 일단 후퇴하는 거야."

나는 갑자기 우리 집 뒤 방공호를 생각했다.

"뭐? 입산을 포기하자는 말이야? 그럼, 여기서 고스란히 죽자는 말이나 마찬가지지." 반장인 정수의 말이었다.

나는 아무 말도 하지 않았다. 급속도로 물속에 처박혀버리는 다이빙은 짜릿짜릿한 쾌감이 있다. 그러나 다시 물 위에 솟아오를 수 있다는 희망 때문에 더욱 쾌감이 짙어지는 것이다. 그러나 우리는 지금 그런 다이빙을 하는 것이 아니다. 불안과 공포가 해일처럼 밀려들었다.

"여기서도 죽고 나가도 죽는다. 기왕에 죽을 바엔 나가면서 죽어야 할 게 아냐? 죽음을 기다리는 미친 자식들이 어딨어." 정수는 M1의 탄창을 뺐다가는 다시 꽂았다.

"잔소리는 말고 오늘 밤엔 뜨는 거야. 놈들도 꼬박 이틀 동안 수색을 했으면 지쳤을 거야."

정수의 말에 내가 대답했다.

"수색에 지치기는. 수색망이 더 좁혀졌을 뿐이겠지."

내 대답에 정수가 벌떡 일어섰다.

"너 사상이 변한 건 아니겠지?"

나도 얼결에 일어섰다.

"이 새끼 너 말이라고 하나?"

나는 주먹으로 정수를 호되게 갈겼다. 형식과 영남이 황급히 말렸다.

"좋다, 좋아 자식아."

정수가 침통한 표정으로 쭈그려 앉아 손으로 턱을 고였다. 나는 웬일인지 눈물이 핑 돌았다. 그렇다 가야 한다. 어머니나 형수가 아무리 무지개 같은 정보를 갖다 줄지라도 우리는 방공호 속이 아니라 죽는 한이 있더라도 가야 한다. 가다가 죽어야 한다.

"정수가 잘못했어. 사상을 운운한 것은 말이야." 영남이 말했다.

"아니야 내가 잘못했어."

나는 자꾸만 눈물이 나오려는 것을 억제할 수가 없었다. 영남이 나의 손을 가만히 쥐었다.

"오랜만에 어머니를 만날 생각을 하니 신경이 날카로워진 거야."

나는 그 손을 밀어냈다.

"그것이 아냐. 그것이 아냐."

"미안하다. 실은 나도 잠깐 돌아가신 어머님의 꿈을 꾸어 마음이 언짢아."

정수는 내 곁으로 다가와 어깨에 손을 올리며 다른 한 손을 내밀었다. 나는 내미는 손을 뿌리쳐 버렸다.

"싫다. 너는 지휘자로는 너무 약하단 말이야. 왜 곧 '떠나자'라고 하지 않고 늘 의견을 묻느냐 말이야. 너는 나가기가 무서운 거지? 아니 죽기가 싫은 거지?"

"뭐라고? 우리에게는 '지휘'가 없어. 모두가 평등하단 말이야."

"그럼 명령계통이란 뭐야."

"그건 직책상 하는 거지."

"나는 그런 이론은 싫다. 아무튼, 지금 우리에게 명령할 사람은 누구야? 누가 명령하느냐 말야?"

어색한 침묵이 흘렀다. 한순간 나는 죽을 바엔 여기서 죽고 싶다고 생각했다. 더는 팔과 다리를 괴롭히고 싶지 않다. 그러나 가라면 간다. 가고 싶은 것은 우리의 희망이고 갈 수 없는 것은 현실이다. 인간인 이상 죽기 전에 이런 상태를 모면할 수는 없을 것이다. 나에겐 누군가 명령하는 존재가 있어야 한다. 절대적인 자유가 나에게 허용되어 있지 않을 바에는 말이다. 꾸중을 들어가면서도 부모가 시키는 대로 하기만 하면 되던 국민학교(초등학교), 중학교 시절이 역시 즐거웠다. 탈선할 때면 아슬아슬한 단애를 느껴서 더욱 좋았다. 총사의 명령에 복종하는 빨치산 생활, 그 속에서도 나는 이런 선택의 괴로움을 겪어보지 못했다. 나는 이제 무엇을 어떻게 해야 좋을지 모르게 되어버렸다. 나가야 좋을지 더 기다려야 할지 내가 어떻게 할 수 있을 것인가? 이 방공호는 튼튼한 것이다. 뒤뜰 언덕에 비스듬히 밑으로 파내려간 것으로 안쪽은 사람이 서서 걸어 다녀도 충분할 만치 높고 깊다. 그리고 뚜껑만 잘 닫아 놓으면 발견될 염려는 없다. 먹는 것도 충분하다. 어머니가 아껴 놓았다 준 감만 먹어도 살이 찔 것 같지 않았던가? 그러나 오늘 하루 사이에 발견되지 않으리라고 누가 단언할 수 있으랴. 이런 걸 생각하고 있다가는 결국 아무것도 모르게 되어버릴 게다. 기다려 보자. 자연적이건 인위적이건 결국 나를 명령할 절대자가 나타나고야 말 것이다. 개인이라도 좋다. 다만 그것은 내가 꿈쩍할 수 없을 만치 강한 것이라야 한다. 어쩌면 그것은 나 자신이 될지도 모른다. 무엇이라도 좋다. 나는 더는 이렇게 애매해지고 싶지는 않다.

그 문제에 대해서는 그만 생각하자 나는 좀 더 명랑해져야 할 것 같다. 아무 괴로움 없던 옛날처럼 집 앞뜰을 한 번만이라도 조용히 걸어보고 싶다. 내가 심어 놓은 감나무를 떠나기 전에 좀 더 자세히 봐둘 걸 그랬다. 정신없이 빻아서 준 미숫가루를 들쳐 메고 떠날 때 어머니가 주신 감은, 곧 돌아올 것이라고 비웃으며 먹어보지도 않고 떠났었다. 그 감나무는 국민학교 사학년 되던 가을에 산에서 옮겨 심은 걸 이듬해 봄에 아버지가 접붙여 기른 것이다. 처음으로 감이 연 것은 중학교 이학년 때였다. 첫물 감은 다 따버려야 다음 해부터 감이 굵게 많이 열린다는 걸 내가 우겨 여섯 개를 남겨 놓았다. 우리 식구는 아버지, 어머니, 형과 형수 사범학교 졸업반이던 작은형 해서 도합 여섯 명이었기 때문이다. 다른 데서 보지 못한 만큼 굵은 감이었다. 익기 전에 하나는 벌레들이 먹어 떨어져 우리는 누구 몫이 떨어졌나 구지(추첨)를 뽑자고 웃어댔다.

"올해는 내가 안 먹을란다." 하시던 아버지의 말씀이 생각난다. 그러나 그렇게 웃고 지나던 식구 중 남아 있는 사람은 아버지와 어머니 형수뿐이다. 채소밭을 일구어 아버지를 돕던 큰형도 죽고 교편생활로 집안이 펴진 것 같은 인상을 주었던 작은형도 죽었다. 모든 것이 꿈같이 사라져버린 것이다.

감나무는 이렇게 추억만을 간직한 것이어서는 안 된다. 해마다 새로운 것을 발견할 수 있는 무엇이라야 한다. 나는 꽃밭을 가꿀 걸 잘

못했다. 댕강 밑동을 쳐서 놔도 겨울에 썩지 않게 짚으로 묶어 놓기만 하면 다음 해에는 내 키의 두 배는 자라는 파초로부터 화단 가에 눌어붙은 채송화에 이르기까지 여러 가지 화초를 가꾸며 즐길 수 있었을 게다. 돌의 위치나 키가 큰 파초, 해바라기 위치, 담으로 오르는 나팔꽃, 그밖에 맨드라미, 봉숭아, 분꽃, 코스모스, 국화, 함박꽃 등의 배열을 계획하고 또 어머니께 물었었다. 그러나 화단을 가꾸어 놓았다 해도 이제 쓸데없는 일이다. 어머니는 과거에만 파묻힐 뿐 그런 걸 즐길 마음의 여유가 없을 것이다.

방공호에서의 이틀이 지났다. 지금 4시다. 아직도 해가 지려면 두 시간은 더 기다려야 한다. 오늘은 어쩐지 시간이 더딘 것만 같다. 결국, 오늘 밤엔 떠나야 할 것이다. 누구나 그것을 의식하고 있다. 이틀 동안이나 이 방공호에서 발견되지 않은 것이 오히려 이상하다. 그저 용단을 못 내리고 있을 뿐이다. 빨리 자정이 닥쳤으면 좋겠다. 굴속에서는 시간의 경과를 느낄 수가 없다. 무엇인가 우리 주변에서 일어나고 있어야만 시간의 경과는 느낄 수 있다. 그러나 언제나 밤 같은 이 토굴의 생활은 너무 지루하다. 이 순간에 외부에서 무엇이 일어나고 있을까 하는 것쯤 상상할 수는 있다. 거미줄처럼 뻗어 대기 상태에 있는 경비 전화의 통신망, 혈안이 되어 노대실, 금당산, 태봉산, 주변을 더듬고 있을 경찰, 이미 아지트를 옮겨버렸을 빨치산… 여기서 일어날 여러 가지 사건들을 추리할 수는 있다. 그러나 상상만으로는 시간이 지난다는 실감을 얻지 못한다. 그것보다는 배가 고프다든가 어머니가 하루분의 식사를 들고 호의 문을 열 때 우리는 그 순간 여덟 시 전후를 살고 있음을 더 절실히 느끼는 것이다. 도무지 시계를 보고 싶지 않다. 어떨 때는 너무 빨라 오히려 시계가 의심스러울 때가 있다. 그러나 정확한 것은 우리의 느낌이 아니고 시계다. 앞으로 자정까지 여덟 시간 그동안 무엇을 할 것인가? 잠이나 잘 밖에. 지루하리만치 휴식할 수 있는 이런 시간은 죽기 전에 두 번 다시 오지 않을지도 모른다. 위는 놀란 그대로 그냥 두고 팔과 어깨와 다리만이라도 충분히 쉬게 하자. 누가 내 몸을 아껴 줄 것인가? 정말 미안한 것은 눈까풀이다. 인간의 신체 중 부분적으로 따져서 가장 들어올리기 무거운 것은 눈까풀이라 한다. 내 눈까풀은 너무 오랫동안 휴식하지 못했다. 인주 사이를 넘어설 때만 해도 그렇다. 팔과 다리가 쉴 때마저 눈까풀은 줄곧 추어올린 채였다. 야간 팔십 리의 행군을 할 때도 눈은 뜬 채 잠을 잤다. 눈을 감아라. 그때가 가장 마음 놓고 편히 쉴 때다. 그런데 왜 모두 눈을 말똥거리고 뒹굴기만 하는 것일까? 바스락거리는 소리가 날 때마다 섬뜩 놀라 눈을 뜨던 버릇, 까칠까칠한 눈까풀을 억지로 뜨고 있자면 눈알에 걸려 고정되어버린 것처럼 내려오지 않고 딱딱하게 굳어져 버린 버릇. 이런 것이 눈을 감는 것마저 귀찮은 것으로 만들어버린 것일까?

"쉿"

내가 돌아눕는데 곁에 누웠던 영남이 나의 가슴을 손으로 누르며 비스듬히 일어났다. 모두가 꿈쩍하지 않은 자세로 귀를 모았다. 분명히 도란거리는 목소리가 밖에서 들려 왔다. 그것은 날카로운 어머니의 목소리도 같고 굵직한 아버지의 목소리도 같았다. 일제히 시계를 들여다봤다. 4시 10분이 조금 넘은 해가 많이 남은 때였다.

도란거리는 소리는 더욱 뚜렷해지며 말다툼 같은 거센 목소리가 들려 왔다. 모두 무의식중에 총을 붙들었다. 습격이 있던, 바로 그날 경찰은 집에 찾아 왔더란다. 그러나 이런 습격 사건이 있을 때마다 한 번은 집을 찾아오는 것이 관례라 그렇게 의심하지 않고 갔다고 어머니는 말했었다. 그런데 또 찾아온 것일까? 어머니는 화가 나서 앞뒷문을 열어젖히고 여기저기를 약이 올라 설명하고 다닐 것이다. 그렇지만 무사히 이 호는 통과해다오.

내가 여러 가지 생각을 하기도 전에 방공호에 문이 활짝 열렸다. 가슴이 덜컥 내려앉으며 야릇하게 심경이 전환되었다. 정수가 바싹 다가서며 M1의 안전장치를 돌렸다. 플래시를 비치기만 하면 쏘아버릴 작정으로 나는 따발총을 겨누었다.

"무엇 때문에 방공호를 닫아 놓은 거요"

그건 목소리뿐이었다. 네모나게 뚫린 방공호의 구멍 저편에서는 밝음이 밀려들지 못하고 가득 차서 남실거리고 있었다.

갑자기 새까만 두 그림자가 밝음을 가로 막고 섰다. 나는 숨을 죽이고 노려보았다.

"빨리 들어가 봐요. 그래도 이 속에 아무도 없단 말이오?"

나는 그 두 그림자가 아버지와 어머니라는 것을 알았다. 쭈그려 앉은 두 어깨 사이로 가느다란 총신이 둔한 빛을 내면서 흔들거렸다.

"손 들고 나오라 목숨은 살려준다."

나는 꿀꺽 침을 삼켰다. 자식들 다행히도 플래시는 없나 보다.

"자 들어가 봐요. 들어가요."

아버지가 꼬꾸라지듯 들어서더니 뒤로 벌렁 넘어졌다. 찰나 경찰의 반신이 활짝 드러나더니 다시 어머니 뒤로 숨어버렸다.

(아! 순간 피해 주지 않고.)

"새끼 쏘아버리자. 응? 태호야 어쩔 테냐?"

정수가 귀에다 대고 다급한 소리로 뇌까렸다. 나는 떨리는 손으로 정수가 든 총신을 붙들었다.

"안 나오면 쏜다."

밖에서 방아쇠를 당겼다 다시 놓는 소리가 들려 왔다. 실탄이 공중에 뛰어올랐다가 땅에 구르는 것이 눈에 선했다.

"오매 여보시오." 어머니의 볼멘소리가 들려 왔다.

"태호야, 태호야 부모보다는…

"기다려, 기다려."

밖에 총신이 급격히 밑으로 굽더니 "탕" 하고 총성이 울렸다. 나는 정신없이 정수의 총부리를 낚아챘다.

"따다 땅."

"따따따따…"

얼마 후에 나는 눈을 떴다. 그리고 일어서려 했으나 꿈쩍할 수가 없었다. 안개가 덮인 것처럼 아른거리는 안막에는 정수가 총부리를 입구로 향하고 깔아 놓은 가마니 위에 얼굴을 파묻고 있는 것이 비쳤다. 어깨와 얼굴의 광대뼈에서는 거무스레한 액체를 땀처럼 흘리고 있었다. 형식과 영남은 간 곳이 없었다. 돌아보고 싶었으나 고개는 조금도 말을 듣지 않았다. 나는 힘없이 눈을 떨어뜨렸다. 깔린 왼팔에서도 피가 솟아 가마니를 거무스레하게 물들이고 있었다.

정수는 죽었는지도 모른다. 이제 나도 죽어가는 것일까? 미숫가루를 메고 입산하던 때가 어제만 같다. 꿈같은 그러한 일들이 이제 모두 끝나는 것일까? 그러나 꿈보다는 짙은 무엇이 엄습해 온다. 팔과 다리와 몸… 이들에게 안식을 이처럼 강요하며 달려드는 것이 있을 수 있을까? 나는 이 세상에서 보고 싶은 것이 아직도 많이 남아 있는 것처럼 이 벙커 안에서도 보고 싶은 것이 많이 남아 있다. 그러나 나는….

이제 생각할 기능도 얼마 남아 있지 않다. 늦기 전에 너무나 혹사를 당한 내 몸에 진정 미안하다고 말해 두자. 그리고 내 영혼의 영원한 안식을 위해 누군가에게 내 욕망이 가져온 자의(恣意)를 용서받고 싶다. 이제 조마조마할 것 없이 눈까풀을 닫아라. 내가 바라는 길은 아닐지라도 이것은 죽기 전에 너를 해고하고 너에게 용서받을 수 있는 단 한가지 길이다.

第三埠頭(제삼부두)

∶

"지는 사람만 죽는기라."

어둠 속에서 누군가가 혼잣말처럼 내뱉었다. 늦가을의 일곱 시 반이면, 노랗게 식어가는 태양이 지고 어둠이 한 뼘쯤 솟아오른 때다. 부두로 통하는 철로 위였다.

"죽긴 왜, 부두작업 이삼일 안 나간다기로 죽는단 말이요?"

철은 어처구니가 없어진다. 자기가 좀 끼어들었기로 밀려난 녀석이 곧 죽어간다는 게 말이 되느냐 말이다.

"그럼 김 씨는 왜 싸웃능기요?"

그는 여념 없이 몰려 걷는 그들을 따라가려다 걸어채어 넘어질 뻔한 몸을 겨우 가누었다. 코안이 아릿아릿하면서 매끈한 수제비가 목구멍까지 기어 올라왔다가는 내려가는 감촉이 눈물이 날 만큼 쓰리다.

"먹기 위해서지, 먹기 위해서."

"못 묵으면 죽는기지 뭐."

"보소, 김 씨도 보름이나 잃고 났으이 일해야 살 것 아닝기요?"

판수가 한 마디 역성을 들었다.

"일해야 산다는 것은 거짓말인기라. 두 달 동안 노임도 못 받고 우째 살아왔노."

"그래, 오늘 밤부터 임자는 부두작업 그만둘랑기요?"

"와 이라노, 그런 때문에 불쌍한 기 노무자 아닌가배."

염색한 작업복들이 걷는 저편에는, 부두에 매달린 전등이 기를 쓰고 반짝이며 어둠을 쪼갠다. 그 바로 옆을 텐트를 쳐서 만든 술 가게들이 숨차게 들어 앉아버렸다. 새어 나오는 희미한 불빛에 검은 그림자들이 한 무더기씩 드러난다.

"오늘 밤에는 몇 반이나 들어갈 낀가?"

"콩배 하나라 카는데 몇 반이나 들어가겠나?"

철은 핏대를 올려 싸우고 난 뒤, 아무것도 얻은 것이 없는 허전함에 사로잡혀갔다. 지쳐 빠진 녀석이 아무 쓸모없는 계집의 나체를 아귀다툼하여 빼앗아 눕혀놓은 공허감과 비슷한 것이었다.

"잘 찾아 보레이."

판수가 다가와 소리를 죽였다.

"걸리기만 하면 그기 어디고. 한 상자만 해도 구만 환이데이."

"한 개에 얼마씩인데?"

"흰기 삼백 환, 국방색이 이백 환 아이가. 두 상자면 십 팔만 환."

흥분한 판수의 눈이 어둠 속에서 고기 비늘처럼 새파랗게 빛났다.

"배 안에 있다는 건 확실하나?"

철은 괜히 날뛰는 판수에게 싫증이 났다. 번연히 별 도움이 안 될 것을 알면서 아슬아슬한 고비를 몇 번이나 넘겨야 하는 '얌생이'는 생각한다는 것만 해도 지긋지긋한 부담이었다.

"털보 글마(그 녀석) 유명한 얌생이 아이가. 영어를 몰라서 그런 기지, 글마가 있다는 데는 꼭 있데이."

한 줄기 불빛이 그들의 얼굴을 활짝 비치며 산돼지의 어금니 같은 포크를 앞으로 불쑥 쳐 내민 지게차가, 작업을 기다리는 노무자를 몰아세우듯 달려들더니 커브를 돌아 부두 안으로 사라졌다.

철은 가래침을 돋우어 뱉어버렸다. 털보와 공모하기는 싫다는 생각이 들었다. 어쩐지 털보는 생각만 해도 불길했다.

"구십 육 반! 구십 육 반!"

부르는 소리에 그들은 부두 정문으로 빨려 들어갔다. 철은 증명을 내던지다시피 반장에게 주어 버렸다. 수위인 APP에게 증명을 맡기고 작업 표를 받아 오는 것은 반장이 할 일이었다.

싫다. 헤어나고 싶다고 마음속으로는 몇 번이나 외치면서 육체는 언제나 맨 먼저 끌려 들어가 있곤 하는 부두 안은 언제나처럼 건조해 있었다. 여기저기 쌓여 있는 화물 앞에는 총을 멘 경비병들이, 물건을 도난당해 두들겨 맞거나 영창에 갇힐 수두룩한 가능성만을 앞에 쌓아 놓고 멍청히 서 있었다. 철모에 눌린 목이, 누가 비틀어 놓은 것처럼 창고 쪽을 향하고 동작을 그친다.

거기서 청소부 아주머니들이 여느 때처럼 한들한들 빗자루를 길게 끌며 걸어 나온다. 가랑이는 짧으면서 그 궁둥이 폭이란, 어른 하나를 송두리째 삼키고도 남을만한 평평한 회색 바지들을 꿰입었다. 그 바지로 걷는 맵시란 피둥피둥 살찐 채 병들어 버린 암탉의 뒷부분처럼 지저분하다. 그 몰골로 터진 밀가루를 쓸어 모으고 그중 얼마씩은 으레 그 바짓가랑이 속으로 들어갔다가 흙 섞인 수제비가 되어 목줄로 들어오는 걸 생각하면 살이 내릴 지경이다.

철은 맞은편 창고의 벽에 기대고, 몇 번이나 봐 버린 그림처럼 이런 모양을 보고 있었다. 창고 옆으로 하얀 수건을 쓴 청소부가 또 빗자루를 끌고 걸어 나왔다. 정말 몇 차례고 본 여인 같았다. 그런데 빙긋 웃었다. 흥—.

철은 외면해 버렸다.

우락부락한 얼굴이 야릇하게 비뚤어진 채 웃음을 띠고 줄곧 무엇인가를 강매하고 있는 얼굴과 부딪쳤다.

털보였다. 어느새 판수가 그를 끌고 와 있었다. 철은 털보를 보자 조건반사처럼 이유를 설명할 수 없는 증오가 무럭무럭 피어오르는 것을 느꼈다. 털보의 두툼한 손이 종이쪽을 그의 손에 잡혀주었다.

"이것인데 찾아가 보면 있을 끼요."

철은 그걸 그냥 호주머니에 꾸겨 넣어버렸다.

"몇 번 해치(hatch; 위로 젖히는 출입문)랍디까?"

"사 번 해치라 카는데 내 다른데도 찾아볼 끼요."

그러면서 털보는 판수를 돌아봤다.

"니는 말이다. 창고에 남아야 한데이."

"일마는 나를 얼라(어린애)로 아나."

판수가 꽥 소리를 지르자 털보는 코웃음을 치며 절뚝거리는 발을 끌고 자기 반쪽으로 사라졌다. 철은 달리는 미군 트럭에 뛰어올라 물건을 훔치다가 총에 맞았다는 털보의 넓적다리를 쏘아보며 그놈의 호루라기가 배 안에서 없어져 버렸으면 좋겠다고 생각했다.

귀찮았다. 그것은 마침 피곤함에 지쳐, 송장처럼 잠들었다가 도르르 끼끼하는 기중기의 소리, 어수선한 발걸음 소리를 꿈결에 듣게 되면서, "일라 진지 드이소."하는 주인아주머니의 목소리를 듣는 때의 기분 같았다. 작업의 의욕도 죽을 용단도 귀찮기만 한 순간 말이다. 그러나 철은 언제나 판수가 헐어빠진 작업복을 어깨에 걸치고 문지방에 기대서서,

"자, 나가봅세."

하면 뛰어나와 버리곤 했던 것이다.

"아까 그 판수네 말이다. 털보캉 요래 지낸다는 것, 니 아나?"

판수가 두 손뼉을 맞대 보였다.

"군인하구 산다면서?"

"아래(전에) 군인캉 산다 카제. 그 군인 전속 갔다 아이가, 그 뒤로 찾아와가 칼쌈 났데이."

철은 자기에게도 몇 번이나 추파를 던지던 과수네를 연상했다. 그러한 짓이 필요했을 게다. 그러나 그러한 미소밖에 띨 줄 모르는 그 여인은 부두만큼 무미한 존재라고 생각했다.

반장이 와서 그들은 창고를 돌아섰다. 그리고 판수가 재빠르게 바꾸어 친 노무자와 배 위에 올라가, 노무자라면 모두가 도둑놈으로 밖에는 비치지 않을 코쟁이의 노란 고양이 눈알 앞에 작업 표를 내비치면서 될 대로 되라고 마음속으로 되뇌었다. 반장이 사 번 해치의 사다리를 타고 내려가는 것은 다행한 일이었다.

으스므레한 해치 안은 콩 자루가 겹겹이 쌓여 있었다. 반쯤이나 하화된 콩 더미 너머로 철 띠로 동여맨 커다란 상자들이 뾰조름히 내다보였다. 그는 호주머니 안의 종이쪽을 꺼내 보았다. "Whistle 300 EA"라고 서투른 영어가 쓰여 있었다. 그는 히죽이 웃으며 찢어 내버렸다.

양쪽 기중기가 가뜬히 콩 자루를 실을 빈 다이(臺)를 다섯 겹씩 내려놓았다.

"열두 포씩만 실으시오"

군인 체커 한사람이 콩 자루에 기댄 채 일어서지도 않고 말했다. 미국군 측 체커와 한국군 측 체커가 탤리에 하화된 콩 자루의 수효를 기재해서 사인만 교환하면 소위 군사원조물자의 인계인수가 끝나는 것이다.

"빨리 일하시오"

감독병이 꽥 소리를 지르자 모두 구렁이처럼 어슬렁어슬렁 콩 자루를 들쳐메서는 다이 위에 실었다.

철이도 한편 구석에서 뾰조롬히 내다보이는 상자 더미를 다시 한번 훔쳐보고 콩 자루를 들쳐메었다.

"철이 나왔나?"

탤리 판을 붙든, 웃음에 포만한 얼굴이 그를 쳐다보고 있었다. 일년 전, 같이 근무했던 민간인 체커였다.

"재수 없이 콩 작업이야."

그는 헤프게 웃으며 콩 자루를 다이 위에 내동댕이쳤다. 이놈의 콩작업은 언제나 어깨를 한 치나 내려앉게 하곤 했었다.

"와 이래 콩만 들어 오노."

노무자 하나가 발악을 하며 내뱉었다.

"이기 다 도레미 탕 될 끼 아이가?"

또 하나가 능글맞게 응대다. 감독병은 영내의 콩나물국을 연상했음인지 씁쓰름하게 웃었다. 망할 자식.

철은 특별한 기술자나 되는 것처럼 탤리 판을 소중히 붙들고 웃던 체커 녀석 때문에 밸이 꼴렸다. 그 녀석에게서 탤리 판을 홀랑 빼앗아버리면 어쩔 텐가?

지게차가 들어오면서 부두 밖으로 밀려나 버린 노무자들처럼, 또 학도병이 들어오면서부터 체커라는 명칭을 빼앗겨버린 자기네처럼 텅 빈 밥통만을 움켜쥐고 부두 밖으로 쫓겨나 버리면 말이다. 낡아 떨어져 가는 줄로 그네를 뛰면서 웃어보면 무엇할 것인가? 쓸개 빠진 녀석. 살아 있기는 매한가지 아닌가? 철은 그러면서 자기 자신이 살아 있다는 것을 새삼스레 느꼈다. 까마득히 잊고 있던 고향의 부모에게 자기가 살아 있다고 막 외치고 싶은 충동까지 느꼈다.

콩 자루는 열두 포가 되기가 무섭게 기중기는 수월하게 하늘 높이 추켜올려서는 부두 위에 내려놓곤 했다. 이렇게 내려진 다이는 지게차가 으르렁거리며 달려와서 그 산돼지 어금니 같은 포오크로 들어올려 창고에 차곡차곡 쌓아 놓을 것이 틀림없었다.

철은 이제 친구 따위의 얼굴은 잊어버리고 해치 구석에 처박힌 상자를 더듬어보고 싶은 생각뿐이었지만 감독병과 체커가 보고 있는 이상 어쩔 수 없는 일이었다. 한 시간, 두 시간쯤 콩 자루를 들어 올려 다이 위에 부려 놓는 단조로운 작업은 이제 유일한 즐거움인 대화마저 빼앗아 가버리고 철은 콩 자루의 무게 밑에서 후줄근히 배어든 식은땀만을 의식했다. 배에 내려놓은 마지막 빈 다이가 또 치켜 올라가 버리자 그는 콩 자루 위에 벌떡 나자빠졌다. 그리고 무엇보다도 먼저 영원히 떠나지 않을 듯 집요하게 귀 끝에 달라붙는 도르르 끼 끼 하는 기중기의 소리를 듣지 않으려고 기를 썼다. 곧 숨이 막힐 것만 같았다.

척추가, 거친 콩 자루의 감촉 위에서 노곤히 늘어나듯이 느껴지더니 땀 밴 내의가 등골에서 찼다. 몸이 쇠약해졌다는 생각이 와락 서글픔을 안겨다 주었다. 그러나 그는 이 감정을 어떻게 처리해야 할 줄을 모르고 있었다. 고등학교를 졸업하기도 전에 육·이오, 입대, 부산으로 전속, 제대, 체커, 부두 노무자…. 여관업을 경영하던 형은 철공소의 직공, 여학생이던 누이는 뜨내기 미용사, 모두 탈선한 기관차들처럼 어딘가에 처박혀 버렸다. 그러면서 자기처럼 무엇을 어떻게 서글퍼해야 할지 모르고 있음이 분명했다. 다만 철은 콩 자루 쌓인 그 해치가 그냥 자기 집이라면 하고 생각했다. 어머니 품에 한 번만 더 안겨 봤으면 하고 생각했다. 제발 어떠한 것도 자기를 명령하지 않고, 콩 자루 위라도 좋으니 아무도 자기를 간섭하지 않고 누워있는 그대로 내버려 두었으면 하고 생각했다. 그러나 배 위의 어수선한 소리와 도르르 끼 끼 하는 기중기의 소리는 다시 그의 머릿속을 어지럽혔다. 그는 벌떡 일어나 앉았다. 다른 노무자들도 지쳤는지 콩 자루 위에 즐비하게 누워있었다.

"냉장선은 안 들어오나? 와 이래 재수 없이 콩 배만 들어오노."

누군가가 몇 번이나 한 말을 되풀이했다.

"일마는 뭐라 카노, 콩 배라도 먹을 기 있대이. 아래 콩 배에서 비루를 실컷 안 마셨나?"

또 하나가 허기진 듯 상자 더미를 쳐다보며 말했다.

빈 다이가 덜컥 배 안에 내려앉았다.

"뭐, 먹을 게 없나?"

철은 벌떡 일어나 상자 쪽으로 걸어갔다.

"빨리 일하시오"

감독병의 목소리가 들려 왔다. 그러나 그는 아랑곳하지 않고 호루라기가 들어 있음 직한 상자만을 열심히 뒤져 봤다. 없다. 훨씬 뒤편 어두운 쪽으로 발을 옮겼다. 터진 상자가 몇 개 눈에 띄었다. 종이 부스러기와 대팻밥이 수두룩이 쏟아져 나와 있었다. 그는 쓴웃음을 웃었다. 가벼운 상자를 터뜨려 본다는 것은 옛날 짓이다. 그때는 간혹 라이터돌이나 재봉틀 바늘이 이런 상자에서 튀어나와 목돈을 벌었기 때문이었다. 그러나 요즘 가볍고 수량 많은 것은 으레 종이 부스러기나 대팻밥 사이에서 소중히 싸여 나오는 비행기 부속품 따위로 시장에 가지고 나가 봐야 아무 쓸모없는 것들인 것이다. 이따금 요염한 계집애의 넓적다리처럼 뽀조롬히 내비치는 러닝이나, 팬츠 따위가 든 병참 물자가 터져 나오지만, 그것은 배에서 내리기 전 몸수색에서 빼앗기는 게 고작이다.

기껏 노무자가 바라는 것은 배 안에서 먹어 치울 수 있는 통조림이나 비루(맥주) 따위다. 빠듯이 먹고 나면 신바람이 나서 부두에 똥을 한 무더기씩 눠 놓고 나간다. 사용 변소 하나 없어 아침이면 이 환짜리 변소 표를 사 들고 초조하게 기다려야 차례가 닥치는 그런 공동변소에서 누는 기분 따위와는 아예 다르기 때문이다.

그는 이런 옛날들을 생각하며 되도록 초조해지지 않으려고 애썼으나 도시 호루라기의 상자가 나타나지 않은데는 맥이 풀렸다. 그는 겸연쩍은 얼굴로 상자 사이에서 빠져나왔다.

"뭐 비루 말인기요?"

"비루가 있다 케봐라. 코쟁이가 안 지켜섰나."

"뭐 있능기요?"

"비행기 부속품."

콩 자루를 들쳐 메는데 철은 와락 울화가 치밀었다. 무엇 때문에 털보 따위의 말을 듣게 되었는지 견딜 수 없었다. 지저분한 자식. 바다와 육지의 경계 지점에서 훤히 트인 바다도, 호화찬란한 도시도, 평생 모르고 빌어먹을 얌생이꾼! 그는 그따위 녀석의 말을 믿고 있던 자기 자신에게 견딜 수 없는 증오가 치밀어 오르는 것을 느꼈다. 무턱대고 흥분하기만을 즐기는 판수에게도. 왜 그 녀석은 보통 부두 작업자의 최후가 으레 그렇듯 병들어 죽거나 칼 맞아 죽거나 바다에 빠져 죽어버리지 않을까 하고 생각했다. 요 며칠 전에도 사 부두에서는 술에 취해 바다 위에 지은 변소에 갔다가 빠져 죽은 시체를 그다음 날에야 찾아낸 일이 있었다. 모터보트로 물건을 훔치러 부두에 저어 왔다가 총 맞아 죽는 수도 흔히 있다. 이 지저분한 번지수에 사는 몰골치고 그렇게 안 죽는 사람은 없다. 털보 녀석도 미군 트럭에 뛰어들었을 때 총 맞아 죽어버렸어야 했을 녀석이라고 생각했다. 아무 쓸모없는 녀석들이다. 그저 눈이 벌게져서 부두에만 들러붙는다. 고작해야 가대기(등짐)나 얌생이에 생명을 내걸고, 아귀다툼이다.

"몇 다이 올랐소?"

체커가 지쳐 빠진 소리를 쳤다.

"그 뒤로 말입니꺼? 서른다섯 다이 올랐심더."

배 안에 다이가 없어지자 또 벌떡벌떡 나자빠졌다.

"김 씨요, 김 씨요, 이거 뭔기요?"

한 노무자가 머리맡에 벤 상자를 두들기며 말했다.

"챠라(집어 치워라), 삼백 개나 든 기 아이가."

"공군 물자란 말이가?"

철은 소리 나는 데로 가보았다.

"Whistle 300 EA"란 영어를 읽을 수 있었다. 철은 반갑다기보다 어처구니없었다. 똑같은 상자가 두 개 거기 굴러 떨어져 노무자들이 베고 있었던 것이다.

"뭔기요?"

철의 아연한 모습을 그들이 지켜보았다. 그는 곧 인지를 입으로 가져가며 후닥닥 주위를 살폈다.

"뭐요, 뭐, 빨리 일하시오"

감독병이 이곳을 지켜보고 있었다. 어느새 빈 다이는 내려와 있었다.

검은 그림자가 사닥다리를 타고 내려오는 것이 보였다. 털보였다. 절룩거리며 콩 자루 앞으로 걸어와 웅숭그린 털보는 가슴팍에서 통조림 하나를 꺼내놓았다.

"뭔기요?"

노무자, 체커, 감독별 할 것 없이 우르르 몰려들었다. 누군가가 재빠르게 깡 트는 것을 내놓았다. 샛노란 파인애플이었다.

"야!"

일제히 함성이 올랐다.

"이 배에서 나온 것인기요?"

털보가 훌쩍 물을 들이마시고는 내밀었다. 대여섯의 거친 손이 한데 몰려 들었다. 몇 개의 새까만 손들은 벌써 통 안에 처박혀 있었다.

"놓이소, 놓이소"

깡통이 저편으로 날렸다.

와—와—또 떨어진 작업복들의 물결이 저편으로 흔들렸다. 그러나 파인애플 조각을 서너 개의 손이 단번에 한 움큼씩 끌어낼 수 없는 일이었다.

"우리 부어놓고 먹읍세."

깡통을 부을만한 넓은 그릇이 없었다. 그러자 어처구니없이 보고 선 철을 떠밀고 깡통은 한편 구석 위에 놓인 상자로 치달았다. 철은 깜짝 놀라 상자를 해치 맨 뒤로 팽개쳐버렸다. 파인애플은 지체하지 않고 콩 자루 위에 쏟아졌다. 그리고 순식간에 산산이 흩어져 없어 져 버렸다. 체커도 어처구니없는 모양이었다.

"이 배에서 나온 거요?"

"가 보이소, 삼 번 해치, 제일 아랫단입니데이."

"그기 와 이제야 나왔노."

목줄까지도 소식이 없는 파인애플은 군침만을 돌게 한 모양이었다.

"야, 그기 와 여긴 없노."

창백한 얼굴들이 볼그레하게 홍조를 띤다. 멋없이 시들어져 버린 홍분 속에서 삶의 보람들을 느끼는 모양이었다. 콩 자루가 거뜬히 어깨 위로 올라갔다가는 다이 위로 나동그라졌다.

"지금도 많아요?"

감독병이 털보에게 물었다.

"한 상자를 맨 밑에 내려는 긴데 곧 없어질게요."

감독병이 해치 위를 쳐다보았다. 콩을 실은 다이는 공중에서 멋들어진 곡예를 하면서 시야에서 사라졌다.

"사람들 갱장하제?"

노무자 하나가 물었다. 털보는 대답 대신 담배를 꺼내어서 하나를 철에게 권하였다. 까딱거리는 엄지가 눈에 띄었다. 털보는 담배를 들고 성큼성큼 걸어서는 철이 일러준 상자 옆에 쭈그리고 앉아 담배에 불을 붙였다. 배 안에서는 담배를 못 피우게 되어있다. 코쟁이나 감독병에게 걸리면 크게 경을 치고 마는 것이었다. 이런 배 안에서 담배를 피울 때는 누구나 그렇게 하듯 철이도 천연스럽게 털보 곁으로 가 쭈그리고 앉아 담배에 불을 붙였다.

"틀림 없는 기요?"

털보가 상자를 노려보며 말했다.

"틀림없소."

털보는 자기 앞 콩 자루를 두 포만큼 들어 뒤로 내던지자 그 위에 쭈그리고 앉아 또 하나의 콩 자루를 끌어당겨 서슴지 않고 호주머니에서 주머니칼을 내자 콩 자루의 실을 잘랐다. 양손으로 실을 뽑으니 콩 자루는 시원히 터져 콩이 쏟아져 나왔다.

"상자 가아(가져) 오소."

털보는 명령하듯이 말했다. 노무자들이 흘깃흘깃 두 발을 쳐다보는 것이 털보의 옆구리 사이로 보였다. 철은 바른손에 칼을 든 채 떡 버티고 앉아 있는 털보 앞에서 떠맡겨져 버린 부담 같은 것을 느꼈다.

"빨리 가아 오소."

털보는 성급하게 쏘아붙였다. 철은 끌리듯 허리를 길게 뻗어 상자를 붙들고 재빠르게 옮겼다.

그러나 정육면체의 상자는 콩 자루 안으로 들어가질 않았다.

털보는 무섭게 눈을 부라리며 칼로 상자를 도려 팠다. 헌병들이 차고 있던 흰 호루라기가 쏟아져 나왔다. 그것을 삼분지 이나 비운 콩자루 안으로 쏟아 넣었다.

"또 하나 가아 오소"

떼어다 붙인 것 같은 털보의 볼때기 근육이 씰룩거렸다. 철은 얼마나 담배를 피워댔는지 기침이 터져 나왔다. 그는 가슴을 움켜쥐고 꼬부라졌다. 가슴 위편이 쓰리면서 통점이 목줄을 타고 길게 내려갔다.

"뭐 하는 기요?"

여전히 칼을 든 채 재촉하는 털보의 눈에는 살기마저 등등했다. 철은 정신없이 상자를 옮겼다. 상자가 터진다. 호루라기가 쏟아져 들어간다. 철은 와들와들 떨리는 손으로 풀어헤쳐진 끈을 네 겹으로 해서 콩 자루를 묶었다. 이렇게 강박적으로 물건을 훔쳐보기는 처음이었다. 그것은 쫓기는 악몽의 연속만 같았다. 누군가가 어깨를 쳐 그는 소스라쳐 고개를 들었다.

감독병이었다. 올 것이 오고야 만 것이다. 철은 이것이 악몽이라면 빨리 깨어나기만을 바라고 있었다.

"뭐요? 끌러봐요"

눈매는 사뭇 날카로웠다.

"그럴 끼 뭐 있능기요, 다 아는 기 아닌기요?"

털보가 매달렸다.

"끌러봐요"

철은 끈을 풀었다. 체커와 노무자들이 우르르 몰려들었다.

"야 거기 참한기 있데이."

"이기, 비쌀 기다."

군침들이 도는 모양이었다.

"일마들, 구경인 줄 아나? 빨리 안 갈래?"

털보가 새빨간 눈을 치떴다.

"작업 표 내쇼."

감독병은 철의 작업 표를 받아들자, 털보에게도 손을 내밀었다.

"하나만 있으면 될 끼 아닌기요?"

"빨리 내라니까"

"이기 누가 한긴데 내보고 조르는 기요?"

감독병은 한참이나 털보를 노려보다가 갑자기 돌아서며 노무자들에게 악을 썼다.

"빨리들 일하시오"

철은 일어서버렸다.

능글맞게 웃으며 보고 있는 민간인 체커 앞에서 여지없이 도둑놈이 되어버린 자기 자신이 한없이 비굴하기만 했다. 이 일은 이 일대로 놓아둬 버릴 밖에 없었다. 그는 시간이 끝나기까지 콩 자루를 메는 의무만이 남아 있다는 것을 의식했다.

아무도 말을 거는 사람은 없었다. 털보가 감독병과 어떤 수작을 하건 아랑곳할 바 아니라고 생각했다. 오히려 악몽에서 깨어난 시원함까지 느꼈다. 그 시원함이 불규칙한 심장의 고동을 가라앉히면서 기중기의 소리, 어수선한 발걸음 소리가 일과가 마냥 되돌아 왔다. 어지

럽히는 갖가지 환상들! 아, 이러고 싶지 않다. 그는 무엇엔지 모를 혐
오를 느꼈다.

"김 씨, 고된 모양인데 좀 누우시소."

얼마 만에 반장이 동정하듯 말했다.

"얼굴이 되기 못됐네. 저녁이나 묵었능 기요?"

그는 굳어진 눈까풀을 치켜뜨고 말한 편을 노려보았다.

머리가 핑 돌았다.

그는 조급히 달려가 콩 자루 위에 쓰러져버렸다. 눈을 감고 기다렸
다. 그러자 정신은 말똥말똥하게 되살아났다. 지쳐 빠진 것은 육체뿐
이었다. 죽는 것은 아닌가 보다고 생각했다. 죽음을 생각해 본 일이
있을까? 사는 것만큼 죽는 것도 생각해 보지 않았다는 것을 알았다.
다만 그는 자기가 현재 엉뚱한 자리에 놓여버린 것 같다는 것만을 의
식했다.

숨을 쉬는 것만이 사는 것은 아닐 거다. 아름다운 모든 것을 망각
의 무덤 속에 묻어버리는 사막도 심호흡하면서 달려볼 만한 공간은
있다.

그런데 자기는 왜 이 해치 안에서 담담해야 하는가? 부두작업이 하
고 싶었을까? 이렇게 쓰러져버리고 싶었을까?

남들이 부두에 나가면 자기도 나가야 한다고 생각했다. 남들이 훔
치면 자기도 훔쳐야 한다고 생각했다. 남들이 쓰러지지 않고 일하면
자기도 쓰러져서는 안 된다고 생각했을 뿐이었다.

그러나 그것이 무엇 때문인지 알 수 없었다. 엉뚱하다고 생각하는
현재의 위치만큼 그는 이 모든 것을 싫어하고 저주해 왔다는 것밖에

는 아는 것이 없었다. 왜 이 녀석들은 헐어빠진 염색한 작업복에 몸을 감고 움직이고만 있는 것일까?

어깨를 흔드는 바람에 그는 벌떡 일어났다. 감독병이 작업 표를 불쑥 내밀었다.

"갈 때 같이 나갑시다. 약속한 장소는 알고 있소?"

철은 작업 표를 받아들고 어리둥절한 채 고개를 까딱거렸다. 주위를 살펴봤다. 털보는 구석에 헛김을 뱉으면서 세워져 있어야 할 호루라기의 콩 자루와 함께 보이지 않았다. 호루라기가 다이에 실린다. 해치 안에서 신호한다. 판수가 그걸 붙들 거다. 판수는 그걸 부두 밖까지 가지고 나가야 한다. 호루라기를 판다. 돈을 나눈다. 감독병과 체커도 한 몫 낀다. 자기는 인질로 붙들려있다. 노무자들에겐 막걸리를 나누며 성공의 축배를 올리면 된다. 너무나 단순했다.

철은 지쳐 빠진 자기의 육체만이 어처구니없이 느껴졌다.

열두 시 휴식시간이 되어 그들은 같이 배에서 내렸다. 기중기의 소리가 그친 거무스름한 선체는 반짝이는 전등을 빼고는 일시에 숨을 거둔 시체처럼 고요를 지켰다. 빈 다이를 정리하기 위해 으르렁거리는 지게차만 사라지면 이제 부두도 한 시간 동안 죽어 나자빠질 것이었다. 창고에 차곡차곡 쌓인 콩 더미 위에서는 두세 명의 청소반네들이 뒹굴고, 밑에서는 쫓기듯이 다급하게 호주머니에 콩을 쑤셔 넣는 노무자들의 모습이 눈에 띄었다.

부두에서 빠져나오자 철은 어둠 속에 묻혀 버린 간척지 위의 마을을 봤다. 움집 옆에 또 움집을 달아내고 그 옆에 또 움집이 눌어붙은 선인장 같은 가대기꾼의 마을은 죽음처럼 고요하기만 했다. 그는 고개를 돌렸다. 우선 숨을 크게 쉬고 싶었다.

"시간 없소. 빨리 갑시다."

감독병의 거무스름한 모습이 진저리나는 빚쟁이처럼 거기 서 있었다. 그는 털보와 미리 약속한 장소로 그를 끌고 갔다. 덩그렇게 앉았던 판수가 반갑게 일어섰다.

"니 욕봤제?"

그러면서 감독병을 보자 비굴한 웃음을 띠며 꾸벅 허리를 굽혔다.

"털보한테 다 들었심더. 그기 다 그런기 아닌기요."

"그 사람 안 왔소?"

감독병은 선 채로 말했다.

"곧 올 끼요. 앉으이소."

판수는 술을 청했다.

"자, 한 잔씩 합세. 뭐라케도 술이 제일인기라. 마느라가 있나, 집이 있나, 우리도 집 있고 돈 있으면 이렇게는 안 살끼요."

판수는 술을 주욱 들이켜고 새까만 손으로 깍두기를 주워 삼켰다. 그러나 철은 한 치도 떼지 않고 다가앉은 감독병 옆에서 숨 막히는 압박감만을 느끼고 있었다. 그도 술을 들이켰다. 그리고 멍청히 판수를 쳐다보면서 자기는 왜 판수처럼 되어버릴 수 없는 것일까 하고 생각해봤다. 이제 털보도 돈도 다 잊어버리고 있는 것이 분명하다. 돈을 벌어야 산다고 그는 노래 부르듯 한다. 가대기나 얌생이에 그는 누구보다도 적극적이다. 그러나 훔치고 나면 그뿐이다.

넋 빠진 백치처럼 술이나 마시고, 계집질이다.

"그 사람, 어디 갔소?"

감독병은 초조한 모양이었다.

"인자 막 나갔소, 곧 올기요."

판수는 또 술을 들이켰다.

"자, 드시소. 이렇게 한 잔씩 들고 홀하우스(사창굴)에 가는 기라. 팔자가 더러버 ×도 삼십 년이 다 돼도 마누라 맛도 모르고 안 사나?"

"털보 그 애 새버린 게 아니야?"

철도, 털보 그 녀석이 무슨 수작을 꾸미고 있는지 모른다고 갑자기 의심이 들었다.

"글마 절뚝발이가 어디 가겠노? 평생 부두에서 벗어날 끼가, 지가."

"그건 안 가지구 나왔나?"

"청소반네가 가아 올끼다. 앉아 술이나 마셔라."

철은 일어서버렸다. 판수는 술만을 들이켜고 있다. 털보는 돈을 호주머니에 넣기 위해 정신이 없을 거다. 자기는… 털보를 만나야 한다. 그리고 이 거머리 같은 감독병을 우선 처치해버려야 한다.

"어딜 가나?"

"내 털보를 붙들고 올게"

철은 천막 밖으로 걸어 나오자 옷소매에 매달리다시피 감독병이 따라나섰다. 그는 우뚝 멈추어 서버렸다. 죄수처럼 끌려 또 털보를 찾아 나서기는 싫다고 생각했다. 돈도 싫다. 판수가 술을 마시건 털보가 잔꾀를 부리건 자기는 그러한 것에서 자유로워지고 싶다고만 생각했다. 뒤를 돌아봤다. 감독병은 어디로건 빨리 자기를 끌고 가기를 강요하고 있었다. 빌어먹을, 빨리 털보를 만나야겠다. 돈을 분배받아 이 감독병을 몰아내야 하겠다.

그러나 어디서 털보를 만날 것인가? 철은 털보를 만나면 무슨 일이 일어나고야 말 것 같은 불안감까지 느꼈다.

부두 정문에서는 청소반네들이 판자 조각을 한 옴큼씩 묶어 쥐고 걸어 나오는 것이 보였다. 맨 처음이 과수네였다. 마구 아양을 떨며 판자 묶음을 들고 도망쳐 나왔다. 몸수색하게 돼 있는 여자 APP는 웃고만 서 있었다. 뒤에 따라 나오던 두 여인은 덩달아 달려 나왔다.

"안돼요, 안돼"

남자 APP가 부두 밖까지 달려 나와 과수네의 나무 묶음만을 붙들고 실랑이질을 했다.

과수네가 눈을 흘기고 나무 묶음을 내동댕이쳤다. 그리고는 철로 위로 걷는 두 여인을 쫓았다. 철이도 천천히 그 여인들의 뒤를 밟았다. 그 평평한 바짓가랑이 속에 나무 묶음을 미끼로 무사히 빠져나온 호루라기들이 앙큼스럽게 들어박혀 있을 것이 분명했다. 여인들은 판수가 들어앉았을 술집은 돌아보지도 않고 한없이 철로를 타고 올라가고만 있었다.

얼마쯤 걷자 감독병은 초조했음인지 철의 팔을 끌었다.

"시간이 없겠는데… 당신 증명 내시오. 돈과 바꿔드리죠."

철은 냉큼 증명을 내주었다. 홀가분한 소매 사이로 싸늘한 밤바람이 스며들었다. 으스스 떨리는 허전한 바람이었다. 그는 한없이 뻗어 버린 어두운 철로 위에 홀로 서 있었다.

어둠만 지나면 폭발할 아귀다툼의 뇌관들을 저마다 간직하고 잠들어버린 철도 연변의 마을 집들은, 밤을 새우는 역 구내의 짐짝들처럼 고요하기만 했다.

털보 따위 생각은 말자.

그러자 으스스 몸이 떨렸다. 여인네들은 철로를 벗어나 마을 안으로 꼬리를 감추었다. 그는 갑자기 양손에 힘을 주며 여인들의 뒤를 쫓았다. 털보는 혼자서 돈을 쥐려 하고 있다. 얼마 전까지 내일이던 오늘 밤, '자 나가봅세.' 하면 증명 없는 자기가 어떻게 될 것인가? 적어도 부두의 배설물이 그득 찼을 짐짝들 사이에서 주인 없는 개처럼 눌려버리고 싶지는 않다고 생각했다. 약방 뒤를 돌아 여인들은 가히 이층이라고 부를 수 있는 집 앞에서 멈추어 섰다. 문을 두들기자 안에서 문고리를 젖히는 소리가 들려 왔다. 그는 조심스레 다가갔다. 빨리듯이 들어간다.

"됐나?"

굵직하면서 낮은 목소리가 들려왔다.

그것은 분명히 털보의 목소리였다. 철은 바싹 다가서 세 번째 여인의 뒤를 이어 문안으로 들어섰다.

"이기 누구고?"

소스라치게 놀라는 여인의 소리를 듣고 그는 덤덤히 서 있었다. 촛불을 들고 선 털보가 아니꼬운 듯 훑어보고는 말없이 이 층으로 올라갔다. 그러나 절뚝거리는 털보의 뒤를 펑펑한 바지들이 올라가는 것을 보자 그는 도망해버리고 싶어졌다. 그러면서도 그는 따라 올라가고 있었다. 자기도 올라가야 한다고 생각했다. 분배에 참여해야 한다. 이층은 두칸 방으로 되어있었다. 털보가 벽에 낚시처럼 걸려있는 철사 끝에 초를 꽂자 여인들이 들어섰다. 그도 들어서려 했다. 그러자 과수네가 미닫이문을 붙들고 막아섰다.

결국은 들어설 방문을 막아선 여인의 팔목은 귀찮기만 했다. 그는 손목을 잡고 밀었다.

"와 이카노. 이 사람이 미쳤나? 와 이래 손목을 잡는기요?"

앙칼진 목소리에 그는 손목을 힘 있게 치며 방안으로 몸을 들이밀었다. 문짝이 소리를 내고 여인들의 머리 위로 무너졌다. 털보의 안색에 순간 변화가 스쳤다. 그러나 발악을 하며 달려드는 과수네의 어깨를 두들겨 그들은 옆방으로 사라졌다.

기울어진 초는 보기 흉하게 녹아있었다. 그 깜박거리는 촛불 가까이에 털보의 것인 듯한 염색한 검은 잠바가 퇴색한 채로 한편이 무거운 듯 비스듬히 걸려있었다.

이윽고 털보가 나타났다. 엉거주춤 서 있던 아낙네들이 옆방으로 사라졌다.

"옛다, 가아 가라."

털보가 만 환 뭉치를 내밀었다.

"그게 뭔데."

철은 어처구니가 없었다.

"돈 아이가."

그는 털보의 손을 홱 뿌리쳤다. 돈 뭉텅이가 헐어빠진 다다미 위로 굴러 떨어졌다. 더는 이용당하고 있을 수 없다고 생각했다.

"이 새끼, 적단 말가?"

털보가 치렁치렁한 핏줄을 드러내고 다가왔다.

"비켜, 비켜서란 말야."

철은 발악하듯 소리치며 양손으로 털보의 얼굴을 가로막았다. 보는 것만도 구역질이 날 것 같았다. 부두 전체가 그 작은 방안에 몰려 들어 버린 것 같은 답답함을 느꼈다. 그러나 철은 한 걸음도 이 방안에서 물러설 수는 없다고 생각했다. 여기까지 걸어 와버린 것이다. 이제 어디로 또 갈 곳이 있단 말인가?

철의 온 살덩이는 오한에 떨고 있었다.

"뭐 이런기 있노. 니 죽고 싶나?"

털보는 살기 띤 눈을 치뜨고 마구 철의 턱을 흔들어대며 미닫이까지 그에 육박했다. 동심원을 그리며 울컥울컥 번져가던 분노는 마침내 그를 삼켜버렸다. 그는 마지막 한걸음 앞에서 멈추어 섰다. 그리고 발을 들어 힘껏 털보의 아랫배를 차 던졌다. 비실비실 물러나던 그는 쿵 하고 벽에 엉덩이를 찧었다.

털보는 일어나기가 무섭게 새빨갛게 충혈된 눈으로 정신없이 주변을 돌아보더니 걸려있는 잠바 호주머니에서 새파란 칼을 뽑아 들었다.

"이 새끼, 한번 죽어볼래?"

철은 정신이 번쩍 들어 털보를 노려보았다. 도르르 끼 끼 하는 기중기의 소리, 어수선한 발걸음 소리, 저녁 먹으라고 깨우던 아주머니의 소리, 이 모든 것이 순간 머릿속에서 복잡한 전자의 궤도를 그리며 사라졌다.

싸워야 한다고 생각했다. 그것은 구역질 날 만큼 싫은 영원한 부담 같은 것이기도 했다. 둘은 불꽃을 튀기며 노려보았다. 털보가 한 걸음 다가서자 철은 와락 뛰어들었다. 유리창이 떨어져 나갈 듯이 흔들린 뒤, 둘은 한 덩어리가 되어 나동그라졌다. 철은 이내 털보의 육중한 체중을 갈빗대 위에 느꼈다. 시퍼런 칼이 번쩍 치켜 올라갔다. 철은 눈을 감고 기다렸다. 차라리 이 새파란 칼날이 줄 감촉은 오히려 홀가분한 것이리라고 생각했다. 그가 기다리는 감촉은 오지 않았다. 그는 가만히 눈을 떴다. 털보는 칼끝을 이마 위에 대고 이지러진 웃음을 띠고 있었다.

"이 새끼, 맛 좀 볼래?"

씨근덕거리며 털보는 칼끝으로 이마를 후비었다. 그는 온 힘을 다해 몸을 뒤꼬며 털보를 차 던지고 벌떡 일어섰다. 털보와 칼이 나동그라졌다. 그는 힘있게 칼자루를 쥐었다. 그리고 황급히 달려드는 검은 그림자에 몸을 던졌다. 살덩이가 찔린 칼자루는 무겁게 흔들렸다. 철은 칼을 붙든 그대로 다다미 위에 쓰러졌다.

다정한 사람 모양 털보의 몸 위에 찰싹 달라붙은 철은 두 손으로 칼자루를 안은 채, 이러고 싶지 않다, 이러고 싶지 않다고 울고 있었다.

부록

第三埠頭 創作選後評

(제삼부두 창작선후평)

작년에는 가작 한 편도 뽑을 도
리가 없었는데 당선작을 내게 된
것이 기쁘다. 「제삼부두」를 당선작
으로 결정함에 있어서 박화성 여사
나 황순원 씨나 필자나 별다른 이
견이 없었다. 「제삼부두」가 당선작
으로 뚜렷한 새것을 갖고 있다고는
생각하지 않았지만 이만한 문장력
과 저력이 있다면 충분히 자기 길
을 개척해 나갈 수 있으리라는 데
합의를 보았다. 우리는 완전무결한

작품도 좋지만 대성할 수 있는 작가를 찾아내는 것도 우리의 임무의
하나라고 생각하기 때문이다. …

이 소감을 쓰는 임무만 필자가 맡았을 뿐 삼선자간(三選者間)에 거
의 합치된 결론임을 부언해 둔다.

(소설가·이무영; 한국일보 1959년 1월 1일)

解雇(해고) - 다시 人間條件(인간조건)에 失望(실망)

오승재씨의 「해고」의 제목과 주제의 의미는 다음과 같은 장면에서
암시되는 듯하다. 「… 아예 원망 같은 것은 하지 말아야 한다. 무한히
많은 원망을 어떻게 하고 있을 것인가? 우리를 원망하려면 우리를 명
령하는 지하 공작대를 원망해야 한다. 그들을 원망하려면 평양에 있
는 공산주의의 우두머리를, 그리고 소련 크레므린에 모인 대가리들
을, 그럴라치면 공산주의를 낳아놓은 마르크스나 레닌을, 아니 그들
을 낳아놓은 아버지들을. 그 다음에는 나는 모른다. 어쩌면 지구상의
모든 것을 저주하고. … 우리는 아무 구속이 없고 자유롭기를 바란
다. 그러나 모두가 자유롭기 위해서 우리는 우리 자신을 구속해 달라

고 스스로 내맡긴 것이다. 마음껏 돈을 벌고 싶다. 그러나 아무리 허덕여도 벌 수 없을 만큼 우리 자신을 얽어놓아버린 것이다. 모두가 파멸을 위해 달리고 있다. 마치 내가 죽을 것을 알면서 여기를 넘어서려고 기를 쓰는 것처럼. 그러나 이제 어쩔 수 없다. …」 운운. 이것은 공산 빨치산의 지령으로 먼저는 자기 고향이던 지역의 변전소를 파괴하는 공작 임무를 띠고 사선을 넘고 있는 대목에서 변전소를 지키고 있는 저쪽 人柱(인주) 편을 향하고 하는 인간철학이다. 주인공 자신의 의식행동이 아니다. 그저 기계적인 얽힘 속에서 눈을 감고 움직이고 있을 뿐이다. 여기서 공산주의적인 제도가 메카니즘인 것은 물론이다. 하지만 주인공으로 보면 지구상의 현실 전체가 따라서 인간은 운명적으로 구속적이다. 무거운 구속을 걸머지고 본의 아닌 야간공작에 피로한 육체를 이끌고 향해 나가는 목표가 죽음이란 종점인 것이다. 끝에 가서 주인공이 죽을 때 「늦기 전에 너무 혹사를 당한 내 몸에 진정 미안하다고 말해 두자」고 한다. 죽음으로써 인간은 노역과 구속에서 해고가 되는 것이다. 현실적이 인간조건에 대한 부정적인 비관의 표시인지 모른다.

이 작품의 주된 효과는 그 문장력에서 온 것 같다. 단조한 무대조건 위의 긴장한 연기력을 보는 것 같이.

간결체의 문장. 리얼한 묘사에서 불과 한 시간 이내의 이야기를 12면에 걸쳐서 썼지만, 중간에 과거의 이미지를 삽입하고 상게한 종류의 인생관을 편입한 외에 사건의 시간적 진행을 기록해 나가는 과정에 일종의 '서스펜스'의 긴장을 느끼게 했다. 특히 끝의 죽음 장면에서 먼저 나오는 어머니의 이야기와 경관을 안내한 우연적인 상치의 허구는 사르트르의 「벽」의 끝 장면을 연상케 하는 현대작품적인 비극의 장면이다. 저력을 가진 작품이라고 생각한다.

(문학 평론가 白鐵(백철) 1월 작품 베스트의 순위; 동아일보 1960년 1월 30일)

아시아祭 - 사회의 단면 부각 성공

있는 그대로의 사회의 한 단면을 자르면서 그것으로 상징적인 의미를 부여하는 어려운 일을 성공적으로 해치운 작품으로 나는 오승재씨의 「아시아祭」(現文10)를 들고 싶다. 이 작품은 하와이에 유학 온 한 떼의 한국 학생들을 주인공으로 삼고 있다. 한 사람의

운명의 기복을 그림으로써 풍속의 전모를 파악하겠다는 재래적인 태도를 作者는 과감하게 버리고 여러 명의 학생을 동시에 등장시킴으로써 하와이에 온 한국 학생의 풍속을 그대로 재현시키려 하고 있는데 그 의도는 한국의 상황으로 그것이 완전히 축소될 수 있다는 점에서 퍽 행복한 결론을 얻는다. 사실상 이 작품에 등장하는 여러 학생, 특히 「망나니패」로 알려진 몇몇과 「나」라는 화자, 바를 경영하는 미세스 서 등의 모든 인물들은 작자 자신의 섬세한 배려에 의하여 거의 완전한 동가(同價)를 얻고 생생하게 살아 있다.

이 한 떼의 학생들이 EWC가 해마다 연례행사로 마련하는 아시아

祭를 둘러싸고 벌이는 소란이 이 작품의 줄거리를 이루는 것이지만 그것이 역시 주인공의 심적 변모를 유도하지 못한다는 점에서 사건이 랄 수도 없다. 주인공다운 주인공도 없이, 사건다운 사건도 없이, 이 作品은 구축되어 있다. 그러나 이곳저곳의 사투리가 기조가 되어 있 는 이 일군의 주인공들의 대화와 하찮은 행위를 뒤따라 가다가, 독자 들은 갑자기 미묘한 거북살스러움을 느끼게 되는데, 그것은 아마도 그 개성적인 인물들이 내뱉는 어휘들과 그 어휘 속에서 감추어져 있 는 열등콤플렉스가 바로 자신이라는 것이라는 것에 대한 확인 때문 일 것이다.

열성적으로 달려들다가도 문제만 나오면 금방 빠져버리는 얍삽한 태도, 너희들이 협조 안 하면 나도 모르겠다는 배짱, 그래도 한국인 들이 머리는 좋다는 희극적인 자만, 되는대로 해나가자는 비합리적인 태도, 그러면서도 체면을 차려야겠다는 오기. 한국인의 정신적인 여 러 패턴은 하나도 빠지지 않고 나열되어 있는 이 작품의 기조는 그렇 지만 열등콤플렉스와 고향 상실에서 오는 허탈감이다. 일본 「계집」을 처치하느냐 못하느냐를 둘러싼 대화, 한국에 한 번 갔다 온 뒤론 물 건이 아까와 헌 물건도 버릴 수 없더란 미스 김, 돈을 벌어야 고향에 가겠다는 미세스 서. 그중에서도 고가의 고백은 아주 상징적이다. 「그는 자다가 갑자기 고향이 그리워지고 친구가 보고 싶어지면 눈을 뜨는데 견딜 수 없어진다는 것이다. 살갗 속으로 두드러기가 생긴 것 처럼 온몸이 근질대고 숨이 막힐 것처럼 답답해져 찬물을 벌컥벌컥 들이키고 웃옷을 벗어젖히지만, 그것도 안 되면 밤을 마구 뛰어다니 거나 한없이 걸어야 한다고 했다.」 그렇다고 무엇이 해결되는 것은 아니다. 그래서 그는 「밑바닥까지 흘러내려 가버리고」 싶은 충동을 잘 느낀다. 이런 열등콤플렉스와 허탈감 때문에 학생들의 태도는 난폭하고 거칠고 소란스럽다. 작자가 하와이의 한국 유학생들을 빌려 내보여주고 있는 이런 한국적인 풍속은 자신의 부끄러운 점이 밖에서 밝혀질 때 더욱 부끄러워지듯이 한국 안에서 그것을 읽는 사람들을 더욱 거북스럽게 만드는데 아마도 작자가 노리고 있는 것 역시 그러한 것일 것이다.

(문학 평론가 김현, 주간조선; 1968년 10월 27일)

신구일본 표재로 - 『족제비』·『日製 맛』

오승재씨의 「日製 맛」은 바로 이웃 나라로서의 새 일본을 다루고 있다. 하근찬씨의 꾀죄죄하게 늙은 「하오리」 차림의 「족제비」에 비해서 바로 그만큼 「하꾸라이」 냄새이고 미니스커트처럼 감각도 신선하고 구질구질하지 않다. 그런데 중요한 점은 「족제비」 속에서 당하던 우리 백성들은 일단 행방불명이 되어 있고 EWC라나 필자도 알 수 없는 약자와 비천, 부박, 완고한, 한편으로는 쉽게 새로 트이고 제트기 속도처럼 세계의 새 물결에 적응해 가는 세련되고 스마트한, 우리 교양인의 씨앗들만이 세계 각국의 교양인 씨앗들 속에 끼어서 등장되고 있다는 점이다. 그곳은 「와이키키」해변이 있는 「하와이」 「호놀룰루」.

바로 그런 판세에서 그런 관계 속에서의 「日製 맛」이다. 바로 그런 판에서 그런 관계로 얽힌 마당에 구 일제에게 당하던 우리네 백성들 얘기는 일단 구질구질해질 밖

에 없을 것이며 진부해 보일밖에 없을 것이다.

서로 좋게좋게만 지내자는 마당에 골치 아프고 무거운 백성들까지 떠메고 나설 수는 없지 않은가? 바로 그런 판세 속의 이야기다.

그러나 과연 하근찬씨의 「족제비」 속에서 당하던 그 백성들은 행방불명이 되었을 만큼 세상은 좋아진 것일까? 이점이 정면으로 밝혀진 데서 「日製 맛」이 어떤 층의 어느 단면을 나타내느냐 하는 그 분수가 드러날 것이다.

(소설가 이호철, 동아일보; 1970년 1월 ○일)

제목 때문에 읽은 대성리교회-9월의 소설

오승재씨는 내가 전연 모르는 작가다. 내가 그의 작품을 읽은 것도
처음이고 아직 만난 일도 없고-. 그러나 「大成里教會(대성리교회)」라는
제목이 나로 하여금 이 작품을 읽게 했다. 이 작품을 읽으면서 먼저
느낀 점은 이 작가가 퍽이나 교회생활에 익숙하다는 것이다.

어느 한 시골에 세워진 개척교회의 모습을- 그 시초부터 교회가 하
나의 교회로서 구실을 할 때까지의 이야기를 참 잘 알고 있다.

모든 작가가 그러하지만- 교회를 그 본질적인 면에서보다는 피상적
인, 다시 말하면 교회라는 한 형태가 보여주는 외각을 더듬어 교회를
안다 하는 것은 장님이 코끼리를 더듬는 것이 되지 않을지 모르겠다.

오승재씨의 대성리교회는 그러기 때문에 결국 〈주여 교회는 무엇 하는 곳입니까? 어떤 사람이 참 신자이며 어떤 사람이 참 목사입니까?〉는 말로 끝날 수밖에 없었을 것이다.

어떻든 경제적인 기반이 없이 허덕이는 농촌교회의 모습이 눈 앞에 선하다.

교회가 가지고 있는 일반적인 병폐를 오승재의 대성리교회는 잘 묘파하고 있다. 그러나 그것이 교회의 전부는 아니다.

교회랍시고 초청을 받아 가 보았으나 시덥잖은 교회, 그리고 교역자를 불러다 놓고는 이러쿵저러쿵 시시덕거리는 교회, 영적인 정신적인 사회적 고민도 없이 그저 교회 하나를 유지하기 위해 급급하는 교회. 이것이 오승재의 대성리교회다. 공부도 하고 능력도 있고, 젊은이에 대한 관심도 있던 전도사는 별다른 흔적도 없이 훌쩍 나가버리고-.

그러나 나는 오승재의 〈대성리교회〉에서 우리나라의 흔들리는 교회의 모습을 적나라하게 읽고 있다.

(시인 김경수, 크리스챤 신문 1970년 9월)

제일교회 - 定着(정착)되는 基督敎的(기독교적) 知性(지성)

오승재씨의 「第一敎會(제일교회)」(現代文學 1월)

이미 작년 9월호 「현대문학」에 〈대성리교회〉란 작품을 발표하여 한국 교회의 비본래적인 구조와 위기의 양상을 해부한 바 있는이 작가는 이번 작품에서도 그러한 열의를 계속 보이고 있다.

〈대성리교회〉에서는 경제적인 영세성에도 불구하고 마구 난립하는 농촌 교회의 제정적인 파탄과 고민상을 적절한 명암을 곁들여 잘 부각시킨 바 있다. 더구나 그것을 박봉에 시달리면서도 연년생으로 잇달아 출산만 하는 천 전도사의 살림에 조응(照應)시킨 것은 풍자미를 살린 효과적인 안배였다. 이에 비하여 다소 생경한 구석이 없지 않은 이번 작품 〈제일교회〉에서는 도시교회의 생태에 시선을 돌리면서 전작 〈대성리교회〉의 주인공 김 장로의 기도로서 표명한 바 있는 「주여 교회는 무엇하는 곳입니까? 어떤 사람이 참 신자이며 어떤 사람이 참 목사입니까?」라는, 역시 다분히 교회론적인 반성을 제기하고 있다. 즉, 성도의 교제가 상업적인 거래와 흥정으로 전락하고 교회의 성장을 양적인 증가와 외연적(外延的) 확장으로 착각하는, 그리고 병든 거지에게 손을 뻗치기는커녕 교회 문을 굳게 잠그고 교회를 종교적 베테랑의 시위장으로 성역화함으로써 그 본래적 기능을 마비시킨 도시교회의 위기를 재확인하고 있다. 그러면서 작자는 부목사의 목회자적인 양심의 고민을 통해서 그것이 단순한 풍자나 고발이 아닌 교회의 존재와 기능에 대한 진지한 물음을 제기하고 있는 것이다.

(문학 평론가 김우규, 크리스찬신문; 1971년 1월 제497호)

第一敎會(제일교회) **-이달의 小說**(소설)

　오승재씨의 「제일교회」는 한국사회에 있어서 기독교에 대해 검토해야 할 문제점을 이야기한다. 18세기부터 본격적으로 이 땅에 전파된 기독교는 6·25 동란을 전후로 급격히 팽창되었고 거기에 따라서 상당한 모순도 있었을 것이다. 오승재씨는 이 작품에서 거지의 예배 참가를 거부한 이야기를 정점으로 형식주의 배금주의 등과 같은 사회의 모순을 안고 있는 교회 고민의 양상을 드러내 준다. 특히 「부목사」를 통해서 그러한 고민을 극복하려는 교회의 노력을 보여준 이 작품은 너무나 극적인 거지의 죽음에 오승재씨의 지나친 애정이 주어진 결점을 갖고 있지만 「모순」과 「극복」이라는 의미 있는 주제를 비교적 뚜렷이 나타내고 있다. 사실 이와 같은 오승재씨의 노력은 기독교의 토착화 문제와 깊은 관련을 맺고 있기 때문에 기독교에 대한 오승재씨의 관심의 폭이 확대되고 심화 되기를 바라고 싶다.

　　　　　　　　　(문학 평론가 김치수, 동아일보; 1971년 1월 28일)